典藏诵读版

世说新语全鉴

〔南朝宋〕刘义庆◎著
余长保◎解译

扫一扫
免费赠送3种国学音频！

国家一级出版社 中国纺织出版社 全国百佳图书出版单位

内 容 提 要

《世说新语》又名《世说》，内容主要是记述自汉末到刘宋时名士贵族的逸闻逸事，主要为有关人物评论、清谈玄言和机智应对的故事。全书按类分为德行、言语、正事、文学、方正、雅量等三十六门，共一千多则。由于篇幅所限，本全鉴在原著基础上精选出最具代表性的内容进行生动解译，读者可借此品读精华，了解士人风貌，以提高自身修养境界。

图书在版编目（CIP）数据

世说新语全鉴：典藏诵读版 /（南朝宋）刘义庆著；余长保解译. —北京：中国纺织出版社，2019.5

ISBN 978-7-5180-6056-6

Ⅰ.①世… Ⅱ.①刘… ②余… Ⅲ.①笔记小说－中国－南朝时代②《世说新语》－译文③《世说新语》－注释 Ⅳ.①I242.1

中国版本图书馆CIP数据核字（2019）第055544号

策划编辑：张淑媛　　责任校对：陈　红　　责任印制：储志伟

中国纺织出版社出版发行

地址：北京市朝阳区百子湾东里A407号楼　邮政编码：100124

销售电话：010－67004422　传真：010－87155801

http：//www.c-textilep.com

E-mail：faxing@c-textilep.com

中国纺织出版社天猫旗舰店

官方微博 http://weibo.com/2119887771

佳兴达印刷（天津）有限公司印刷　各地新华书店经销

2019年5月第1版第1次印刷

开本：710×1000　1/16　印张：20

字数：271千字　定价：49.80元

前言

《世说新语》又名《世语》，是中国古代志人笔记的代表作。作者刘义庆（403—444），是南朝刘宋王朝的宗室，袭封临川王，曾任南兖州刺史等职。《宋书》说他“爱好文义”“招聚文学之士，近远必至”。著有《徐州先贤传赞》九卷及《典叙》、志怪小说《幽明录》等。

《世说新语》全书共36篇1100多则，主要记载了东汉后期到晋宋间一些名士的言行与逸事。它的不少故事取材于魏晋时期作品《语林》《郭子》《名士传》等书。《世说新语》一书能使我们比较全面地了解魏晋南北朝时期逸事笔记的内容和形式，可以说它是一部魏晋风流故事集，从而起到了名士“教科书”的作用。所谈的人物既有士族阶层，也有帝王将相；既有名媛才女，也有僧徒隐士等，内容包罗万象，涉及政治、经济、文学、思想、习俗、民生等诸多方面，是研究魏晋历史的极好史料。综观全书，可以得到魏晋时期几代士人的群像，进而了解那个时代上层社会的风尚。

《世说新语》在艺术上也有突出成就，具有较高的文学研究价值。它注重描写人物的形貌、才学、心理，善于抓住人物的特征，运用夸张描绘的方式，表现人物的性格；善于运用对比手法，把记言与记事结合起来描写，使人物形象活灵活现。在文笔上，以简洁明快、语言含蓄隽永、余味无穷著称于世，往往只言片语就鲜明地刻画出人物的内心。鲁迅曾经评论其“记言则玄远冷峻，记行则高简瑰奇”(《中国小说史略》)。

《世说新语》为后代留下了许多脍炙人口的佳言名句，其中的文学典故、人物事迹也多为后世作者所取材引用，对后代笔记小说的影响极大。可以说《世说新语》是一部蕴含思想深度、文学历史价值和玄远哲理的文化宝典。

就该书来说，刘义庆的实录有文学的浪漫，刘孝标的注解则有史学的严谨，两者相得益彰，铸就了这本名著。

后世人们所心仪的任性自然、不拘小节、追求智慧的“魏晋风度”，在《世说新语》一书中得到淋漓尽致的体现。作为思想方式和行为方式的“魏晋风度”，对漫长无奈、风雨飘摇的人生里程，不失为一种甜蜜的安慰。

总之，《世说新语》是逸事小说集大成者，是中国传统文化宝库中一颗灿烂美丽的明珠。其巨大的文化价值为后世人们提供了丰厚的营养。正如明代学者胡应麟评介《世说新语》:“读其语言，晋人面目气韵，恍惚生动，而简约玄淡，真致不穷，古今之绝唱也。”

为了更好地传播中华传统文化，我们参阅《世说新语》的多种版本，精心编写了《世说新语全鉴》(典藏诵读版)这本书。由于篇幅有限，在原著基础上我们精选出最具代表性的内容，由此最大限度地保存原著内容的精华部分，对其进行生动的解译。相信阅读本书，一定能让您更好地感悟和领略中国传统文化的独特魅力。

同时，本书将纸质图书和配乐诵读音频完美结合，以二维码的方式在内文和封面等相应位置呈现，读者扫一扫即可欣赏、诵读经典片段。诵读音频由中国国际广播电台、中央人民广播电台专业播音员，以及中国传媒大学等知名高校播音系教师构成的实力精英团队录制完成，朗读中融进了对传统文化的理解，声音感染力极强。

衷心希望本书能成为您全方位感受和理解《世说新语》这部传世佳作的良师益友。

解译者

2019 年 5 月

目录

◎ 德行第一 / 1
◎ 言语第二 / 22
◎ 政事第三 / 48
◎ 文学第四 / 58
◎ 方正第五 / 82
◎ 雅量第六 / 107
◎ 识鉴第七 / 124
◎ 赏誉第八 / 135
◎ 品藻第九 / 161
◎ 规箴第十 / 175
◎ 捷悟第十一 / 184
◎ 夙惠第十二 / 187
◎ 豪爽第十三 / 190
◎ 容止第十四 / 195
◎ 自新第十五 / 203
◎ 企羡第十六 / 205
◎ 伤逝第十七 / 207

◎ 栖逸第十八 / 211
◎ 贤媛第十九 / 217
◎ 术解第二十 / 227
◎ 巧艺第二十一 / 231
◎ 宠礼第二十二 / 235
◎ 任诞第二十三 / 237
◎ 简傲第二十四 / 251
◎ 排调第二十五 / 256
◎ 轻诋第二十六 / 270
◎ 假谲第二十七 / 277
◎ 黜免第二十八 / 283
◎ 俭啬第二十九 / 286
◎ 汰侈第三十 / 289
◎ 忿狷第三十一 / 293
◎ 谗险第三十二 / 296
◎ 尤悔第三十三 / 299
◎ 纰漏第三十四 / 304
◎ 惑溺第三十五 / 307
◎ 仇隙第三十六 / 310

◎ 参考文献 / 313

德行第一

【原典】

陈仲举言为士则[①]，行为世范，登车揽辔[②]，有澄清天下之志[③]。为豫章太守，至，便问徐孺子所在[④]，欲先看之。主簿白[⑤]："群情欲府君先入廨。"陈曰："武王式商容之闾[⑥]，席不暇暖。吾之礼贤，有何不可！"

【注释】

①陈仲举：陈蕃（？—168），字仲举，汝南平舆（今属河南）人。桓帝时官至太尉，与李膺等反对宦官专权，为太学生所敬重，被称为"不畏强御陈仲举"。灵帝立，为太傅，与外戚谋诛宦官，事泄被杀。言为士则：其言谈成为士子的准则。士，士子，读书人。②登车揽辔（pèi）：登上公车，手执缰绳。指赴任做官。辔，驾驭牲口的缰绳。③有澄清天下之志：指怀抱扫除奸佞使天下重归于清平之志向。《后汉书·陈王列传》："蕃年十五，尝闲处一室，而庭宇芜秽。父友同郡薛勤来候之，谓蕃曰：'孺子何不洒扫以待宾客？'蕃曰：'大丈夫处世，当扫除天下，安事一室乎！'"④徐孺子：徐稚（97—168），字孺子，豫章南昌（今属江西）人。⑤主簿：官名，管文书印信，办理事务。府君：汉人对太守的称呼。廨（xiè）：官署。⑥武王：西周武王姬发，周王朝的建立者。闾（lǘ）：里门，巷口之门，指住处。

【译文】

陈蕃的言论是读书人的准则，行为是世人争相模仿的典范。他初次做官，就心怀使天下归于清平的志向。出任豫章太守时，一到郡，就打听徐稚的住处，想先去拜访他。主簿禀报说："大家的意思是希望府君先进官署。”陈蕃说：“周武王刚刚即位，就去拜访商容，当时连席都没有坐暖。我尊敬仰慕贤能之人，又有什么不可以呢！”

【原典】

周子居常云[①]：“吾时月不见黄叔度[②]，则鄙吝之心已复生矣。”

【注释】

①周子居：周乘，字子居，东汉末汝南安城（今河南正阳东北）人，曾为泰山太守，在职时得惠政美誉，为时人所赞叹。②黄叔度：黄宪（75—122）字叔度，号征君，汝南慎阳（今河南正阳北）人，东汉著名贤士。

【译文】

周乘经常对人说：“我数月要是见不到黄宪，庸俗贪婪的想法就又滋长起来了！”

【原典】

李元礼风格秀整，高自标持[①]，欲以天下名教是非为己任[②]。后进之士，有升其堂者，皆以为登龙门[③]。

【注释】

①高自标持：指人自视很高，很自负。②名教：以正名定分为主的儒家礼教。③登龙门：龙门，一名河津。喻指抬高声望。

【译文】

李膺的人格高雅出众，品性端庄，自视甚高，他把在全国推行儒家礼教、辨明是非当成自己的责任。后辈读书人有能到他的厅堂做客的，都自以为登上了龙门。

【原典】

李元礼尝叹荀淑、钟皓曰[①]：“荀君清识难尚[②]，钟君至德可师。”

【注释】

①李元礼：李膺；荀淑：字季和，颍川颍阴（今河南许昌）人，荀子十一世孙，少有高行，博学。②清识：高明的见识。尚：超过。

【译文】

李膺曾经赞叹荀淑和钟皓说："荀君的见识非常高明，一般人将很难超过他；而钟君拥有人世间最美好的德行，是别人学习的榜样。"

【原典】

陈太丘诣荀朗陵[①]，贫俭无仆役。乃使元方将车[②]，季方持杖后从，长文尚小[③]，载著车中。既至，荀使叔慈应门[④]，慈明行酒[⑤]，余六龙下食[⑥]，文若亦小[⑦]，坐著膝前。于时太史奏："真人东行[⑧]。"

【注释】

①陈太丘：陈寔（shí）（104—187），字仲弓，颍川许昌（今河南许昌长葛市）人，东汉时期官员，因曾任太丘县长，故又称"陈太丘"。②元方：陈纪，字元方，陈寔长子。将车：赶车，驾车。③长文：陈群（？—236），字长文，陈寔之孙，陈纪之子。④叔慈：荀靖，字叔慈，荀淑第三子。⑤慈明：荀爽（128—190），字慈明，荀淑第六子。⑥余六龙：指荀淑其他六个儿子。下食：指上菜。⑦文若：荀彧（yù）（163—212），字文若，荀淑之孙。⑧真人：指陈、荀两家父子均为至德之人。

【译文】

陈寔去拜访荀淑，由于家境清贫俭朴，没有仆人可差遣，于是就叫长子陈纪亲自驾车，第六子陈谌拿着手杖跟在车后面，孙子陈群因为年幼，被放在车里面。到了荀淑家，荀淑叫自己的三儿子荀靖出来迎候客人，第六子荀爽给客人倒酒，其余的六子负责上菜，孙子荀彧坐在荀淑膝前。当时的太史上奏："有才德之士向东出行，这是上应天象之吉兆。"

【原典】

客有问陈季方："足下家君太丘有何功德而荷天下重名[①]？"季方曰："吾家君譬如桂树生泰山之阿，上有万仞之高[②]，下有不测之深；上为甘露所沾，下为渊泉所润。当斯之时，桂树焉知泰山之高，渊泉之深，不知有功德与无也！"

【注释】

①陈季方：即陈谌（chén），陈寔的第六个儿子。足下：对人之敬称。②仞：古代长度单位，八尺或七尺为一仞。

【译文】

有位客人问陈谌："您的父亲有哪些功勋和品德，而享有了天下如此好的声名？"陈谌说："我的父亲就好像生长在泰山山坳的一株桂树，上面是万丈高的陡壁山峰，下面有无法测量的深渊；树顶被甘露沾湿，树根为泉水滋润，在这样的时候，桂树又哪里会知道泰山有多高，深渊有多深？不知道这功德是有还是无。"

【原典】

陈元方子长文，有英才①，与季方子孝先各论其父功德②，争之不能决，咨于太丘③。太丘曰："元方难为兄④，季方难为弟。"

【注释】

①陈元方：陈纪。长文：陈群。英才：指杰出的才智。②孝先：陈忠，字孝先，陈谌之子。③咨：询问。④难为（wéi）：难做。

【译文】

陈元方的儿子陈长文，有杰出的才能，他和陈谌的儿子陈忠各自论述自己父亲的事业和品德，两人争执不下，便去问祖父陈寔。陈寔说："元方是哥哥，但未必胜过弟弟，季方是弟弟，也不一定不如哥哥。"

【原典】

荀巨伯远看友人疾，值胡贼攻郡①，友人语巨伯曰："吾今死矣，子可去！"巨伯曰："远来相视，子令吾去，败义以求生，岂荀巨伯所行邪？"贼既至，谓巨伯曰："大军至，一郡尽空，汝何男子，而敢独止？"巨伯曰："友人有疾，不忍委之②，宁以我身代友人命。"贼相谓曰："我辈无义之人，而入有义之国③！"遂班军而还，一郡并获全。

【注释】

①胡：我国古代对西北部少数民族的统称。②委：抛弃。③国：指地方。

【译文】

荀巨伯到很远的地方去探望生病的朋友，正好碰上外族强盗攻打郡城，朋友对荀巨伯说："我今天恐怕是活不成了，您可以走了！"荀巨伯说："我从很远的地方过来看您，您却叫我走；损害道义以求活命，这难道是我荀巨伯干的事吗！"强盗进了郡城，对荀巨伯说："大军到了，全城的人都跑光了，你是什么样的男子汉，竟敢一个人留下来？"荀巨伯说："朋友有病，我不忍心丢下他，我宁愿舍弃自己的性命代朋友去死。"强盗听了互相议论说："我们这些不讲道义的人，却侵入了有道义的地方！"于是就把军队撤回去了，全城也因此得以保全。

【原典】

华歆遇子弟甚整[①]，虽闲室之内[②]，严若朝典[③]。陈元方兄弟恣柔爱之道[④]，而二门之里，两不失雍熙之轨焉[⑤]。

【注释】

①华歆（huà xīn）（157—231）：字子鱼，魏平原高唐（今山东禹城西南）人，汉末魏初时名士，曹魏重臣。②闲室：指闲处在家之时。③朝典：朝廷举行的典礼。④陈元方兄弟：陈纪、陈谌。恣：任意，不受拘束。⑤雍熙：和乐的样子。轨：规矩、法度。

【译文】

华歆对晚辈很严格，即便在家里，也规矩得像奉守着朝廷典礼那样庄敬严肃。陈纪兄弟以温和友爱治家，但在家庭之内，这两家都没有失掉雍容平和的治家准则。

【原典】

管宁、华歆共园中锄菜[1]，见地有片金，管挥锄与瓦石不异，华捉而掷去之。又尝同席读书，有乘轩冕过门者[2]，宁读如故，歆废书出看。宁割席分坐，曰："子非吾友也！"

【注释】

①管宁（158—241）：字幼安，魏北海朱虚（今山东临朐东南）人。②轩冕：古代卿大夫的车服。

【译文】

管宁和华歆一同在菜园里刨地种菜，看到地上有一片金子，管宁不理会，把金子视同瓦片石块，华歆则把金子捡起来再扔出去。还有一次，两人同坐在一张坐席上读书，有官员坐车从门口经过，管宁照样读书，华歆却扔下书本跑出去看。于是管宁割断席子与华歆分开坐，说道："你不是我的朋友。"

【原典】

王朗每以识度推华歆[1]。歆蜡日尝集子侄燕饮[2]，王亦学之。有人向张华说此事[3]，张曰："王之学华，皆是形骸之外[4]，去之所以更远。"

【注释】

①王朗（？—228）：本名严，后改为朗，字景兴，魏郯（今山东郯城）人，东汉末为三国经学家，曹魏初期重臣。②蜡（zhà）日：古代年终祭祀百神之日。③张华（232—300）：字茂先，范阳方城（今河北固安南）人，以博洽著称，著有《张司空集》《博物志》。④形骸（hài）：指人的形体、身体。

【译文】

王朗时常推崇华歆的见识、气度。华歆曾在蜡祭那天，把子孙们聚到一起宴饮，王朗也学他的做法。有人和张华说起此事，张华说："王朗学华歆，学的都是些表面上的东西，因此距离华歆只会越来越远。"

【原典】

华歆、王朗俱乘船避难，有一人欲依附[①]，歆辄难之[②]。朗曰："幸尚宽，何为不可？"后贼追至，王欲舍所携人。歆曰："本所以疑[③]，正为此耳。既已纳其自托[④]，宁可以急相弃邪？"遂携拯如初[⑤]。世以此定华、王之优劣。

【注释】

①依附：跟从。②辄：立即。难（nàn）之：以为难，使人感到为难。③疑：犹豫。④自托：把自己托付给别人。⑤携拯：携带救助。

【译文】

华歆、王朗一同乘船避难，有一个人想搭他们的船，华歆马上对这一要求表示为难。王朗说："好在船还宽，为什么不可以搭呢？"后来敌兵追来了，王朗想抛弃搭船人。华歆说："我当初犹豫，就是怕会出现这样的情况。既然刚才已经答应了他的请求，现在又怎么可以因为情况紧迫就抛弃他呢？"便仍旧带着并帮助他。世人于是就凭这件事来判定华歆和王朗的优劣。

【原典】

王祥事后母朱夫人甚谨[①]，家有一李树，结子殊好，母恒使守之[②]。时风雨忽至，祥抱树而泣。祥尝在别床眠，母自往暗斫之[③]。值祥私起，空斫得被。既还，知母憾之不已，因跪前请死。母于是感悟，爱之如己子。

【注释】

①王祥：魏晋时人，是个孝子，因侍奉后母，年纪很大才进入仕途。②恒：经常。③暗斫（zhuó）：偷偷地砍杀。

【译文】

王祥对待他的后母朱夫人非常谦恭谨慎。他家有一棵李树，结的果实很好，后母一直让他看守那棵树。有一次，王祥正看守李树时忽然起了风雨，王祥就抱着树大哭起来。王祥曾经在另一张床上睡觉，后母躲在暗处准备暗中砍死王祥。正好那时王祥已起床，后母空砍在被子上。等到王祥回来，知道后母因为没能杀死他而遗憾不已，因而跪在后母面前请求一死。后母终于被王祥的孝心所感动，从此爱护他如同自己的亲生儿子一般。

【原典】

王戎云[①]：“与嵇康居二十年，未尝见其喜愠之色。”

【注释】

①王戎（234—305）：字濬冲，琅玡临沂（今属山东）人，西晋名士，“竹林七贤”之一。

【译文】

王戎说：“我和嵇康相处二十年，从未见过他有喜怒的表情。”

【原典】

王戎、和峤同时遭大丧，俱以孝称。王鸡骨支床[①]，和哭泣备礼。武帝谓刘仲雄曰：“卿数省王、和不？闻和哀苦过礼，使人忧之。”仲雄曰：“和峤虽备礼，神气不损；王戎虽不备礼，而哀毁骨立[②]。臣以和峤生孝[③]，王戎死孝[④]。陛下不应忧峤，而应忧戎。”

【注释】

①鸡骨支床：瘦骨嶙峋，支离床席。②哀毁骨立：形容悲哀过度，瘦弱不堪，剩个骨架立着。③生孝：指遵守丧礼而能注意不伤身体的孝行。④死孝：对父母尽哀悼之情而至于死的孝行。

【译文】

王戎和和峤同时丧母，都因为尽孝而著称。王戎骨瘦如柴，和峤哀痛哭泣，礼仪周到。晋武帝对刘毅说道：“你经常去探望王戎、和峤吗？听说和峤过于悲痛，超出了礼法常规，真令人担忧。”刘毅说：“和峤虽然礼仪周到，精神状态没有受到损伤；王戎虽然礼仪不周，可是伤心过度，伤了身体，骨瘦如柴。臣认为和峤是尽孝道而不毁生，王戎是以死去尽孝道。陛下不应为和峤担忧，而应该为王戎担忧。”

【原典】

王安丰遭艰[1]，至性过人[2]。裴令往吊之，曰："若使一恸果能伤人[3]，濬冲必不免灭性之讥。"

【注释】

①王安丰：即王戎。遭艰：遭遇父母的丧事。②至性：指孝顺父母之诚信。③一恸（tòng）：指悲哀之极。

【译文】

王戎遇到父母的丧事，哀痛之情超过一般人。中书令裴楷去吊唁后，说道："如果一次极度的悲哀真能伤害人的身体，那么王戎必定免不了会被讥讽为不听圣人教诲。"

【原典】

王戎父浑有令名[1]，官至凉州刺史。浑薨[2]，所历九郡义故，怀其德惠，相率致赙数百万[3]，戎悉不受。

【注释】

①令名：美好的名声。②薨（hōng）：古代称诸侯或大官之死。③赙（fù）：帮助别人办理丧事的钱财。

【译文】

王戎的父亲王浑享有很高的名望，官职做到凉州刺史。王浑死后，他在各州郡做官时的随从和旧部下，为了感念他生前的恩惠，大家凑了几百万钱送给王戎做丧葬费，王戎一概加以拒绝了。

【原典】

刘道真尝为徒[1]，扶风王骏以五百疋布赎之[2]，既而用为从事中郎[3]。当时以为美事。

【注释】

①刘道真：刘宝，字道真，山阳郡高平人（今山东邹城西南）。②扶风王骏：司马骏（约232—286），字子臧，河内郡温县（今河南温县）人，晋宣帝司马懿第七子。③既而：不久。从事中郎：官名，将帅的僚属。

【译文】

刘道真原来是个罚服劳役的罪犯，扶风王司马骏用五百匹布将他从牢里赎了出来；不久又任用他做从事中郎。这件事情在当时广被人们传诵。

【原典】

郗公值永嘉丧乱[1]，在乡里甚穷馁[2]。乡人以公名德，传共饴之[3]。公常携兄子迈及外生周翼二小儿往食[4]。乡人曰："各自饥困，以君之贤，欲共济君耳，恐不能兼有所存。"公于是独往食，辄含饭著两颊边，还吐与二儿。后并得存，同过江。郗公亡，翼为剡县，解职归，席苫于公灵床头，心丧终三年[5]。

【注释】

①郗（xī）公：郗鉴，字道徽，博学儒雅著称，官至太尉。值：恰逢，正赶上。永嘉丧乱：晋怀帝永嘉年间（307—313），政治腐败，民不聊生，永嘉五年（公元 311 年），匈奴南侵，攻破洛阳，俘虏怀帝，焚毁全城，史称"永嘉丧乱"，西晋由此衰亡。②穷馁（něi）：穷困饥饿。③传：轮流。饴（sì）：同"饲"，给人吃。④迈：郗迈，字思远，官至少府、中护军。⑤心丧：指不穿丧服，在心中悼念。

【译文】

郗鉴恰逢永嘉丧乱时，避居乡下，生活非常穷困，甚至要靠挨饿过日子。乡里人都很尊敬郗公的名望和德行，就决定轮流给他做饭吃。郗公带着侄子郗迈和外甥周翼一起去吃饭。乡里人说："大家都饥饿困乏，因为您的贤德，所以我们要共同帮助您，如果再加上两个孩子，恐怕就不能一同养活了。"从此郗公就一个人去吃饭，把饭含在两颊旁，回来后吐给俩孩子吃。两个孩子活了下来，一同南渡过江。郗公去世时，周翼任剡县令，他辞职回家，在郗公灵床前铺了草垫守孝，整整守了三年心丧。

【原典】

顾荣在洛阳[1]，尝应人请，觉行炙人有欲炙之色[2]，因辍己施焉。同坐嗤之[3]。荣曰："岂有终日执之，而不知其味者乎？"后遭乱渡江[4]，每经危急，常有一人左右己[⑤]，问其所以，乃受炙人也。

【注释】

①顾荣（？—312）：字彦先，吴郡（今江苏苏州）人。②行炙人：端送烤肉的侍者。炙，烤肉。③同坐：同席的人。④乱：指“永嘉之乱”。⑤左右：相帮，相助。

【译文】

顾荣在洛阳的时候，有一次应友人邀请去赴宴。宴会上，他发现上菜的人有想吃烤肉的神情，于是就把自己那一份烤肉让给了他。同席的人都笑话顾荣，顾荣说：“哪有整天做烤肉而不知它滋味的人呢？”后来遭遇永嘉之乱，顾荣随大家一起纷纷渡江避难，每次遇到危急，总有一人帮助自己，顾荣问他缘故，原来正是那个接受烤肉的人。

【原典】

祖光禄少孤贫[①]，性至孝，常自为母炊爨作食[②]。王平北闻其佳名，以两婢饷之，因取为中郎。有人戏之者曰：“奴价倍婢[③]。”祖云：“百里奚亦何必轻于五羖之皮邪[④]？”

【注释】

①祖光禄：祖纳，字士言，晋范阳遒县（今河北涞水北）人。②炊爨（cuàn）：烧火做饭。③奴：指男性奴仆。婢：指女奴。④羖（gǔ）：黑色公羊。

【译文】

祖纳少年时死了父亲，家境十分贫寒，他生性孝顺，经常亲自给母亲烧火做饭。平北将军王乂听到祖纳的好名声，就把两个婢女送给他，并任用他做中郎。有人跟祖纳开玩笑说：“奴仆的身价比婢女多一倍。”祖纳说：“百里奚的身价又怎么会比五张羊皮轻贱呢？”

【原典】

周镇罢临川郡还都[①]，未及上住泊青溪渚[②]。王丞相往看之[③]。时夏月，暴雨卒至，舫至狭小，而又大漏，殆无复坐处。王曰：“胡威之清[④]，何以过此！”即启用为吴兴郡[⑤]。

【注释】

①周镇：字康时，晋陈留尉氏（今属河南）人，为人清约寡欲，有政绩，官临川、吴兴郡守。②上住：上岸住宿。渚（zhǔ）：水中的小块陆地。③王丞相：王导（276—339），字茂弘，琅邪临沂（今属山东）人。④胡威（？—280）：字伯武，一名貔，淮南寿春（今安徽寿州）人。⑤启用：举用，荐举任用。

【译文】

周镇从临川郡解任回到京都，还没来得及上岸，将船停在青溪岸边。丞相王导去看望他。当时正是夏天，突然下起暴雨来，船很狭窄，而且雨漏得厉害，几乎没有可坐的地方。王导说："胡威的清廉，怎么可能会超过这种情况呢！"王丞相于是立刻起用周镇做吴兴郡太守。

【原典】

邓攸始避难①，于道中弃己子，全弟子。既过江，取一妾，甚宠爱。历年后讯其所由②，妾具说是北人遭乱③，忆父母姓名，乃攸之甥也。攸素有德业，言行无玷④，闻之哀恨终身，遂不复畜妾⑤。

【注释】

①邓攸（？—326）：字伯道，襄陵（今属山西）人，幼年时以恪尽孝道而著称。②所由：指出身，来历。由，由来，来历。③具说：详细诉说。④玷（diàn）：白玉上的瑕疵，喻指污点。⑤畜：原为畜养禽兽，这里指纳妾。

【译文】

邓攸当初避永嘉之乱时，在半路上狠心抛下自己的儿子，保全了弟弟的儿子。过江南渡以后，娶了一个小妾，非常宠爱。一年后问她的身世来由，她便详细地诉说自己是北方人，因遭逢战乱，逃难到江南，回忆起父母的姓名，原来她竟然是邓攸的外甥女。邓攸在德行方面一向对自己要求很高，言谈举止上也很少有瑕疵，听了这件事，邓攸伤心后悔了一辈子，从那时起，他就再也没有娶过妾了。

【原典】

桓常侍闻人道深公者①，辄曰："此公既有宿名②，加先达知称③，又与先人至交④，不宜说之。"

【注释】

①桓常侍：桓彝，字茂伦，晋谯国龙亢（今安徽怀远）人。深公：名道潜，字法深，晋高僧。②宿名：久为人知的名望。③先达：前辈。知称：赞扬称许。④先人：指去世的父亲。

【译文】

散骑常侍桓彝听人议论法深和尚，就说："此公素有美名，而且受到前辈贤达的赞扬和赏识，他又是我先父的好友，所以我看不应该议论他。"

【原典】

阮光禄在剡①，曾有好车，借者无不皆给。有人葬母，意欲借而不敢言②。阮后闻之，叹曰："吾有车而使人不敢借，何以车为？"遂焚之③。

【注释】

①阮（ruǎn）光禄：阮裕，字思旷，陈留尉氏（今属河南）人，以德业著称，又因曾做过金紫光禄大夫，故称阮光禄。剡（shàn）：县名，在今浙江嵊州西南。②意：心里。③遂：就，于是。

【译文】

光禄大夫阮裕在剡县的时候，曾经有一辆很好的车，不管谁向他借车，没有不借的。有个人要葬母亲，心想借车，可却不敢开口。阮裕后来听说这件事，叹息说："我虽然有车，但是人不敢来借，那我要车还有什么用呢！"于是就一把火将车子烧了。

【原典】

谢奕作剡令[①]，有一老翁犯法，谢以醇酒罚之，乃至过醉而犹未已[②]。太傅时年七八岁[③]，著青布绔，在兄膝边坐，谏曰："阿兄！老翁可念，何可作此。"奕于是改容曰[④]："阿奴欲放去邪[⑤]？"遂遣之。

【注释】

①谢奕：字无奕，东晋陈郡阳夏（今河南太康）人。令：县令，一县的行政长官。②已：停止。③太傅：即谢安（320—385），字安石，少有重名，年四十余方出仕，初为桓温司马，后任吴兴太守。④改容：指由严厉的脸色改变为温和的脸色。容：脸上的神情或气色。⑤阿奴：魏晋南北朝间年长者对幼者的爱称。

【译文】

谢奕做剡县县令的时候，有一个老头犯了法，谢奕就拿醇酒罚他喝，以至醉得很厉害，却还不停罚。谢安当时只有七八岁，穿一条青布裤，在他哥哥膝上坐着，劝告说："哥哥，老人家看起来真可怜，怎么可以对他做这种事！"谢奕脸色立刻缓和下来，说道："你要把他放走吗？"于是就把那个老人打发走了。

【原典】

谢太傅绝重褚公[①]，常称[②]："褚季野虽不言，而四时之气亦备[③]。"

【注释】

①谢太傅：即谢安。褚（chǔ）公：指褚裒（póu）（303—349），字季野，河南阳翟（今河南禹县）人。②常：通"尝"，曾经。③气：气象，指冷热风雨阴晴等现象。

【译文】

太傅谢安非常敬重褚裒，曾经称颂说："褚裒虽然口里不说，可是心里正像一年四季的气象那样，样样都有。"

【原典】

刘尹在郡[①]，临终绵惙[②]，闻阁下祠神鼓舞[③]。正色曰："莫得淫祀[④]！"外请杀车中牛祭神，真长答曰："丘之祷久矣[⑤]，勿复为烦。"

【注释】

①刘尹：刘惔（tán），字真长，晋沛国相（今安徽濉溪西北）人，汉室之裔，明帝女婿。郡，这里指丹阳郡，治所在今江苏南京东南，是护卫京师的重要地区。②绵惙（chuò）：指气息微弱，这里指弥留之际奄奄一息的样子。③阁下：阁楼下。鼓舞：击鼓跳舞，一种祭祀的仪式。④淫祀：滥行祭祀。⑤丘之祷久矣：语出《论语·述而》，有次孔子得了重病，弟子子路请求允许向神祷告，孔子说："丘之祷久矣。"委婉地拒绝了子路的请求。

【译文】

刘惔在丹阳郡任上，临终弥留之际，听见供神佛的阁楼下正在击鼓舞蹈，举行祭祀。他便神色严肃地说："不要滥行祭祀！"他的属员请求杀掉驾车的牛来举行祭祀，刘惔回答说："我早就祷告过了，不要再做烦扰人的事情了。"

【原典】

谢公夫人教儿[①]，问太傅[②]："那得初不见君教儿[③]？"答曰："我常自教儿[④]。"

【注释】

①谢公夫人：谢安夫人。②太傅：即谢安。③那得：怎么。初不：从未。④我常自教儿：指自己的为人处世，都是儿子所能看到、听到的，可以效法，是一种身教。

【译文】

谢安的夫人在教导儿子时，追问太傅谢安："怎么从来没有见你教导过儿子？"谢安回答说："我经常以自身言行教导儿子。"

【原典】

晋简文为抚军时[①]，所坐床上尘不听拂[②]，见鼠行迹，视以为佳。有参军见鼠白日行[③]，以手板批杀之[④]，抚军意色不说。门下起弹，教曰[⑤]：“鼠被害，尚不能忘怀，今复以鼠损人，无乃不可乎[⑥]？”

【注释】

①晋简文：东晋简文帝司马昱（320—372），字道万，元帝少子，即位前封会稽王，任抚军将军，后又进位抚军大将军、丞相。②床：古时坐、卧之具，这里指坐具。③参军：将军府属下的官员。④手板：即“笏（hù）”，古代官吏上朝或谒见上司时拿在手中的狭长板子，上面可以记事。⑤教：上对下的告谕。⑥无乃：岂不是，表示委婉语气。

【译文】

晋简文帝任抚军大将军时，所坐床榻上的灰尘不让擦去，看见上面有老鼠爬过的痕迹，反而认为很好。有位参军看见老鼠白天走出来，就拿手板把老鼠打死了，抚军露出很不高兴的神色。门客站起来弹劾，抚军劝告他说：“老鼠给打死了，尚且不能忘怀，现在又为了一只老鼠去损伤人，恐怕不行吧？”

【原典】

范宣年八岁[①]，后园挑菜，误伤指，大啼。人问：“痛邪？”答曰：“非为痛，身体发肤，不敢毁伤，是以啼耳[②]！”宣洁行廉约[③]，韩豫章遗绢百匹[④]，不受。减五十匹，复不受。如是减半，遂至一匹，既终不受。韩后与范同载，就车中裂二丈与范，云：“人宁可使妇无恽邪[⑤]？”范笑而受之。

【注释】

①范宣：字子宣，晋陈留（今属河南）人。②身体发肤，不敢毁伤：语出《孝经》：“身体发肤，受之父母，不敢毁伤，孝之始也。”身，躯干。体，头和四肢。③洁行廉约：品行高洁，清廉俭朴。④韩豫章：韩伯（？—约385），字康伯，颍川长社（今河南长葛）人，历任豫章太守、镇

军将军等。⑤裈（kūn）：同“裩”。满裆裤。

【译文】

范宣八岁时，在后园挖菜，不小心弄伤了手指，就大哭起来。有人问他：“很疼吗？”他回答说：“不是因为疼，人的身体发肤都来自于父母，不该随意毁伤，因此才哭！”范宣品行高洁，为人清廉简朴，豫章太守韩伯送给他一百匹绢，他不肯收下；减去五十匹，仍不接受；就这样一半一半地递减，直到剩下一匹绢，范宣仍然不肯接受。后来韩伯邀范宣一起坐车，韩伯便在车里撕下二丈绢给范宣，说：“作为丈夫难道能让妻子没有裤子穿吗？”范宣才笑着把绢收下了。

【原典】

王子敬病笃①，道家上章应首过②，问子敬：“由来有何异同得失③？”子敬云：“不觉有余事，惟忆与郗家离婚④。”

【注释】

①王子敬：王献之，字子敬，是晋代大书法家王羲之最小的儿子，擅书法，尤擅草书，与王羲之并称“二王”。②道家：指道教。③由来：向来，一向。异同，指和平常不同的。④与郗家离婚：指王献之曾娶郗昙的女儿为妻，后两人离婚之事。

【译文】

王献之病危，请道士主持上表文祷告，本人应该坦白过错，道士问献之，“一向有什么异常和过错？”献之说：“想不起有别的事，只记得和郗家离过婚。”

【原典】

殷仲堪既为荆州①，值水俭②，食常五碗盘③，外无余肴。饭粒脱落盘席闲，辄拾以啖之。虽欲率物④，亦缘其性真素⑤。每语子弟云：“勿以我受任方州⑥，云我豁平昔时意。今吾处之不易。贫者士之常，焉得登枝而捐其本！尔曹其存之！”

【注释】

①殷仲堪（？—399）：陈郡（今河南淮阳）人，东晋太常殷融之孙，晋陵太守殷师之子。②水：水灾。俭：年成歉收。③五碗盘：每套由一个圆形托盘及盛放于其中的五只小碗组成，故名。④率物：为人表率。物，人。⑤真素：自然坦率，不做作。⑥方州：大州。方，大。

【译文】

殷仲堪任荆州刺史后，赶上该地区水涝歉收，他每天吃饭时常常只用五碗盘盛菜，此外就没有什么荤菜了，如有饭粒掉在餐桌上，总要捡起来吃掉。这样做虽然是有心为人表率，却也是由于生性朴素使然。殷仲堪常常对子弟们说："不要因为我出任一州长官，就认为我会把平素的意愿操守都丢弃掉。如今，我处在这个位置上很不容易。清贫是读书人的本分，怎么能够登上高枝就抛弃它的根本呢！你们要记住这个道理。"

【原典】

桓南郡既破殷荆州，收殷将佐十许人[①]，咨议罗企生亦在焉[②]。桓素待企生厚，将有所戮，先遣人语云："若谢我，当释罪。"企生答曰："为殷荆州吏，今荆州奔亡，存亡未判，我何颜谢桓公？"既出市，桓又遣人问欲何言，答曰："昔晋文王杀嵇康，而嵇绍为晋忠臣。从公乞一弟以养老母。"桓亦如言宥之。桓先曾以一羔裘与企生母胡，胡时在豫章，企生问至，即日焚裘。

【注释】

①收：逮捕。将佐：将领和僚属。②咨议：官名，晋以后王府设咨议参军，以备咨询谋议，简称"咨议"。罗企生：字仲伯，晋豫章（今江西南昌）人，时任殷仲堪幕府咨议参军。

【译文】

桓玄打败荆州刺史殷仲堪后，逮捕了殷仲堪的部将僚属十来人，咨议参军罗企生也在里面。桓玄一向优待罗企生，当他打算杀掉一些人的时候，先派人去告诉企生说："如果向我认罪，一定免你一死。"企生回答说："我是殷荆州的官吏，现在荆州老少还在逃亡，生死不明，我有什么颜面向桓公谢罪？”押赴刑场以后，桓玄又派人前去问他还有什么话要说，企生答道：“过去晋文王杀了嵇康，可是他儿子嵇绍却做了晋室的忠臣；因此我想请桓公留下我一个弟弟来奉养老母亲。”桓玄就按他的要求赦免了他弟弟的罪。

桓玄曾经送给罗企生母亲胡氏一件羔皮袍子，这时胡氏在豫章，当企生被害的消息传来时，她当天就把那件皮袍子给烧了。

【原典】

王恭从会稽还①，王大看之②，见其坐六尺簟③，因语恭：“卿东来，故应有此物，可以一领及我。”恭无言。大去后，即举所坐者送之。既无余席，便坐荐上④。后大闻之甚惊，曰：“吾本谓卿多⑤，故求耳。”对曰：“丈人不悉恭⑥，恭作人无长物。”

【注释】

①王恭（？—398），字孝伯，太原晋阳（今山西太原）人，东晋重臣。会稽：郡名，治所在今绍兴。②王大：即王忱，王恭的族叔。③簟（diàn）：竹席。④荐：草垫子。⑤卿：六朝时，尊辈称晚辈，或同辈熟人间的亲热称呼。⑥丈人：古代晚辈对长辈或老人的敬称。

【译文】

王恭从会稽回来后，王忱去看他，看见他坐着一张六尺长的竹席子，便对王恭说："你从东边回来，自然会有这种东西，可以拿一张给我。"王恭没有说什么。王忱走后，王恭就拿起所坐的那张竹席送给王忱。既没有多余的竹席，就坐在草席子上。后来王忱听说这件事，很吃惊，对王恭说："我原本以为你有很多这样的东西，所以才问你要呢。"王恭回答说："你不了解我，我为人身边从来没有多余的东西。"

【原典】

吴郡陈遗①，家至孝，母好食铛底焦饭②。遗作郡主簿③，恒装一囊，每煮食，辄贮录焦饭④，归以遗母。后值孙恩贼出吴郡⑤，袁府君即日便征⑥，遗已聚敛得数斗焦饭，未展归家，遂带以从军。战于沪渎⑦，败。军人溃散，逃走山泽，皆多饥死，遗独以焦饭得活。时人以为纯孝之报也。

【注释】

①吴郡：郡名，治所在今江苏苏州。②铛（chēng）：一种平底浅锅。焦饭：锅巴。③主簿：官名，负责文书簿籍等事。④贮录：储藏。录，收藏。⑤孙恩（？—402）：字灵秀，琅邪（今属山东）人。⑥袁府君：即袁山松（？—401），一名崧，阳夏（今河南太康）人。⑦沪渎（dú）：水名，在上海东北吴淞江下游近海处。

【译文】

吴郡人陈遗在家极为孝顺，他母亲喜欢吃锅底的焦饭。陈遗在担任郡太守的下属负责文书的官员的时候，总是常带一只口袋，每次煮饭，总是把锅底焦饭装起来，带回家给母亲吃。后来遇上孙恩在吴郡叛乱，内史袁山松马上要出兵征讨，这时陈遗已经积攒了几斗焦饭，还来不及送回家，就带着跟随军队出发了。双方在沪渎开战，袁山松战败了，军队散乱，军人们都逃跑到山林沼泽地带，多数人饿死了，只有陈遗靠着焦饭活了下来。当时人都认为这是对他纯厚孝心的好报。

【原典】

吴道助、附子兄弟[1]，居在丹阳郡后。遭母童夫人艰[2]，朝夕哭临[3]。及思至，宾客吊省，号踊哀绝，路人为之落泪。韩康伯时为丹阳尹，母殷在郡，每闻二吴之哭，辄为凄恻。语康伯曰："汝若为选官[4]，当好料理此人。"康伯亦甚相知。韩后果为吏部尚书[5]。大吴不免哀制[6]，小吴遂大贵达。

【注释】

①吴道助：吴坦之，字处靖，小字道助，晋濮阳鄄城（今属山东）人。附子：吴隐之，字处默，小字附子，官晋陵太史、广州刺史等。②艰：忧，遭父母之丧为丁忧，亦称丁艰。③哭临：举行哀悼仪式痛哭流涕。④选官：负责选拔官员的长官。⑤吏部尚书：吏部的行政长官，主要掌管官吏的任免、考核、升降、调动等。⑥不免哀制：指经不起丧亲的悲痛而死。

【译文】

吴坦之和吴隐之兄弟俩住在丹阳郡官署的后面。不幸碰上母亲童夫人逝世，他们在早晚哭吊，等到守孝期到，宾客来吊唁时，都顿足号哭，哀恸欲绝，过路的人也因此落泪。当时韩伯任丹阳尹，母亲殷氏住在郡府中，每逢听到吴家兄弟俩的哭声，总是感到非常哀伤。她对韩伯说："你将来要是做了选官，要好好照顾这两个人。"韩伯对他们十分了解。后来韩伯果然出任吏部尚书。这时大吴坦之已经死了，小吴隐之后来做了大官，且十分显贵。

言语第二

【原典】

边文礼见袁奉高[①]，失次序[②]。奉高曰："昔尧聘许由，面无怍色[③]，先生何为颠倒衣裳[④]？"文礼答曰："明府初临[⑤]，尧德未彰，是以贱民颠倒衣裳耳。"

【注释】

①边文礼：边让，字文礼，东汉陈留浚仪（今属河南）人。袁奉高：袁阆，字奉高。②失次序：指举止失措。③怍（zuò）色：惭愧的神色。④颠倒衣裳：语出《诗经·齐风·东方未明》："东方未明，颠倒衣裳。颠之倒之，自公召之。"此指把衣服穿颠倒了。⑤明府：对太守的尊称。

【译文】

边让谒见袁阆的时候，举止失措。袁阆说："古时候尧请许由出来做官，许由的脸上没有流露出丝毫愧色。先生为什么弄得颠倒了衣裳呢？"文礼回答说："您刚到任，如尧般的大德还没有明显表现出来，所以我才颠倒了衣裳呢！"

【原典】

徐孺子年九岁[①]，尝月下戏。人语之曰："若令月中无物[②]，当极明邪？"徐曰："不然，譬如人眼中有瞳子，无此必不明。"

【注释】

①徐孺子：徐稚。②若令：如果。物：传说月亮中有嫦娥、玉兔、桂树和三条腿的蟾蜍。

【译文】

徐孺子九岁时，有一次在月光下玩耍，有人对他说："如果月亮里面什么也没有，会更加明亮吧？"徐孺子说："不是这样的，好比人的眼睛里有瞳仁，如果没有这个，一定看不见。"

【原典】

孔文举年十岁①，随父到洛。时李元礼有盛名②，为司隶校尉③，诣门者皆俊才清称及中表亲戚乃通④。文举至门，谓吏曰："我是李府君亲。"既通，前坐。元礼问曰："君与仆有何亲？"对曰："昔先君仲尼与君先人伯阳，有师资之尊，是仆与君奕世为通好也⑤。"元礼及宾客莫不奇之。太中大夫陈韪后至⑥，人以其语语之。韪曰："小时了了，大未必佳！"文举曰："想君小时，必当了了！"韪大踧踖。

【注释】

①孔文举：孔融（153—208），字文举，鲁国（今山东曲阜）人。②李元礼：李膺。③司隶校尉：汉至魏晋监察京师和地方的监察官。④俊才清称：杰出之士有高雅的名望者。中表亲戚：泛指内外亲戚。⑤奕世：累世，一代接一代。⑥太中大夫：官名，主管议论政事。

【译文】

孔融十岁时，跟随父亲到洛阳。当时李膺很有名望，担任司隶校尉。但凡登门拜访的都是杰出的人才、享有清名的人，以及他的内外亲戚，只有这些人才被允许通报进门。孔融到了他门口，对守门人说："我是李府君的亲戚。"通报后，孔融进去坐在前面。李膺问道："你和我是什么亲戚啊？"孔融回答说："从前我的先人孔仲尼和您的先人李伯阳有师友之亲，这样说来，我与您是世代通家之好。"李膺和宾客们对他的回答没有不感到惊奇的。这时，太中大夫陈韪刚进来，有人把孔融的话告诉了他。陈韪说："小时聪明伶俐，长大后未必会怎么样。"孔融应声说："照您这样说，您小时候想必是非常聪明伶俐的了！"陈韪非常尴尬。

【原典】

孔融被收[①]，中外惶怖[②]。时融儿大者九岁，小者八岁。二儿故琢钉戏[③]，了无遽容。融谓使者曰："冀罪止于身，二儿可得全不[④]？"儿徐进曰："大人岂见覆巢之下[⑤]，复有完卵乎？"寻亦收至[⑥]。

【注释】

①孔融被收：指孔融被曹操逮捕一事。②中外：指朝廷内外。③琢钉戏：古时一种儿童游戏。④不（fǒu）：通"否"。⑤大人：对父亲的敬称。⑥寻：不久。

【译文】

孔融被曹操逮捕，朝廷内外众人都很惊恐。当时，孔融的儿子大的才九岁，小的仅八岁，两个孩子仍然在玩琢钉戏，一点也没有恐惧的样子。孔融对前来逮捕他的人说："希望惩罚只限于我自己，两个孩子能否得以保全性命？"这时，两个儿子不慌不忙地上前说："父亲难道看见过打翻的鸟巢下面还有完整的蛋吗？"不久，专程来逮捕两个儿子的差使也到了。

【原典】

荀慈明与汝南袁阆相见[①]，问颍川人士，慈明先及诸兄。阆笑曰："士但可因亲旧而已乎[②]？"慈明曰："足下相难，依据者何经？"阆曰："方问国士[③]，而及诸兄，是以尤之耳。"慈明曰："昔者祁奚内举不失其子，外举不失其仇，以为至公。公旦《文王》之诗，不论尧舜之德，而颂文武者[④]，亲亲之义也[⑤]。《春秋》之义，内其国而外诸夏。且不爱其亲而爱他人者，不为悖德乎？"

【注释】

①荀慈明：荀爽。②因：依靠。③国士：全国推崇的才德之士。④文武：周文王姬昌及周武王姬发。⑤亲亲：热爱亲人。

【译文】

荀爽和汝南袁阆见面时，袁阆问荀爽颍川郡都有哪些有才德之士，荀爽先提到自己的几位兄长。袁阆便嘲讽他说："难道才德之士只能倚靠亲朋故旧来扬名吗？"荀爽说："您责备我，可有什么依据？"袁阆说："我刚才问的是国士，你却只谈自己的诸位兄长，因此我才责问你呀！”荀爽说：“从前祁奚在推荐人才时，对内不忽略自己的儿子，对外不忽略自己的仇人，正因为这样人们才认为他是最公正无私的。又如周公姬作《文王》时，不去叙说远古帝王尧和舜的德政，却歌颂周文王、周武王，这是符合热爱亲人这一大义的。《春秋》记事的原则是：把本国看成亲的，把诸侯国看成疏的，再说不爱自己的亲人而爱别人的人，岂不是违反了道德准则吗？”

【原典】

南郡庞士元闻司马德操在颍川①，故二千里候之②。至，遇德操采桑，士元从车中谓曰：“吾闻丈夫处世，当带金佩紫③，焉有屈洪流之量④，而执丝妇之事？”德操曰：“子且下车，子适知邪径之速，不虑失道之迷。昔伯成耦耕，不慕诸侯之荣；原宪桑枢⑤，不易有官之宅。何有坐则华屋，行则肥马，侍女数十，然后为奇？此乃许、父所以忼慨，夷、齐所以长叹。虽有窃秦之爵⑥，千驷之富，不足贵也！”士元曰：“仆生出边垂，寡见大义。若不一叩洪钟，伐雷鼓，则不识其音响也。”

【注释】

①南郡：郡名，辖境内有今湖北襄樊、荆门、洪湖等地，治所在今湖北江陵东北。庞士元：庞统（179—214），字士元，号凤雏，汉时荆州襄阳（今湖北襄阳）人。司马德操：司马徽（？—208），字德操，颍川阳翟（今河南禹州）人，善于知人，有“水镜”之称。②故：特，特地。③带金佩紫：佩带金印紫绶带，汉时只有相国、列侯等才能带金佩紫。④洪流之量：比喻才能、气度之大如同浩大的水流。⑤原宪：春秋时鲁国人，一说宋人，字子思，孔子学生。⑥窃秦之爵：指吕不韦以计谋窃取秦国的爵位。

【译文】

南郡庞统听说司马徽住在颍川，专程走了两千里路去拜访他。到了那里，碰上司马徽正在采桑叶，庞统就在车里对司马徽说：“我听说大丈夫处世，就应该做大官，办大事，哪有压抑住自己长江大河的度量，去做蚕妇专门做的事情呢？”司马徽说：“您赶紧下车来。您只知道走小路快，却不担心自己会迷路。从前伯成宁愿回家种地，也不羡慕做诸侯的荣耀；原宪宁愿住在破屋里，也不愿住达官的住宅。哪里有住就要住在豪华的宫室里，出门就必须肥马轻车，左右要有几十个婢妾侍候，然后才能算是与众不同的道理呢？这正是隐士许由、巢父慷慨辞让天下的原因，也是清廉之士伯夷、叔齐长叹的缘由之所在。就算有吕不韦那样从秦国窃取的官爵，有齐景公那样拥有四千匹马的富有，这样的人也是不值得尊重和羡慕的。”庞统说：“我出生在边远偏僻的地方，很少见识到大道理。如果不叩击大钟，敲打雷鼓，那真是就不知道您的音容了。”

【原典】

刘公干以失敬罹罪①，文帝问曰②：“卿何以不谨于文宪③？”桢答曰：“臣诚庸短，亦由陛下纲目不疏④。”

【注释】

①刘公干：刘桢（？—217），字公干，东平宁阳（今属山东）人，东汉名士，建安七子之一。罹罪：遭受罪罚。罹（lí），遭受。②文帝：曹丕（187—226），字子桓，曹操次子。③文宪：法规。④纲目：法网。

【译文】

刘桢因为失敬受到判罪。曹丕问他：“你为什么不注意法纪呢？”刘桢回答说：“臣确实平庸浅陋，但也是由于陛下法网严密。”

【原典】

钟毓、钟会少有令誉①。年十三，魏文帝闻之，语其父钟繇曰②：“可令二子来。”于是敕见③。毓面有汗，帝曰：“卿面何以汗？”毓对曰：“战战惶惶，汗出如浆。”复问会：“卿何以不汗？”对曰：“战战栗栗，汗不敢出。”

【注释】

①钟毓（yù）（？—263）：字稚叔，魏颍川长社（今河南长葛东北）人，三国时期魏国大臣，太傅钟繇之子，司徒钟会之兄。钟会（225—264）：字士季，魏颍川长社（今河南长葛东北）人，官至司徒，为司马昭重要谋士。②钟繇（yáo）（151—230）：字元常，东汉末为黄门侍郎，三国时期曹魏著名书法家、政治家。③敕（chì）：皇帝的命令。

【译文】

钟毓、钟会兄弟俩少年时就有好名声，钟毓十三岁时，魏文帝听说他们俩，便对他们的父亲钟繇说："可以叫两个孩子来见我。"于是下令赐见。进见时钟毓脸上有汗，文帝问道："你脸上为什么出汗？"钟毓回答说："战战惶惶，汗出如浆。"文帝又问钟会："你为什么不出汗？"钟会回答说："战战栗栗，汗不敢出。"

【原典】

魏明帝为外祖母筑馆于甄氏[①]。既成，自行视，谓左右曰："馆当以何为名？"侍中缪袭曰[②]："陛下圣思齐于哲王[③]；罔极过于曾、闵[④]。此馆之兴，情钟舅氏，宜以'渭阳'为名。"

【注释】

①魏明帝：曹叡（205—239），字元仲，魏文帝曹丕长子，母文昭皇后甄氏，三国时期曹魏第二位皇帝，公元226—239年在位。②侍中：官名，皇帝近侍。③圣思：圣明的思虑。哲王：贤明的君主。④罔极：无穷无尽。曾、闵：即曾参、闵子骞。他们都是孔子的弟子，也是有名的孝子。

【译文】

魏明帝在甄家给外祖母修建了一所华丽的住宅。建成以后，亲自前去察看，并且问随从的人："这府第应该起一个什么名字比较好呢？"侍中缪袭说："陛下圣明的思虑和贤明的君主一样周到，报恩的孝心超过了曾参、闵子骞。这处府第的兴建，感情专注于舅家，应该用'渭阳'来做它的名字。"

【原典】

何平叔云[①]："服五石散，非唯治病，亦觉神明开朗。"

【注释】

①何平叔：何晏（190—249），字平叔，魏南阳宛（今河南南阳）人，三国时期魏国玄学家、大臣。

【译文】

何平叔说："服食五石散，不但能治病，而且人也会觉得精神很清爽。"

【原典】

嵇中散既被诛[①]，向子期举郡计入洛，文王引进[②]，问曰："闻君有箕山之志，何以在此？"对曰："巢、许狷介之士[③]，不足多慕[④]。"王大咨嗟[⑤]。

【注释】

①嵇中散：嵇康。向子期：向秀。②文王：即司马昭。引进：指召见向秀。③狷（juàn）介：洁身孤高。④多慕：赞许仰慕。⑤咨嗟：赞叹。

【译文】

嵇康被杀以后，向秀被郡守所举荐，与上计吏一同到京城洛阳，司马昭召见了他，问他："听说您有意隐居不出，为什么到了京城？"向秀回答说："巢父、许由是孤高傲世的人，不值得称赞、羡慕。"司马昭听了，大为叹赏。

【原典】

晋武帝始登阼[①]，探策得"一"[②]。王者世数[③]，系此多少[④]。帝既不说，群臣失色，莫能有言者。侍中裴楷进曰："臣闻天得一以清，地得一以宁，侯王得一以为天下贞。"帝说，群臣叹服。

【注释】

①晋武帝：司马炎。登阼（zuò）：即位。②探策：即抽签。③世数：世代相传的数目。④系：关联。

【译文】

晋武帝刚登位的时候，用蓍草占卜，得到数字"一"。要推断帝位能传多少代，就在于这个数目的多少。因为只得到"一"，武帝很不高兴，群臣也吓得脸色发白，没人敢出声。侍中裴楷进言道："臣听说天得到一就清明，地得到一就安宁，侯王得到一就能做天下的中心。"武帝一听就高兴了，群臣都赞叹而且佩服裴楷。

【原典】

满奋畏风[①]。在晋武帝坐，北窗作琉璃屏[②]，实密似疏，奋有难色。

帝笑之。奋答曰：“臣犹吴牛，见月而喘。”

【注释】

①满奋：字武秋，晋高平（今山东微山西北）人。②琉璃屏：琉璃做成的屏风。琉璃，一种有色半透明体矿石。

【译文】

满奋怕风。一次在晋武帝旁侍坐，北窗前有琉璃屏风，实际很严实，看起来却像透风似的，满奋便面有难色。武帝笑他，满奋回答说：“臣就好比吴地的牛，看见月亮就喘起来了。”

【原典】

诸葛靓在吴[①]，于朝堂大会。孙皓问[②]：“卿字仲思，为何所思？”对曰：“在家思孝，事君思忠，朋友思信，如斯而已。”

【注释】

①诸葛靓（jìng），字仲思，琅琊阳都（今山东沂水南）人，曹魏征东大将军诸葛诞少子。②孙皓（242—284）：字元春，吴郡富春（今浙江富春）人，孙权之孙，三国吴的末代君主。

【译文】

诸葛靓在吴国的时候，一次在朝堂上参加朝会。孙皓好奇地问他：“你字仲思，平时都思什么？”诸葛靓回答说：“在家就思考怎样尽孝，在朝侍奉君主就思考怎样尽忠，和朋友交往就思考怎样诚实待人，不过就是这些内容罢了。”

【原典】

蔡洪赴洛[1]，洛中人问曰："幕府初开[2]，群公辟命[3]，求英奇于仄陋，采贤俊于岩穴。君吴楚之士，亡国之余，有何异才[4]，而应斯举？"蔡答曰："夜光之珠，不必出于孟津之河；盈握之璧[5]，不必采于昆仑之山。大禹生于东夷，文王生于西羌，圣贤所出，何必常处[6]。昔武王伐纣，迁顽民于洛邑，得无诸君是其苗裔乎[7]？"

【注释】

①蔡洪：字叔开，三国时期吴郡人，吴亡入晋，有才名，著《孤奋论》，其文已亡。②幕府：原指将帅在外的营帐，后亦称地方军政大吏的衙署。③辟命：征召，任命。④异才，特别的才能。⑤盈握之璧：指玉璧大小，握在手上满满一把。盈，满。⑥何必常处：何必一定产生在固定的地方。⑦苗裔：后裔、后代。

【译文】

蔡洪被荐举到洛阳之后，洛阳的人问他："官署刚刚成立，百官都在招募下属，在出身卑微的人当中寻找英俊奇特的人才，在山野隐士中征俊杰。你是吴楚之地的读书人，只是一个亡国之人，有什么特殊才能来参加征召呢？"蔡洪回答说："夜明珠不一定都出在孟津一带的河中，握在手上满满一把的璧玉也不一定都得从昆仑山上开采而得。大禹出生在东夷，周文王出生在西羌，圣贤的出生地，为什么非要在某个固定的地方。从前周武王打败了殷纣，把商朝愚顽的百姓迁到了洛阳，莫非各位就是那些刁顽之民的后代吗？"

【原典】

诸名士共至洛水戏[1]。还，乐令问王夷甫曰[2]："今日戏乐乎？"王曰："裴仆射善谈名理，混混有雅致[3]；张茂先论史汉，靡靡可听[4]；我与王安丰说延陵、子房，亦超超玄著[5]。"

【注释】

①名士：当时唾弃礼法、任情而行、喜好玄言清谈的知名人士。洛水：即今洛河。②乐令：乐广。王夷甫（256—311），王衍，字夷甫，琅

邪郡临沂（今属山东）人，西晋时期著名清谈家，西晋末年重臣，司徒王戎堂弟。③混混（gǔn）：水奔流不息的样子，这里用以形容说话滔滔不绝。④靡靡：细致动听。⑤超超：高超脱俗。玄著：言论深妙。

【译文】

诸位名士一起到洛水边游玩，回来后，乐广问王衍："今天玩得高兴吗？"王衍说："裴颜擅长谈名理，滔滔不绝，极有雅致；张华谈《史记》《汉书》，娓娓动听；我和王戎谈论季札、张良，也是议论高妙而不着形迹。"

【原典】

王武子、孙子荆、各言其土地人物之美。王云："其地坦而平，其水淡而清，其人廉且贞。"孙云："其山嶵巍以嵯峨①，其水浃渫而扬波②，其人磊砢而英多③。"

【注释】

①嶵（zuì）巍：山险峻的样子。②浃渫（yā dié）：水波连续的样子。③磊砢（lěi luǒ）：形容人有奇才异能。英多：杰出众多。

【译文】

王济和孙楚各自谈论自己家乡的土地、人物的出色之处。王济说："我们那里的土地坦而平，那里的水淡而清，那里的人廉洁又公正。"孙楚说："我们那里的山险峻巍峨，那里的水浩荡扬波，那里的人才杰出而众多。"

【原典】

元帝始过江①，谓顾骠骑曰②："寄人国土，心常怀惭。"荣跪对曰："臣闻王者以天下为家，是以耿、亳无定处③，九鼎迁洛邑④。愿陛下勿以迁都为念⑤。"

【注释】

①元帝：晋元帝司马睿（276—323），字景文，原为琅琊王、安东将军，在西晋末年的战乱中，国都失守，晋愍帝被俘，他先过江镇守建康（南京），几年后又在此登位称帝，建康原是东吴之地，江东士族的势力

很大，所以有寄人国土之感。②顾骠（piào）骑：顾荣，字彦先，吴人，吴亡后到洛阳，元帝镇守江东时任军司，加散骑常侍，死后赠骠骑将军。③耿、亳（bó）：商代成汤迁国都到亳邑，祖乙又迁到耿邑，盘庚再迁回亳邑，从成汤到盘庚，共迁都五次，所以说“无定处”。④九鼎：传说夏禹铸九鼎，是传国之宝，也是权力的象征，周武王定都镐京后，却把九鼎迁到东都洛邑（今河南洛阳）。⑤迁都：指迁移镇守地，都指都邑。

【译文】

晋元帝刚到江南的时候，对骠骑将军顾荣说道：“寄居在他人国土上，心里常常感到惭愧。”顾荣跪着回答说：“臣听说帝王把天下看成家，因此商代的君主或者迁都耿邑，或者迁都亳邑，没有固定的地方，周武王也把九鼎搬到洛邑。希望陛下不要惦念着迁都的事。”

【原典】

庾公造周伯仁[①]。伯仁曰：“君何所欣说而忽肥？”庾曰：“君复何所忧惨而忽瘦？”伯仁曰：“吾无所忧，直是清虚日来[②]，滓秽日去耳[③]。”

【注释】

①庾公：庾亮。周伯仁：周顗（yǐ，269—322），字伯仁，汝南安成（今河南平舆西南）人，两晋时期名士、大臣，西晋安东将军周浚之子。②直是：只是。清虚：清静淡泊。③滓（zǐ）秽：污秽，丑恶。

【译文】

庾亮去拜访周顗，周顗说：“您喜悦些什么，怎么忽然胖起来了？”庾亮说：“您又忧伤些什么，怎么忽然瘦下去了？”周顗说：“我没有什么值得忧伤的事情，只是清静淡泊的志向在一天天地增加，而污浊的思虑在一天天地去掉就是了！”

【原典】

过江诸人[①]，每至美日[②]，辄相邀新亭[③]，藉卉饮宴[④]。周侯中坐而叹曰：“风景不殊，正自有山河之异！”皆相视流泪。唯王丞相愀然变色曰[⑤]：“当共戮力王室[⑥]，克复神州[⑦]，何至作楚囚相对[⑧]？”

【注释】

①过江诸人：西晋末年战乱不断，中原人士相率过江避难，“过江诸人”本指这些人，这里实际却是指其中的朝廷大官，士族人士。②美日：风和日丽的日子。③新亭：原是三国时吴国所筑，故址在今南京市南。④藉（jiè）卉：坐在草地上。⑤王丞相：王导，字茂弘，晋元帝司马睿即位后任丞相。愀（qiǎo）然：形容脸色变得不愉快。⑥戮力：并力，合力。⑦神州：这里指沦陷的中原地区。⑧楚囚：原指楚国的囚犯。这里比喻渡江诸人虽然怀念中原，但是无法回头，内心因此悲戚。

【译文】

到江南避难的那些人，每逢风和日丽的日子，总是互相邀约到新亭去，坐在草地上聚会饮酒。一次，武城侯周顗在饮宴的中途，叹着气说：“这里的风景和中原没有什么不同，只是山河不一样了！”大家都你看我，我看你，潸然泪下。只有丞相王导脸色变得很难看，说道：“我们应当同心协力辅佐王室，恢复中原，为什么像楚囚那样相对哭泣？”

【原典】

顾司空未知名①，诣王丞相。丞相小极②，对之疲睡。顾思所以叩会之③，因谓同坐曰：“昔每闻元公道公协赞中宗④，保全江表，体小不安，令人喘息⑤。”丞相因觉，谓顾曰：“此子珪璋特达⑥，机警有锋。”

【注释】

①顾司空：顾和，字君孝，王导任扬州刺史时，召他为从事，累迁尚书令，死后追赠司空。②极：疲乏。③叩会：询问、会见。④元公：指顾荣，他是顾和的族叔，死后谥号为元，所以称为元公。中宗：晋元帝的庙号。⑤喘息：呼吸急促，比喻焦急不安。⑥珪璋特达：珪和璋是玉器，是诸侯朝见天子时所用的重礼，用珪璋时可以单独送达，不须加上别的礼品为辅，后用来比喻有才德的人不用别人推荐也会有成就。

【译文】

司空顾和还没有出名的时候，去拜访丞相王导。王导有点疲乏，对着他打瞌睡。顾和考虑着怎样才能和王导见面并请教，便对同座的人说："过去我常常听族叔元公谈论王丞相辅佐中宗，保全了江南。现在王丞相贵体不太舒适，真叫人焦急不安。"王导听见他说，便醒来了，对顾和说："你这个人才德可贵，十分机警，词锋犀利。"

【原典】

刘琨虽隔阂寇戎①，志存本朝②，谓温峤曰③："班彪识刘氏之复兴④，马援知汉光之可辅⑤。今晋阼虽衰⑥，天命未改⑦。吾欲立功于河北，使卿延誉于江南⑧。子其行乎？"温曰："峤虽不敏，才非昔人，明公以桓、文之姿，建匡立之功，岂敢辞命！"

【注释】

①刘琨（271—318）：字越石，中山魏昌（今河北无极）人。寇戎：入侵的外族。戎，我国西部少数民族。②存：思念。③温峤（288—329）：字太真，在刘琨手下任右司马（军府的官职，综理一府之事）。④复兴：衰落后再度兴旺起来。⑤马援（前14—49）：汉代人，封新息侯，拜伏波将军，辅佐汉光武帝，南征北伐，屡建战功。⑥晋阼（zuò）：晋王朝的国运。⑦天命：封建统治者认为皇帝是由上天的意志安排的，这叫天命。⑧延誉：传播美名。

【译文】

刘琨虽然被西戎敌寇围困在山西，但他心中总是不忘晋朝。他对温峤说："班彪认识到刘氏王室能够复兴，马援知道汉光武帝可以辅佐。现在晋室的国运虽然开始走向衰败了，可是天命还没有改变。我想在黄河以北建功立业，而且想让你在江南扬名，您会去吗？"温峤说："我虽然不聪明，天资愚笨才能不及前辈，可是您想用齐桓、晋文那样的才智，建立救国中兴的功业，我怎么敢不受命呢！"

【原典】

温峤初为刘琨使来过江。于时江左营建始尔①，纲纪未举②。温新至，深有诸虑。既诣王丞相，陈主上幽越③，社稷焚灭④，山陵夷毁之酷⑤，有黍离之痛⑥。温忠慨深烈⑦，言与泗俱⑧，丞相亦与之对泣。叙情既毕，便深自陈结，丞相亦厚相酬纳。既出，欢然言曰："江左自有管夷吾⑨，此复何忧？"

【注释】

①始尔：开始，"尔"是词缀。②纲纪：国家的法制。③主上：皇帝，这里指晋愍（mǐn）帝司马邺。幽越：监禁。④社稷：古代帝王、诸侯所祭的土神和谷神，后也借用来泛指国家。⑤山陵：皇帝的坟墓。⑥黍离：《诗经·王风》篇名，据说周王室迁到东都洛阳以后，有人到西周都城时，看到原来的宗庙官室已经毁为平地，种上了黍稷，哀怜周王室日渐衰微，心里忧伤，便作了这首诗。⑦忠慨：忠诚愤慨。⑧泗（sì）：鼻涕。⑨管夷吾：管仲，名管夷吾，字仲，春秋时代齐国人，齐桓公的宰相，辅助齐桓公成为霸王。

【译文】

温峤出任刘琨的使节刚到江南来。这时，江东东晋王朝建立工作刚开始，法纪还没有制定。温峤初到，对这种种情况很是忧心。接着便去拜访丞相王导，诉说愍帝被囚禁流放，社稷宗庙被焚烧，先帝陵墓被毁坏的残酷现实，表现出亡国的哀痛。温峤忠诚愤慨的感情深厚激烈，边说边哭，王导也跟着他一起流泪。温峤叙述完实际情况后，就真诚地诉说结交之意，王丞相也真诚地接纳了他。出来以后，温峤高兴地说："江南已有像管夷吾这样的贤相，我还需担心什么呢！"

【原典】

王敦兄含为光禄勋①。敦既逆谋，屯据南州，含委职奔姑孰②。王丞相诣阙谢。司徒、丞相、扬州官僚问讯③，仓卒不知何辞。顾司空时为扬州别驾④，援翰曰："王光禄远避流言，明公蒙尘路次⑤，群下不宁，不审尊体起居何如？"

【注释】

①光禄勋：官名，掌管皇帝宿卫侍从。②委职：弃职。③官僚：官府所统属的官吏。④别驾：官名，刺史的属官，职务是随刺史外出视察。⑤蒙尘：指王导天天诣阙谢罪。

【译文】

王敦的哥哥王含任光禄勋之职。王敦谋反以后，领兵驻扎在姑孰。王含就弃职到姑孰投奔王敦。丞相王导为这事上朝谢罪。这时候，司徒、丞相、扬州府中的官员都来打听消息，匆忙间不知应该怎样措辞。司空顾和当时任扬州别驾，拿起笔来写道："王含远远地躲开了流言，明公您每天在路上风尘仆仆，下属们心里都很不安，不知贵体饮食起居怎么样？"

【原典】

郗太尉拜司空①，语同坐曰："平生意不在多，值世故纷纭②，遂至台鼎③。朱博翰音④，实愧于怀。"

【注释】

①郗太尉：郗鉴，晋成帝咸和四年（公元 329 年）任司空，后又进位太尉。②世故：世事。③台鼎：指三公或宰相。④朱博翰音：朱博是汉代人，出任丞相，临授职时，忽然有一种像钟声的声音响起，有人解释说，这是因为君主不听取意见，有名无实的人登上朝廷，才会有一种无形的声音发出，这里比喻名不副实，不应处此高位。翰音：翰指高飞，声音高飞，比喻空名。

【译文】

太尉郗鉴就任司空一职，他和同座的人说："我平生志向不够远大，只是碰巧遇上世事纷乱，便升到三公位。就像西汉朱博徒有空名，内心实在有愧。"

【原典】

孔廷尉以裘与从弟沈①，沈辞不受。廷尉曰："晏平仲之俭②，祠其先人，豚肩不掩豆③，犹狐裘数十年，卿复何辞此？"于是受而服之。

【注释】

①裘：皮衣。从弟：堂弟。②晏平仲：晏婴，字平仲，春秋时代齐国大夫，主张节俭，据说他一件狐裘穿了三十年。③豚：小猪。豆：盛食物的器具，形似高脚盘。

【译文】

廷尉孔坦把一件皮衣送给堂弟孔沈，孔沈不肯收下。孔坦劝说他道："晏婴那么节俭的人，祭祀祖先的时候，猪蹄膀也都盖不满盘子，可他还是穿了几十年的狐皮袍子，你又为什么不肯收下这件呢？"孔沈这才把皮衣收下来穿上。

【原典】

竺法深在简文坐[①]，刘尹问："道人何以游朱门[②]？"答曰："君自见其朱门，贫道如游蓬户[③]。"或云卞令[④]。

【注释】

①竺法深：晋高僧道潜，字法深。简文：晋简文帝司马昱。②朱门：红漆的大门，指达官贵人之家。③蓬户：用蓬草编成的门，指穷苦人家。④卞令：卞壶（kǔn），字望之，曾任尚书令。

【译文】

竺法深做了简文帝的座上客，丹阳尹刘惔问他："和尚为什么会和官宦人家交往？"竺法深回答道："在您看来那也许是官宦人家，但是在我看来却是和贫苦人家一样。"有人说这是卞壶问的。

【原典】

孙齐由、齐庄二人小时诣庾公，公问："齐由何字？"答曰："字齐由。"公曰："欲何齐邪[①]？"曰："齐许由。""齐庄何字？"答曰："字齐庄。"公曰："欲何齐？"曰："齐庄周[②]。"公曰："何不慕仲尼而慕庄周？"对曰："圣人生知[③]，故难企慕[④]。"庾公大喜小儿对。

【注释】

①齐：看齐。②庄周：庄子，名周，战国时人，与老子同是道家学派的代表人物。③圣人：才德最高的人，这里指孔子。④企慕：仰慕。

【译文】

孙潜，孙放兄弟二人，小时候去拜见庾亮。庾亮问孙潜的字是什么，孙潜回答说："字齐由。"又问："想向谁看齐呢？"孙潜说："向许由看齐。”庾亮接着又问孙放的别名是什么。孙放回答说：“字齐庄。”庾亮说：“想向谁看齐？”孙放说：“向庄周看齐。”庾亮问：“为什么不仰慕孔子而仰慕庄子？”孙放回答说：“孔子是圣人，生来就知道一切，所以很难仰慕。”庾亮对这个小孩子的回答非常满意。

【原典】

庾法畅造庾太尉①，握麈尾至佳②，公曰：“此至佳，那得在？”法畅曰：“廉者不求，贪者不与，故得在耳。”

【注释】

①庾法畅：当作康法畅，和尚名。②麈（zhǔ）尾：拂尘，形状像羽扇、扇柄左右扎上麈尾（驼鹿尾）毛，谈话时借助它来指画，魏晋清谈之士喜欢用它。

【译文】

康法畅去拜访太尉庾亮时，手里拿的拂尘非常漂亮。庾亮于是问道：“你手里的东西这么好，怎么还能留得住？”法畅说：“廉洁的人不会向我要，贪心的人我也不会给他，所以它能一直被我留着。”

【原典】

桓公北征经金城①，见前为琅邪时种柳，皆已十围，慨然曰：“木犹如此，人何以堪！”攀枝执条，泫然流泪②。

【注释】

①桓公：桓温（312—373），字元子，谯国龙亢（今安徽怀远西）人。金城：地名，南琅琊（láng yá）郡郡治，今江苏句容北。②泫（xuàn）然：眼泪流下的样子。

【译文】

桓温北伐前燕的时候，经过金城，看见自己从前任琅琊内史时所种的柳树，都已经有十围那么粗了，就感慨地叹道：“树木尚且这样，人怎么经受得起岁月的流逝呢！”他攀着树枝，抓住柳条儿，泪流不止。

【原典】

顾悦与简文同年，而发蚤白。简文曰："卿何以先白？"对曰："蒲柳之姿[①]，望秋而落；松柏之质，经霜弥茂。"

【注释】

①蒲柳：植物名，即水杨，因为它早凋，故常用来比喻早衰的体质。姿：通"资"，资质。

【译文】

顾悦和简文帝同岁，可是头发早已白了。简文帝问他："你为什么头发比我先白呢？"顾悦回答说："我如蒲柳，资质差，一到秋天就枯萎凋零了；您如松柏，质地坚实，虽经历秋霜反而能变得更加茂盛。"

【原典】

简文入华林园[①]，顾谓左右曰："会心处，不必在远。翳然林水[②]，便自有濠、濮间想也[③]。觉鸟兽禽鱼，自来亲人。"

【注释】

①华林园：故址在今南京鸡鸣山南古台城内，三国吴建。②翳（yì）然：遮蔽的样子。③想：思慕之意。

【译文】

简文帝进华林园游玩，回头对随从说："让人心领神会的地方不一定要在很远的地方找寻。林木葱茏，山水掩映，就自然能让人产生像待在濠水、濮水边上那种悠然自得的想法，觉得鸟兽禽鱼会自己来亲近人的感觉。"

【原典】

谢太傅语王右军曰[①]："中年伤于哀乐，与亲友别，辄作数日恶。"王曰："年在桑榆[②]，自然至此，正赖丝竹陶写[③]。恒恐儿辈觉，损欣乐之趣。"

【注释】

①王右军：王羲之（303—361，一作321—379），字逸少，琅琊临沂（今属山东）人，官至右军将军、会稽内史，人称王右军，是著名的书法

家。②桑榆：太阳下山时，阳光只照着桑树、榆树的树梢，比喻人的晚年。③陶写：陶冶和抒发。

【译文】

太傅谢安对右军将军王羲之说："自中年以来，总是很容易受到哀伤情绪的折磨，和亲友话别，都会好几天闷闷不乐。"王羲之说："人到了晚年，自然会这样，只能借助音乐来即兴消愁，还常常担心这样做会不会令子侄辈减少了欢乐的情趣。"

【原典】

王右军与谢太傅共登冶城[1]。谢悠然远想，有高世之志。王谓谢曰："夏禹勤王[2]，手足胼胝[3]；文王旰食[4]，日不暇给[5]。今四郊多垒[6]，宜人人自效。而虚谈废务[7]，浮文妨要[8]，恐非当今所宜。"谢答曰："秦任商鞅[9]，二世而亡，岂清言致患邪？"

【注释】

①冶城：原是吴国冶铸之地，晋孝武帝时在城中立寺，安帝时改为花园，筑起亭台楼阁，故址在今南京市。②勤王：为王事尽力。③胼胝（pián zhī）：趼子（jiǎn zi），尧命禹治水，禹在外九年，由于操劳，手脚都起了趼子。④旰（gàn）食：旰，晚。旰食，天黑了才吃饭，指勤于国事。⑤日不暇给（jǐ）：形容事情多，时间不够用。给，足够。⑥四郊：这里指国都四郊，即都城郊外。垒：防护军营的墙壁或堡

垒。⑦废务：荒废了事务。⑧浮文：不切实际的文辞。要：重要的事情。⑨商鞅（前 390—前 338）：战国中期杰出的法家，辅佐秦孝公实行变法，秦国因此富强起来，传六代至秦始皇，便统一中国。

【译文】

右军将军王羲之和太傅谢安一起登上冶城，谢安悠闲地凝神遐想，有超尘脱俗的志趣。王羲之说："夏禹操劳国事，手脚都长了趼子；周文王忙到天黑才吃上饭，总觉得时间不够用。现在国家战乱四起，人人都应当自觉地为国效劳。而空谈只会荒废政务，浮辞妨害国事，恐怕不是当前所应该做的吧。"谢安回答说："秦国任用商鞅，可是秦朝只传两代就灭亡了，这难道也是清谈所造成的灾祸吗？"

【原典】

桓征西治江陵城甚丽[①]，会宾僚出江津望之[②]，云："若能目此城者有赏。"顾长康时为客[③]，在坐，目曰："遥望层城，丹楼如霞[④]。"桓即赏以二婢。

【注释】

①桓征西：桓温，任征西大将军，加官大司马，他开始在江陵筑城墙和营建官署，城临汉江。②江津：指汉江的渡口。③顾长康：顾恺之，字长康，著名画家。④"遥望"两句：大意是远远望着高耸的城墙，红色的城楼像彩霞。层城，昆仑山的最高处，即天庭，这里用以比喻江陵。

【译文】

征西大将军桓温修筑江陵城，非常壮丽，完工后，会集宾客僚属来到汉江渡口，远远观赏城景。他说："现在谁如果能用恰当的词来评价这座城，有奖赏。"顾恺之当时是客人，正在座上，就接过桓温的话，评论道："遥望江陵城，如同昆仑的层城；红楼高耸，如同天边的彩霞。"桓温当即赏给他两个婢女。

【原典】

顾长康从会稽还，人问山川之美，顾云："千岩竞秀[①]，万壑争流[②]，草木蒙笼其上[3]，若云兴霞蔚[4]。”

【注释】

①岩：高峻的山峰。②壑（hè）：山沟。③蒙笼：覆盖。④云兴霞蔚：彩云兴起，形容绚丽多彩。

【译文】

顾恺之从会稽回来，人们问他那边山川的景色如何秀丽，顾恺之形容说：“那里千峰竞相比高，万溪争先奔流到海，茂密的草木笼罩其上，有如彩云涌动，霞光灿烂。”

【原典】

简文崩，孝武年十余岁立[1]，至暝不临[2]。左右启“依常应临”。帝曰：“哀至则哭，何常之有！”

【注释】

①孝武：晋孝武帝司马曜（yào），简文帝的第三个儿子，十一岁继简文帝登位。②临（lìn）：哭吊，亲人死，到一定时候要哭丧，叫临。

【译文】

简文帝逝世，孝武帝十多岁就登上帝位，服丧期间，天黑了他也不哭丧。侍从向他启奏说：“按惯例应该哭吊了。”孝武帝说：“极度的悲痛到来时，自然就会哭，有什么惯例不惯例的！”

【原典】

孝武将讲《孝经》[1]，谢公兄弟与诸人私庭讲习[2]。车武子难苦问谢[3]，谓袁羊曰：“不问则德音有遗[4]，多问则重劳二谢。”袁曰：“必无此嫌。”车曰：“何以知尔？”袁曰：“何尝见明镜疲于屡照，清流惮于惠风[5]？”

【注释】

①讲：研究、讨论。②私庭：私人宅院之中庭。③苦：反复，屡次。④德音：善言，对别人言辞的敬称，这里指谢安兄弟的言论。⑤“何尝”句：说明明镜屡照，仍然明亮；惠风轻拂，水流仍然清澈。

【译文】

孝武帝将要讲论《孝经》，谢安、谢石兄弟和众人先在家里研讨、学习。车武子因提出一些疑难、急迫的问题问谢安兄弟而感到为难，并且对袁羊说："不问，怕漏掉他们精湛的言论；问得多了，又怕反复劳累二谢。"袁羊说："一定不会出现这种情况的。"车武子说："你怎么知道不会出现这样的事情呢？"袁羊说："何曾见过明亮的镜子会因为连续照影而疲劳，清澈的流水会害怕微风从上面轻轻刮过？"

【原典】

王子敬云："从山阴道上行①，山川自相映发②，使人应接不暇。若秋冬之际，尤难为怀③。"

【注释】

①山阴：会稽郡山阴县（今浙江绍兴）。②映发：互相映衬，彼此显现。③为怀：忘怀，忘记，此句意谓犹觉玩赏不尽。

【译文】

王献之说："从山阴道上走过时，山光水色交相辉映，使人眼花缭乱，沿途美景根本就看不过来。如果是秋冬之际，那更是叫人难以忘怀。"

【原典】

谢太傅问诸子侄："子弟亦何预人事①，而正欲使其佳②？"诸人莫有言者，车骑答曰："譬如芝兰玉树，欲使其生于阶庭耳③。"

【注释】

①预：参与，干预。②正：只。③"譬如"句：比喻希望美好、高洁的东西都能出自自己家门，芝兰和玉树二者都用来比喻人的才德之美。

【译文】

太傅谢安问众子侄："子侄后辈与世事有什么关系，长辈们为什么总想培养他们成为优秀子弟？"大家都不说话。车骑将军谢玄回答说："这就好比芝兰玉树，总想使它们生长在自家的庭院中啊！"

【原典】

道壹道人好整饰音辞，从都下还东山，经吴中[①]。已而会雪下，未甚寒。诸道人问在道所经。壹公曰："风霜固所不论，乃先集其惨澹[②]。郊邑正自飘瞥[③]，林岫便已皓然[④]。"

【注释】

①吴中：指春秋时吴国旧都，即今江苏省吴中区，属吴郡。②惨澹：色彩暗淡。③飘瞥：形容大雪纷飞。④林岫（xiù）：树林、山峰。皓然：形容洁白。

【译文】

道壹和尚喜欢修饰言辞。他从京都回东山时，经过吴郡。随即遇到下雪，还不是很冷。回来后，和尚们问他途中见闻。道壹说："风霜固然不用说了，雪珠下时先凝聚起一片暗淡；郊野、村落雪花纷飞，树林和山峰就已经白茫茫一片。"

【原典】

张天锡为凉州刺史，称制西隅[①]。既为苻坚所禽[②]，用为侍中。后于寿阳俱败，至都，为孝武所器。每入言论，无不竟日。颇有嫉己者，于坐问张："北方何物可贵？"张曰："桑椹甘香，鸱鸮革响[③]。淳酪养性，人无嫉心。"

【注释】

①称制：伪称皇帝。西隅：西部边远的地区。②苻（fú）坚：苻坚在东晋升平元年（公元357年）称大秦天王，继承前秦政权，在十六国中最为强大。③鸱鸮（chī xiāo），指猫头鹰。革：鸟的翅膀。

【译文】

张天锡任凉州刺史时，在西部边远的地区称王。他被苻坚俘虏以后，任用他为侍中。后来随苻坚攻晋，在寿阳县大败，来到东晋都城，得到晋孝武帝的器重。每次入朝谈论，没有不谈一整天的。于是就经常有一些妒忌他的人当众问他："北方有哪些东西最为可贵？"张天锡回答说："桑葚香甜，猫头鹰振翅作响，醇厚的奶酪怡情养性，北方的人们没有妒忌之心。"

【原典】

顾长康拜桓宣武墓[①]，作诗云："山崩溟海竭，鱼鸟将何依[②]。"人问之曰："卿凭重桓乃尔[③]，哭之状其可见乎？"顾曰："鼻如广莫长风[④]，眼如悬河决溜[⑤]。"或曰："声如震雷破山，泪如倾河注海。"

【注释】

①"顾长康"句：顾长康即顾恺之，他曾在桓温手下任参军，得到桓温的赏识，所以对桓温很感激。②"山崩"句：大意是，山倒塌了，海枯竭了，鱼儿鸟儿，依靠什么！③凭重：倚重。④广莫：也作广漠，这里指广漠的原野。《淮南子·坠形训》："穷奇广莫，风之所生也。"⑤悬河：形容瀑布，比喻河水倾泻不止。决溜：指河堤决口，河水急流。

【译文】

顾恺之去拜谒桓温的陵墓，并且作诗说："山崩溟海竭，鱼鸟将何依！"有人问他说："你过去倚重桓温才会这样说，你痛哭桓温的情状大概可以让我们见识一下吧？"顾恺之说："我哭泣时，鼻息像旷野生风，眼泪像瀑布倾泻。"换言即为："哭声像疾雷震破山岳，眼泪像江河倾泻进大海般。"

【原典】

范宁作豫章，八日请佛有板[①]。众僧疑，或欲作答。有小沙弥在坐末曰[②]："世尊默然[③]，则为许可。"众从其义。

【注释】

①八日请佛：当时风俗以夏历四月八日是佛的生日，到这一天，请佛像供奉。板：写字用的木简。请佛时要上文书说明，写在板上，这就叫做板。晋时制度，板必须答复。②沙弥：初出家的年轻和尚。③世尊：佛教徒对释迦牟尼佛的尊称。

【译文】

范宁在做豫章太守的时候，有一年的四月八日用文书的形式向庙里请佛像，众和尚有的疑惑，有的认为要给他一个答复。这时有个坐在末座上的小和尚说："佛祖不说话，就是准许了。"大家都很赞同他的意见。

【原典】

司马太傅斋中夜坐[①]，于时天月明净，都无纤翳[②]。太傅叹以为佳。谢景重在坐[③]，答曰："意谓乃不如微云点缀。"太傅因戏谢曰："卿居心不净，乃复强欲滓秽太清邪[④]？"

【注释】

①司马太傅：司马道子，晋简文帝第五子，封会稽王，任太傅。②纤翳：微小的遮蔽，指云彩。③谢景重：谢重，字景重，在司马道子手下任骠骑长史。④滓（zǐ）秽：污秽，玷污。太清：天空。

【译文】

太傅司马道子夜里在书房闲坐，这时天空明朗，月光皎洁，天上一点云彩也没有，太傅赞叹不已，认为这样的景色真是美极了。当时谢重也在座，就发表自己的意见说："我倒觉得有一点点云彩点缀天空更美。"太傅司马道子便打趣谢重说："你自己心地不干净，还要强行让天空也不干净吗？"

【原典】

桓玄义兴还后[①]，见司马太傅，太傅已醉，坐上多客，问人云："桓温来欲作贼[②]，如何？"桓玄伏不得起[③]。谢景重时为长史，举板答曰："故宣武公黜昏暗，登圣明，功超伊、霍。纷纭之议，裁之圣鉴[④]。"太傅曰："我知！我知！"即举酒云："桓义兴，劝卿酒。"桓出谢过。

【注释】

①桓玄：是桓温的儿子，曾出任义兴郡太守，不久离职，还京都。②桓温：任大司马、大将军，公元371年废晋帝为海西县公，并立司马道子的父亲为帝，就是简文帝。③伏：趴下，桓玄既因太傅直呼其父之名，加以大罪，羞愤难当，且怕太傅于醉中施以惩处，所以害怕得伏地不敢起。④圣鉴：帝王的鉴识，这里指太傅的鉴识。

【译文】

桓玄从义兴郡回到京都后，去谒见司马道子。这时司马道子已经喝醉了，在座的还有很多客人，司马道子就问大家说：“桓温晚年想造反，这是怎么回事呢？”桓玄拜伏在地不敢起来。谢重当时任长史，拿起手板来回答说：”已故的宣武公桓温废黜昏庸的废帝，扶助圣明君主简文帝登上帝位，其功勋已经远远地超过了伊尹和霍光。至于别人盛传的议论，只有靠太傅英明的鉴识来裁决了。”司马道子说：“我知道！我知道！”随即举起酒杯说：“桓玄，我敬你一杯！”桓玄离席向司马道子谢罪。

【原典】

宣武移镇南州，制街衢平直[①]。人谓王东亭曰[②]：“丞相初营建康，无所因承[③]，而制置纡曲，方此为劣。”东亭曰：“此丞相乃所以为巧。江左地促，不如中国；若使阡陌条畅[④]，则一览而尽。故纡余委曲[⑤]，若不可测。”

【注释】

①制：修建。街衢：街道。②王东亭：王珣（xún），字元琳，王导之孙。③因承：沿袭承继。④阡陌（qiān mò）：田间小路，这里指街道。⑤委曲：曲折。

【译文】

桓温将治所移到南州后，他规划修建的街道很是平直。于是就有人对东亭侯王珣说：“丞相王导当初筹划修筑京城建康城的街道时，没有现成的图样可以效仿，所以修筑得弯弯曲曲，和这里相比就显得差些。”王珣说：“这正是王丞相规划巧妙的地方。江东地方狭窄，比不上中原开阔。如果街道修筑得畅通无阻，就会让人一眼看到底，而特意地拐弯抹角，将会给人一种幽深莫测的感觉。”

政事第三

【原典】

陈仲弓为太丘长，时吏有诈称母病求假。事觉收之，令吏杀焉。主簿请付狱[①]，考众奸[②]。仲弓曰："欺君不忠，病母不孝。不忠不孝，其罪莫大。考求众奸，岂复过此？"

【注释】

①主簿：官名，主管文书簿籍等。狱：狱吏。②考：考问。众奸：众多犯罪事实。

【译文】

陈寔任太丘县县长，当时有个小官吏假称母亲有病请假，事情被发觉，陈寔就逮捕了他，并命令狱吏处死。主簿请求交给诉讼机关查究其他犯罪事实，陈寔说："欺骗君主就是不忠，诅咒母亲生病就是不孝；不忠不孝，没有比这个罪名更大的了。查究其他罪状，难道还能超过这个罪名吗？"

【原典】

陈仲弓为太丘长，有劫贼杀财主[①]，主者捕之。未至发所[②]，道闻民有在草不起子者[③]，回车往治之。主簿曰："贼大，宜先按讨。"仲弓曰："盗杀财主，何如骨肉相残[④]？"

【注释】

①财主：财货的主人（不是现代所说的富家）。②发所：出事地点。③在草：生孩子。草，产蓐，晋时孕妇分娩多用草垫着。④"盗杀"句：意指母子相残，违逆天理人伦，要先处理，而杀人只是违反常理。

【译文】

陈寔在任太丘县县长时，有一次碰到强盗劫财害命，主管的官吏已经捕获了强盗。陈寔前去处理，还没到出事地点，半路上听说有家老百姓生下孩子不想亲自抚养，便掉头去处理这件事情了。主簿建议道："强盗杀人事大，应该先去查办。"陈寔说："强盗杀物主，只是违反常理，怎么比得上骨肉相残这种事重大？"

【原典】

陈元方年十一时[①]，候袁公。袁公问曰："贤家君在太丘，远近称之，何所履行[②]？"元方曰："老父在太丘，强者绥之以德，弱者抚之以仁，恣其所安，久而益敬。"袁公曰："孤往者尝为邺令[③]，正行此事。不知卿家君法孤？孤法卿父？"元方曰："周公、孔子，异世而出，周旋动静[④]，万里如一。周公不师孔子，孔子亦不师周公。"

【注释】

①陈元方：陈纪，陈寔长子。②何所履行：所履行因何，执行的是什么。③孤：古代王侯的自称。④周旋动静：指处置世事的举动措施。周旋：应酬。

【译文】

陈纪十一岁时，有一次去拜访袁公。袁公问他："令尊在太丘县任职时，远近的人都称颂他，他是怎么治理的呢？"陈纪说："老父在太丘时，对强者就用恩德来安抚他，对弱者就用仁爱来抚慰他，放手让他们安居乐业，时间久了，就更加受到当地百姓们的敬重。"袁公说："我过去做邺县县令的时候，也用过类似这种办法。不知道是你父亲效仿了我呢，还是我效仿了你父亲呢？"陈纪说："周公、孔子他们生在两个不同的时代，他们的礼仪举止，虽然相隔很远也如出一辙。周公没有效仿孔子，孔子也没有效仿周公。"

【原典】

贺太傅作吴郡[①]，初不出门。吴中诸强族轻之[②]，乃题府门云："会稽鸡，不能啼。”贺闻故出行，至门反顾，索笔足之曰：“不可啼，杀吴儿！”于是至诸屯邸[③]，检校诸顾、陆役使官兵及藏逋亡[④]，悉以事言上，罪者甚众。陆抗时为江陵都督[⑤]，故下请孙皓[⑥]，然后得释。

【注释】

①贺太傅：贺邵，字兴伯，会稽郡山阴县人，三国时吴国人，任吴郡大守，后升任太子太傅。②吴中：吴郡的政府机关在吴，即今江苏省吴中区。强族：豪门大族。③屯邸：庄园。④逋（bū）亡：逃亡，战乱之时，赋役繁重，贫民多逃亡到士族大家中藏匿，给他们做苦工，官府也不敢查处。⑤陆抗：吴郡人，丞相陆逊之子，孙策外孙。⑥孙皓：三国时吴国的亡国君主，公元 280 年晋兵攻陷建业，孙皓投降，吴亡。孙皓和陆抗有亲戚关系。

【译文】

太子太傅贺邵任吴郡太守，开始时不大出门。吴中的豪门士族们都轻视他，竟在官府大门写上“会稽鸡，不能啼”的字样。贺邵听说后，特意出去，走到门外回头看，并且要来笔在上述两句后补写道：“不可啼，杀吴儿。”贺邵于是到各大族的居所，查核顾姓、陆姓家族奴役官兵和窝藏逃亡户口的情况，然后把事情本末全部报告朝廷，因此而获罪的人很多。陆抗当时正任江陵都督，特意赶往建业请求孙皓帮助，这才得到赦免。

【原典】

山公以器重朝望[①]，年踰七十，犹知管时任[②]。贵胜年少[③]，若和、裴、王之徒，并共言咏。有署阁柱曰[④]：“阁东有大牛，和峤鞅[⑤]，裴楷鞦[⑥]，王济剔嬲不得休[⑦]。”或云潘尼作之。

【注释】

①山公：山涛。朝望：在朝廷中有威望。②知管：主持掌管。知，主持。③贵胜年少：显贵并年轻者。④署：题字。阁：官署，指尚书省官署。⑤鞅（yāng）：驾车时套在牛马脖子上的皮带。⑥鞦（qiū）：拴在牛马屁股上的绊带。⑦剔嬲（niǎo）：纠缠烦扰。

【译文】

山涛由于受到朝廷器重，因此在朝廷中享有很高的威望，年纪虽然已经过了七十了，还照旧担当重任。一些权贵家子弟，如和峤、裴楷、王济等人对他推崇备至。于是就有人在尚书省官署的柱子上这样写道："阁道东边有大牛，和峤在牛前，裴楷在牛后，王济在中间挑逗纠缠不得休。"有人说这是潘尼干的事情。

【原典】

贾充初定律令[①]，与羊祜共咨太傅郑冲[②]。冲曰："皋陶严明之旨[③]，非仆闇懦所探。"羊曰："上意欲令小加弘润[④]。"冲乃粗下意[⑤]。

【注释】

①贾充（217—282）：字公闾，平阳襄陵（今山西襄汾东北）人。②郑冲（？—274）：字文和，荥阳开封（今属河南）人。③皋陶（yáo）：舜时的法官，制定了法令。④弘润：扩充润色。⑤粗下意：粗略地提出自己的意见。

【译文】

贾充刚刚定出法令，就和羊祜一起去征求太傅郑冲的意见。郑冲说："皋陶制定法令的那种严肃而公正的宗旨，不是我这种愚昧懦弱的人所能窥测揣摩的。"羊祜说："圣上的意思是让你稍加补充润色一下就可以了。"郑冲这才概略地说出自己的意见。

【原典】

山司徒前后选[①]，殆周遍百官，举无失才。凡所题目[②]，皆如其言。唯用陆亮，是诏所用，与公意异，争之不从。亮亦寻为贿败。

【注释】

①山司徒：山涛。前后选：指山涛先后两次担任选拔官员的职位。②题目：品题，评论人物。

【译文】

司徒山涛前后两次担任选官，几乎考察遍了朝廷内外百官，一个人才也没有漏掉。凡是他品评过的人物，都像他所说的那样。只有任用陆亮是皇帝的命令决定的，和山涛的意见不同，他为这事力争过，皇帝没有听从。不久陆亮也因为受贿而被撤职。

【原典】

嵇康被诛后，山公举康子绍为秘书丞[①]。绍咨公出处[②]，公曰："为君思之久矣！天地四时，犹有消息[③]，而况人乎？"

【注释】

①秘书丞：官名，秘书省的属官，掌管图书典籍。②出处（chǔ）：出仕和退隐。③消息：消长，减少和增长。

【译文】

嵇康被杀以后，山涛推荐嵇康的儿子嵇绍做秘书丞。嵇绍去和山涛商量到底要不要出任此职，山涛说："我替您考虑此事已经很久了！天地间还有一年四季交替变化的时候，更何况是人呢！"

【原典】

王安期为东海郡[①]，小吏盗池中鱼，纲纪推之[②]。王曰："文王之囿[③]，与众共之[④]。池鱼复何足惜！"

【注释】

①王安期：王承（275—320），字安期，太原晋阳（今山西太原）人。②纲纪：古称综理州郡之事的官员，即主簿。③文王：即周文王。囿（yòu）：古代天子养禽兽的园子。④共：共同使用。《孟子·梁惠王下》载，周文王有个方圆七十里的园囿，人们可以到那里去砍柴、打猎。

【译文】

王承任东海郡内史时，有个小吏偷了池塘中的鱼，主簿要查办这件事，王承说："周文王的苑囿是和百姓共同使用的。池塘中少了几条鱼又有什么值得可惜呢！"

【原典】

成帝在石头[1]，任让在帝前戮侍中钟雅、右卫将军刘超。帝泣曰："还我侍中！"让不奉诏，遂斩超、雅。事平之后，陶公与让有旧，欲宥之[2]。许柳儿思妣者至佳[3]，诸公欲全之。若全思妣，则不得不为陶全让，于是欲并宥之。事奏，帝曰："让是杀我侍中者，不可宥！"诸公以少主不可违[4]，并斩二人。

【注释】

①成帝：司马衍，字世根，325—342年在位。②宥：赦免。③许柳：字季祖，东晋时人。④少主：指晋成帝司马衍。

【译文】

晋成帝被苏峻劫持在石头城，任让在成帝面前要杀侍中钟雅和右卫将军刘超。成帝哭着说："把侍中还给我！"任让不听命令，终于斩了刘超和钟雅。等到叛乱平定以后，陶侃因为和任让有老交情，就想赦免他，另外叛军许柳有个儿子叫许永，很有才德，大臣们也想保全他。可是要想保全许永，就不得不为陶侃保全任让，于是就想两个人一起被赦免。当把处理办法上报给成帝时，成帝说："任让是杀害我侍中的人，此人不能赦免！"大臣们认为不能违抗少主的命令，于是就把这两个人都斩了。

【原典】

丞相尝夏月至石头看庾公[1]。庾公正料事[2]，丞相云："暑可小简之[3]。"庾公曰："公之遗事，天下亦未以为允。"

【注释】

①丞相：王导。庾公（296—344）：庾冰，字季坚，东晋颍川鄢陵（今属河南）人，庾亮之弟。②料事：料理事情。③小简：稍微简省些。

【译文】

一年夏天，丞相王导曾经到石头城探望庾冰，庾冰正在处理公事，王导说："天气热，可以稍为简略一些。"庾冰说："您留下些公事不办，天下人也未必认为妥当！"

【原典】

丞相末年[①]，略不复省事，正封箓诺之[②]。自叹曰："人言我愦愦[③]，后人当思此愦愦。"

【注释】

①"丞相"句：王导辅佐晋元帝、明帝、成帝三世，为政宽和得众，事从简易，晚年更是如此。②封箓（lù）：指奏章、公文、簿籍等。诺：画诺，签字。③愦愦（kuì）：糊涂，昏乱。

【译文】

王导到了晚年，几乎不再处理政事，只负责在簿籍、文书上签字，他自己感慨地说："人家都说我是老糊涂，后人当会想念这种糊涂。"

【原典】

陶公性检厉，勤于事。作荆州时，敕船官悉录锯木屑，不限多少，咸不解此意。后正会[①]，值积雪始晴，听事前除雪后犹湿[②]，于是悉用木屑覆之，都无所妨。官用竹皆令录厚头[③]，积之如山。后桓宣武伐蜀，装船，悉以作钉。又云：尝发所在竹篙，有一官长连根取之，仍当足[④]，乃超两阶用之。

【注释】

①正（zhēng）会：正月初一皇帝朝会群臣，接受朝贺的礼仪，封疆大臣也在这一天会见僚属。②听事：处理政事的大堂。除：台阶。③厚头：指毛竹锯剩下来的根。④仍当足：指就用毛竹的根当做支撑用的铁足。

【译文】

陶侃生性检点严厉，工作勤恳。他在担任荆州刺史时，就吩咐负责建造船只的官员把木屑全都收藏起来，多少不限，大家都不明白他这样做是什么意思。后来到正月初一贺年时，正巧碰上连日下雪天气刚刚转晴，正堂前的台阶扫雪后还是湿漉漉的，于是陶侃叫人全用木屑铺在上面，这样就一点也不妨碍大家出入了。官府用的竹子，陶侃差人将毛竹头收集起来，堆积如山。后来桓温讨伐后蜀，要组装战船，这些竹头就都用来做了钉子。又听说：陶侃曾经征调过荆州地区的竹篙，有一个主管官员把竹子连根砍下，用竹子的根部当做铁足，陶侃听说了这件事情后，便将此人连升两级加以任用。

【原典】

何骠骑作会稽①，虞存弟謇作郡主簿，以何见客劳损，欲白断常客②，使家人节量③，择可通者，作白事成④，以见存。存时为何上佐，正与謇共食，语云："白事甚好，待我食毕作教⑤。"食竟，取笔题白事后云："若得门庭长如郭林宗者⑥，当如所白。汝何处得此人？"謇于是止。

【注释】

①何骠骑：何充，字次道，曾任会稽内史、骠骑将军、扬州刺史，死后赠司徒。②白：下对上的说明，陈述。③节量：适量，限量，据《品藻篇》载，"何次道为宰相，人有讥其信任不得其人。"可知何充和什么人都交往，所以虞謇（jiǎn）希望何充断常客。④白事：陈述意见的呈文，报告。⑤教：指示；批示。⑥门庭长：当作门亭长，主管守门的官。郭林宗：郭泰，字林宗，很有眼力，品评人物很准确。

【译文】

骠骑将军何充在任会稽内史时，虞存的弟弟虞謇担任郡主簿一职，他认为何充见客太多，劳累伤神，便想禀告何充谢绝一般常客，让手下人酌量，选择可以交往的人才通报。他拟好一份呈文，拿来给虞存看。虞存这时担任何充的高级佐官，正和虞謇一起吃饭，告诉虞謇说："这个呈文很好，等我吃完饭再作批示。"吃过了饭，拿起笔在呈文后面签上意见说："如果你能找到一个像郭泰那样有能力的人做门亭长，那我会说服何充一定照你所陈述的意见去办。可是你又到哪里去寻找这样的人呢？"虞謇于是作罢。

【原典】

王、刘与林公共看何骠骑[①]，骠骑看文书不顾之。王谓何曰："我今故与林公来相看，望卿摆拨常务，应对玄言[②]，那得方低头看此邪？"何曰："我不看此，卿等何以得存？"诸人以为佳。

【注释】

①王：王濛。刘：刘惔。林公：支道林。②玄言：也称玄谈或清谈，崇尚虚无，专谈玄理。

【译文】

王濛、刘惔和支道林一起去看望骠骑将军何充，何充在看公文，没有搭理他们。王濛便对何充说："我们今天特意和林公来看望你，希望你能从日常事务中暂时解脱出来，和我们谈论谈论玄学，哪能还低着头看东西呢？"何充说："我不看这些东西，你们这些清谈家怎么能生存呢！"大家认为他说得很好。

【原典】

王大为吏部郎[①]，尝作选草[②]，临当奏，王僧弥来[③]，聊出示之。僧弥得便以己意改易所选者近半，王大甚以为佳，更写即奏。

【注释】

①吏部郎：官名，尚书省内分科主事的长官。②选草：拟举荐授官的人员的名单初稿。③王僧弥：王珉，字季琰，小字僧弥，王导之孙，曾任散骑郎、黄门侍郎等官职。

【译文】

王忱担任吏部郎时，曾起草过一份举荐人员的名单，临到要上奏的时候，这时王珉来了。于是王忱就随手拿出来给他看，王珉趁机按自己的意见改换了将近半数的候选人的名字，王忱认为王珉改得很好，就另外誊清一份，随即上奏。

【原典】

殷仲堪当之荆州，王东亭问曰："德以居全为称①，仁以不害物为名。方今宰牧华夏②，处杀戮之职，与本操将不乖乎③？"殷答曰："皋陶造刑辟之制④，不为不贤；孔丘居司寇之任⑤，未为不仁。"

【注释】

①居全：指具有完美的品格。称：称号，名称。②宰牧：治理。华夏：中国古称华夏，这里实指晋朝的中部地区。③本操：一贯的志向行为。④刑辟：用刑法治罪。⑤司寇：掌管刑狱的官。孔子曾任鲁国司寇。

【译文】

殷仲堪将要到荆州去就任刺史之职，东亭侯王珣问他说："德行完备称为德，不害人叫做仁。现在你要去治理中部地区，处在有生杀大权的位置上，这和你原来的操守恐怕违背了吧？"殷仲堪回答说："帝舜时的法官皋陶制定了刑法，不能不算是贤德之人；孔子担任了鲁国的司寇一职，也不能不算是有仁爱的人。"

文学第四

【原典】

郑玄在马融门下[①]，三年不得相见，高足弟子传授而已。尝算浑天不合[②]，诸弟子莫能解。或言玄能者，融召令算，一转便决，众咸骇服。及玄业成辞归，既而融有“礼乐皆东[③]”之叹。恐玄擅名而心忌焉。玄亦疑有追，乃坐桥下，在水上据屐。融果转式逐之[④]，告左右曰：“玄在土下水上而据木，此必死矣。”遂罢追，玄竟以得免。

【注释】

①郑玄（127—200）：经学家，字康成，北海高密（今属山东）人。马融（79—166）：经学家，字季长，右扶风茂陵（今陕西兴平东北）人。②浑天：指浑天仪，是古代观测天体位置的仪器。③礼乐皆东：这里是说儒家的学问都跟随郑玄传到东面去了。④转式：旋转式盘推演吉凶，是一种占卜的方法。式一作栻，占卜之具，类似星盘。

【译文】

郑玄在马融门下求学，三年都见不到老师，仅由马融的高足弟子传授罢了。马融曾用浑天仪测算日月星辰的位置，但是与实际情况不符合，众多弟子也都无法解决。有人推荐说郑玄能做到，马融便让他来演算，郑玄一算就解决了，大家都很惊奇、佩服。等到郑玄学业完成，辞别老师回家，马融随即感到礼和乐的中心都将要转移到东方去了，担心郑玄会独享盛誉，心里很忌恨他。郑玄也怀疑有人来追，便到桥底下，在水里垫着木板浮着。马融果然转动栻盘推算郑玄的去向来追他，然后告诉身边的人说：“郑玄在土下、水上，靠着木头，这表明一定是死了。”便决定不去追赶。郑玄终于因此得免一死。

【原典】

郑玄欲注春秋传①，尚未成时，行与服子慎遇宿客舍②，先未相识，服在外车上与人说己注传意。玄听之良久，多与己同。玄就车与语曰："吾久欲注，尚未了。听君向言，多与吾同。今当尽以所注与君。"遂为服氏注。

【注释】

①《春秋传》:《春秋左氏传》，即《左传》。②服子慎：服虔，字子慎，东汉河南荥阳（今属河南）人，东汉灵帝末任九江太守，著有《春秋左氏传解谊》。

【译文】

郑玄想要注释《左传》，还没有完成，这时有事到外地去，和服子慎相遇，住在同一个客店里，起初两人并不认识，服子慎在店外的车子上，和别人谈到自己注《左传》的想法。郑玄听了很久，听出服子慎的见解多数和自己相同。郑玄就走到车前对服子慎说道："我早就想要注《左传》了，但还没有写完；刚才听了您的谈论，感觉您的内容大多和我相同，现在应该把我作的注全部送给您。"这就是服氏《春秋注》。

【原典】

郑玄家奴婢皆读书。尝使一婢，不称旨①，将挞之②。方自陈说，玄怒，使人曳著泥中③。须臾，复有一婢来，问曰："胡为乎泥中？"答曰："薄言往愬，逢彼之怒④。"

【注释】

①称（chèn）旨：符合心意。称，适合。旨，意思。②挞（tà）：鞭打。③曳箸：拉到。曳，拉。④薄言往愬（sù），逢彼之怒：我要去诉说心中的怨苦，正遇到他大发雷霆之怒。这里用来表示对主人的不满。

【译文】

郑玄家里的奴婢都读书。郑玄曾叫一个婢女做事，她没按要求做，他要打她，婢女便陈述辩解。郑玄生气了，叫人把她拖到泥中。不一会儿，又有一个婢女走来，问她："你怎么在泥里？"挨罚的婢女回答说："我准备诉说了几句，赶上他正在发怒中。"

【原典】

服虔既善春秋[①]，将为注，欲参考同异；闻崔烈集门生讲传[②]，遂匿姓名，为烈门人赁作食[③]。每当至讲时，辄窃听户壁间[④]。既知不能踰己，稍共诸生叙其短长。烈闻，不测何人，然素闻虔名，意疑之。明蚤往，及未寤，便呼："子慎！子慎！"虔不觉惊应，遂相与友善。

【注释】

①服虔：字子慎，河南荥阳（今属河南）人。②崔烈：字威考，东汉涿郡（今属河北）人。③赁（lìn）：雇佣。④户壁间：门外。

【译文】

服虔已经对《左传》很有研究，将要给它做注释，想参考各家的异同。他听说崔烈召集学生讲授《左传》，便隐姓埋名，去给崔烈的学生当佣人做饭。每当到讲授的时候，他就躲在门外偷听。等他了解到崔烈超不过自己以后，便渐渐地和那些学生谈论崔烈的得失。崔烈听说后，猜不出他是什么人，可是一向听到过服虔的名声，猜想是他。第二天一大早崔烈就去拜访服虔，趁服虔还没睡醒的时候，便突然叫："子慎！子慎！"服虔不觉惊醒答应，从此两人就结为好友。

【原典】

钟会撰《四本论》[①]，始毕，甚欲使嵇公一见。置怀中，既定，畏其难[②]，怀不敢出，于户外遥掷，便回急走。

【注释】

①《四本论》：钟会所作文章篇名，论说人的才能与德性的同、异、合、离的问题。②难（nàn）：问难，质疑。

【译文】

钟会刚把《四本论》写完，很想让嵇康看一看。他把《四本论》揣在怀里，决定去见嵇康，但是又害怕会因此受到嵇康的质疑问难，就怀揣着文章不敢拿出，于是走到门外远远地扔进去，便转身急急忙忙地跑了。

【原典】

何晏为吏部尚书[①]，有位望，时谈客盈坐，王弼未弱冠往见之[②]。晏闻弼名，因条向者胜理语弼曰："此理仆以为极，可得复难不？"弼便作难，一坐人便以为屈，于是弼自为客主数番[③]，皆一坐所不及。

【注释】

①何晏：何晏好玄学，擅长清谈，喜欢谈名理，与王弼、郭象同为唯心主义玄学的代表。②王弼：字辅嗣，三国魏河内山阳（今河南焦作）人，主要著有《老子注》《周易注》《论语释疑》等书。弱冠：古代男子到二十岁行冠礼，因为还没有达到壮年，称"弱冠"。也泛指男子二十岁左右。③自为客主：自己既做提问的一方，也做答辩的一方，即自问自答。

【译文】

何晏任吏部尚书，有名望，在他家里清谈的客人常常满座。王弼当时不到二十岁，前往拜见。何晏听到过王弼的名声，便分条列出以前那些精妙的玄理来告诉王弼说："这些道理我认为是谈得最透彻的了，还能再反驳吗？"王弼便提出反驳，满座的人都觉得理屈。于是王弼反复自问自答，所谈的玄理是满座的人所不及的。

【原典】

何平叔注老子[①]，始成，诣王辅嗣[②]。见王注精奇[③]，乃神伏曰[④]："若斯人，可与论天人之际矣[⑤]！"因以所注为道德二论。

【注释】

①何平叔：即何晏。②王辅嗣：即王弼。③精奇：精微独到。④神伏：神服，倾心佩服。⑤天人之际：指天和人的关系，天人关系是中国传统哲学的核心问题。

【译文】

何晏注释《老子》才完成，就去拜会王弼，看见王弼的注极其精彩奇妙，于是非常佩服。说："像这个人，就可以和他讨论天人关系的问题了！"于是把自己所注的称为《道论》《德论》两篇。

【原典】

王辅嗣弱冠诣裴徽[①]，徽问曰："夫无者，诚万物之所资，圣人莫肯致言，而老子申之无已，何邪？"弼曰："圣人体无，无又不可以训，故言必及有；老、庄未免于有，恒训其所不足。"

【注释】

①王辅嗣：即王弼。裴徽：字文季，魏河东闻喜（今属山西）人。

【译文】

王弼不到二十岁时去拜访裴徽，裴徽问他："无，确实是万物存在的依据，圣人不肯谈这个概念，而老子却反复地说个没完，这是为什么？"王弼说："圣人认为无是本体，可是无又不能解释清楚，所以言谈间必定涉及有；老子、庄子免不了说到有，所以要经常去解释那个还掌握得不充分的无。"

【原典】

诸葛厷年少不肯学问[①]。始与王夷甫谈，便已超诣。王叹曰："卿天才卓出，若复小加研寻，一无所愧。"厷后看庄、老，更与王语，便足相抗衡。

【注释】

①诸葛厷（hóng）：字茂远，一作诸葛宏，晋琅琊（今山东临沂）人，有逸才，官至司官主簿。

【译文】

诸葛厷年轻时不肯向他人求救。开始和王衍清谈时，便已达到了很高的造诣。王衍叹道："你的才智很出众，如果再稍加用功探研，就丝毫也不会比当代名流差了。"诸葛厷后来阅读了《庄子》《老子》，再与王衍清谈，便完全可以和他旗鼓相当了。

【原典】

卫玠总角时问乐令“梦”①，乐云“是想”。卫曰：“形神所不接而梦，岂是想邪？”乐云：“因也。未尝梦乘车入鼠穴，捣齑啖铁杵②，皆无想无因故也。”卫思“因”，经日不得，遂成病。乐闻，故命驾为剖析之③。卫既小差。乐叹曰：“此儿胸中当必无膏肓之疾④！”

【注释】

①总角：未成年的人，头发扎成抓髻，叫总角，借指幼年。②捣齑（jī）：把葱、蒜、姜等捣碎腌咸菜。啖（dàn）：给吃。③命驾：吩咐人驾车，即坐车前往。④膏肓（huāng）：心尖脂肪叫膏，心脏和隔膜之间叫肓。古人认为这是药力达不到的地方，病入膏肓就无药可治了。乐广是说，卫玠一有疑难就一定要弄个明白才心安，这就不会积忧成病。

【译文】

卫玠幼年时，问尚书令乐广梦是怎么产生的，乐广说是因为心有所想才产生的。卫玠说：“身体和精神都不曾接触过的却在梦里出现，这哪里是心有所想呢？”乐广说：“是沿袭做过的事。人们不曾梦见坐车进老鼠洞，或者捣碎姜蒜去吃铁杵，这都是因为没有这些想法，没有这些可模仿的先例。”卫玠便思考这些问题，思考了一整天也没有得出答案，终于想得生了病。乐广听说后，特意坐车去给他分析这个问题。卫玠的病才好转。乐广感慨地说：“这孩子心里一定不会得无法医治的病！”

【原典】

庾子嵩读庄子①，开卷一尺许便放去②，曰：“了不异人意。”

【注释】

①庾子嵩：庾敳（ái），字子嵩，晋颍川鄢陵（今属河南）人，自称是老、庄之徒。②一尺许：一尺左右，古代的书写在帛或纸上，卷起来收藏，所以可以计算长度。

【译文】

庾敳读《庄子》，打开书读了一尺左右的篇幅就放下了，说道：“和我的想法完全相同。”

【原典】

客问乐令“旨不至”者，乐亦不复剖析文句，直以麈尾柄确几[1]，曰：“至不？”客曰：“至！”乐因又举麈尾曰：“若至者，那得去？”于是客乃悟服。乐辞约而旨达[2]，皆此类。

【注释】

①确几（jī）：敲着小桌子。②约：简约，简要。

【译文】

有人请教尚书令乐广“旨不至”这句话是什么意思，乐广不再解释字句，而是直接用拂尘柄敲着小桌子道：“到达了没有？”客人回答说：“到达了。”乐广于是又举起拂尘说：“如果到达了，怎么能离开呢？”于是客人恍然大悟，表示信服。乐广解释问题时言辞简明扼要，可是意思很透彻，都是像上面这个例子一样。

【原典】

初，注庄子者数十家[1]，莫能究其旨要[2]。向秀于旧注外为解义，妙析奇致，大畅玄风。唯《秋水》《至乐》二篇未竟而秀卒。秀子幼，义遂零落，然犹有别本。郭象者[3]，为人薄行，有俊才。见秀义不传于世，遂窃以为己注。乃自注秋水、至乐二篇，又易马蹄一篇，其余众篇，或定点文句而已[4]。后秀义别本出，故今有向、郭二庄，其义一也。

【注释】

①庄子：《庄子》一书是战国时代的庄周以及他的后学所作，继承并发展了《老子》的思想，是道家学派的重要著作，本则下文谈的《秋水》《至乐》《马蹄》，都是其中的篇名，晋代的向秀、郭象等都曾给《庄子》作注，但现存的只有郭注本。②旨要：要领，主要用意。③郭象：字子玄，是西晋时代重要的唯心主义哲学家。④定点：点定；改正。

【译文】

当初，为《庄子》作注的有几十家，可是没有一家能探索到它的精髓。向秀推开旧注，另求新解，精到的分析，美妙的意趣，使《庄子》玄奥的意旨大为畅达。只是《秋水》《至乐》两篇没有注完，向秀便去世了。向秀的儿子还很小，不能完成父业，致使他的注文零落，不过还有另外的稿本。郭象这个人，为人品行不好，却是才智出众。他看到向秀所释新义在当时没有流传开，便偷来当做自己的注本。他自注了《秋水》《至乐》两篇，又将《马蹄》篇改了注，其余各篇的注，有的只是改正一下文句罢了。后来向秀释义的另一个本子被发现了，所以现在有向秀、郭象两种《庄子》注，但两种注的意义一样。

【原典】

阮宣子有令闻[①]，太尉王夷甫见而问曰："老、庄与圣教同异[②]？"对曰："将无同？"太尉善其言，辟之为掾[③]。世谓"三语掾"。卫玠嘲之曰："一言可辟，何假于三？"宣子曰："苟是天下人望，亦可无言而辟，复何假一？"遂相与为友。

【注释】

①阮宣子：阮修，字宣子，喜欢《老子》《周易》，能谈玄理。②圣教：圣人的教化，儒学。这一句是问老庄思想和儒家思想的异同。③掾（yuàn）：属官，下文的"三语掾"，即三个字属官。

【译文】

阮修很有名望，太尉王衍见到他时问道："老子、庄子和儒家有什么异同？"阮修回答说："不是相同的吗？"太尉很赞赏他的回答，就将他调来做下属。世人都称阮宣子为"三语掾"。卫玠嘲讽他说："只说一个字就可以调用，何必要用三个字！"卫修说："如果是天下所仰望的人，也可以不说话就能调用，又何必要借助一个字呢！"于是两人结为朋友。

【原典】

裴散骑娶王太尉女[①]。婚后三日，诸婿大会，当时名士，王、裴子弟悉集。郭子玄在坐，挑与裴谈。子玄才甚丰赡[②]，始数交未快。郭陈张甚盛[③]，裴徐理前语，理致甚微，四坐咨嗟称快。王亦以为奇，谓诸人曰："君辈勿为尔，将受困寡人女婿[④]！"

【注释】

①裴散骑：裴遐，字叔道，任散骑郎，他善谈名理，且谈吐风雅。余嘉锡《世说新语·笺疏》说：“晋、宋人清谈，不惟善言名理，其音响轻重疾徐，皆自有一种风韵。”裴遐就是这样。②丰赡（shàn）：富足，这里指才识渊博。③陈张：铺陈张扬。④寡人：王侯的谦称，王夷甫居宰辅之重，也自称寡人。

【译文】

散骑郎裴遐娶太尉王衍的女儿为妻。婚后第三天，王家邀请诸女婿聚会，当时的名士和王、裴两家子弟齐集王家。郭象也在座，他领头和裴遐谈玄。郭象才识很渊博，开始几番交锋并不很顺利。于是郭象大张旗鼓，而裴遐则慢条斯理地接着刚才的论题阐述，理致极其缜密，满座的人都赞叹称好。王衍也以为新奇罕见，于是对大家说：“你们不要再辩论了，不然就要被我女婿困住了。”

【原典】

殷中军见佛经云：“理亦应阿堵上[①]。”

【注释】

①阿堵：这。这句指佛经和玄学义理相符，东晋以后，玄学和佛学趋于合流。

【译文】

中军将军殷浩看了佛经，说：“玄理也应当在这上面。”

【原典】

褚季野语孙安国云：“北人学问，渊综广博[①]。”孙答曰：“南人学问，清通简要[②]。”支道林闻之曰：“圣贤固所忘言[③]。自中人以还[④]，北人看书，如显处视月；南人学问，如牖中窥日。”

【注释】

①渊综：深厚而且融会贯通。②清通：清新通达，这两句是说北方人做学问着重渊博，南方人则着重专精。③忘言：指默识其意，无需用言语

来说明。④中人：中等人，指具有中等才质的人。

【译文】

诸裒对孙盛说："北方人做学问，深厚广博而且融会贯通。"孙盛回答说："南方人做学问，清新通达而且简明扼要。"支道林听到后，说："圣贤自然不用言语说明，从中等才质以下的人来说，北方人读书，像是在敞亮处看月亮；南方人做学问，像是从窗户里看太阳。"

【原典】

殷中军云①："康伯未得我牙后慧②。"

【注释】

①殷中军：殷浩。②康伯：韩伯，是殷浩的外甥，殷浩很喜欢他。牙后慧：指言外之意趣。

【译文】

中军将军殷浩说："韩伯还没有学到我言外之意趣。"

【原典】

宣武集诸名胜讲易①，日说一卦。简文欲听，闻此便还。曰："义自当有难易，其以一卦为限邪？"

【注释】

①名胜：名流。《易》：即《周易》。

【译文】

桓温将许多著名人士聚在一起讲解《周易》，且每天只解释一卦。简文帝本来打算也想去听，但一听说是这样讲就回来了，说："卦的内容自然是有难有易，不过怎么能限定每天只讲一卦呢？"

【原典】

孙安国往殷中军许共论①，往反精苦，客主无间。左右进食，冷而复暖者数四。彼我奋掷麈尾，悉脱落，满餐饭中。宾主遂至莫忘食。殷乃语孙曰："卿莫作强口马②，我当穿卿鼻。"孙曰："卿不见决鼻牛，人当穿卿颊。"

【注释】

①孙安国：孙盛。殷中军：殷浩。②强（jiàng）口马：比喻嘴硬，不服输。

【译文】

孙盛到中军将军殷浩处一起清谈，两人来回辩驳，殚精竭虑，宾主间毫无隔阂。侍候的人端上饭菜也顾不得吃，饭菜凉了又热，热了又凉，这样如此反复都已经是好几遍了。双方奋力甩动着拂尘，以致拂尘的毛全部脱落，饭菜上都落满了。主客一直激辩到晚上，忘了吃饭。殷浩便对孙盛说："你不要做硬嘴马，我会把你的鼻子穿起来！"孙盛说："你没见决鼻子牛么？当心人家会穿你的腮帮子！"

【原典】

庄子逍遥篇[1]，旧是难处，诸名贤所可钻味，而不能拔理于郭、向之外[2]。支道林在白马寺中，将冯太常共语[3]，因及逍遥。支卓然标新理于二家之表，立异义于众贤之外，皆是诸名贤寻味之所不得。后遂用支理。

【注释】

①逍遥：《逍遥游》，是《庄子》中的第一篇，论述了万物要无所依靠，才能逍遥自得的思想。②郭、向：郭象、向秀，两家都是注释《庄子》的。③冯太常：冯怀，字祖思，任太常（主管祭祀、礼乐）、护军将军等职。

【译文】

《庄子·逍遥游》在过去是较难探究的一篇，诸位名士所钻研的义理，都没有超出郭象和向秀的研究。支道林在白马寺里，和太常冯怀一起谈论，便谈到

《逍遥游》。支道林在郭、向两家的见解之外，所阐发的义理新奇，卓然超出于郭象、向秀以及诸位名士的观点，都是各位知名的贤士寻求不得的。于是后来人们就接受了支道林的观点。

【原典】

王逸少作会稽[①]，初至，支道林在焉。孙兴公谓王曰："支道林拔新领异[②]，胸怀所及，乃自佳，卿欲见不？"王本自有一往隽气[③]，殊自轻之。后孙与支共载往王许，王都领域[④]，不与交言。须臾支退，后正值王当行，车已在门。支语王曰："君未可去，贫道与君小语。"因论庄子逍遥游。支作数千言，才藻新奇，花烂映发。王遂披襟解带[⑤]，留连不能已。

【注释】

①王逸少：王羲之，字逸少。②拔新领异：标新立异。拔，提出。领，领会。③一往隽（jùn）气：指一向有超人的气质。隽，通"俊"。④领域：指心存界限。⑤披襟解带：即宽衣解带，指坦诚相待。

【译文】

王羲之出任会稽内史，刚到任，支道林正在那里。孙绰对王羲之说："支道林标新理立异义，胸中所想本就佳妙，您想见见他吗？"王羲之本来就有超凡脱俗的气质，很轻视支道林。后来孙绰和支道林一起坐车到王羲之那里，王羲之总是着意矜持，不和他交谈。不一会儿支道林就告退了，后来有一次正碰上王羲之要外出，车子已经在门外等着了。支道林对王羲之说："您还不能走，我想和您稍微谈论一下。"于是就谈到《庄子·逍遥游》。支道林一谈起来，洋洋数千言，才气不凡，辞藻新奇，像繁花灿烂，交映生辉。王羲之终于脱下外衣不再出门，并且流连不止。

【原典】

林道人诣谢公[①]，东阳时始总角[②]，新病起，体未堪劳。与林公讲论，遂至相苦。母王夫人在壁后听之，再遣信令还[③]，而太傅留之。王夫人因自出云："新妇少遭家难[④]，一生所寄，唯在此儿。"因流涕抱儿以归。谢公语同坐曰："家嫂辞情慷慨，致可传述，恨不使朝士见。"

【注释】

①林道人：即支道林，下文又称“林公”。谢公：谢安，下文又称“太傅。”②东阳：谢朗，官至东阳郡太守，是谢安的侄儿。③信：送信的人，这里指传话的人。④新妇：妇女谦称。家难：家里的不幸遭遇，这里指丈夫死了。

【译文】

支道林和尚去拜访谢安，谢朗当时还年幼，病刚刚好，身体还经不起劳累。他和支道林一起研讨、辩论玄理，以至于互相辩驳，毫不相让。他母亲王夫人在隔壁房中听见这样，就一再派人叫他回去，可是太傅谢安把他留住。王夫人便只好亲自出来，说：“我早年寡居，一辈子的寄托，只在这孩子身上。”于是流着泪把儿子抱回去了。谢安告诉同座的人说：“家嫂言辞情意都很激愤，很值得传扬称道，遗憾的是不能让朝中人士见到！”

【原典】

支道林初从东出①，住东安寺中。王长史宿构精理，并撰其才藻，往与支语，不大当对。王叙致作数百语②，自谓是名理奇藻。支徐徐谓曰：“身与君别多年，君义言了不长进。”王大惭而退。

【注释】

①从东出：支道林原居会稽，在京都建康东部，晋哀帝派人把他接到建康，所以说“从东出”。②叙致：陈述道理。

【译文】

支道林刚从会稽来到建康时，住在东安寺里。左长史王濛事先想好精微的义理，并且想好富有才情、文采的言辞，去和支道林清谈，可是和支道林的谈论无法匹敌。王濛作长篇论述，自以为讲的是至理名言，用的是奇丽辞藻。支道林听后，慢吞吞地对他说：“我和您分别多年，看来您在义理、言辞两方面全都没有长进。”王濛非常惭愧地告辞走了。

【原典】

殷中军读小品，下二百签[①]，皆是精微，世之幽滞[②]。尝欲与支道林辩之[③]，竟不得。今小品犹存[④]。

【注释】

①签：签注，读书有疑难处，夹上字条做标记。②幽滞：深奥难解。③“尝欲”句：据《语林》载：殷浩因为对佛经有所不解，派人去请支道林。王羲之却以为，殷浩不了解的，支道林也未必能讲通，如果讲错了，更是影响名声，所以劝他不要去。支道林同意王羲之的话，没有去见殷浩。④小品：小品经。

【译文】

中军将军殷浩读佛经《小品》，有不少不理解的地方，加了二百张字条标明，这些都是精深奥妙的地方，是当时隐晦难明的。殷浩曾经想和支道林辩明这些问题，但他终究没能如愿。现在《小品》还保存着。

【原典】

于法开始与支公争名，后精渐归支，意甚不忿，遂遁迹剡下。遣弟子出都，语使过会稽。于时支公正讲小品。开戒弟子：“道林讲，比汝至，当在某品中[①]。”因示语攻难数十番，云：“旧此中不可复通。”弟子如言诣支公。正值讲，因谨述开意。往反多时，林公遂屈。厉声曰：“君何足复受人寄载！”

【注释】

①品：佛家经论之篇章。

【译文】

于法开当初和支道林争名，后来人心渐渐归向于支道林，他心里非常不服气，便隐居到剡县。有一次，于法开派弟子到京都去，吩咐弟子要经过会稽山阴县。那时支道林正在那里宣讲佛经《小品》。于法开告诫他的弟子说：“支道林开讲《小品》，等你到达时，就该讲某一章了。”于是给弟子示范，告诉他来回数十次的攻诘辩难，并且说：“过去这里面的问题不可能比我讲的更明白了。”弟子照他的嘱咐去拜访支道林。正好碰上支道林宣讲，便小心地陈述于法开的见解，两人来回辩论了很久，支道林终于辩输了，于是厉声说：“您何苦受人指使呢！”

【原典】

康僧渊初过江①，未有知者，恒周旋市肆②，乞索以自营③。忽往殷渊源许，值盛有宾客，殷使坐，粗与寒温，遂及义理④。语言辞旨⑤，曾无愧色。领略粗举，一往参诣⑥。由是知之。

【注释】

①康僧渊：西域僧人，曾和殷浩谈及佛经义理，辨别俗书性情之义。②市肆：市中商店，市场。③自营：自己谋生活。④义理：探究经义和名理的学问。⑤辞旨：言辞的意趣。⑥一往参诣：指一向深入钻研。

【译文】

康僧渊刚到江南的时候，还没有人了解他，经常在街市商场上徘徊，靠乞讨来养活自己。一次，他突然到殷渊源家去，正碰上有很多宾客在座，殷渊源让他坐下，和他稍微寒暄了几句，便谈及义理。康僧渊的言谈意趣，竟然毫无愧色。不管是有深刻领会的，还是粗略提出的义理，都是他一向深入钻研过的。正是由于这次清谈，大家才了解他。

【原典】

人有问殷中军：“何以将得位而梦棺器①，将得财而梦矢秽②？”殷曰：“官本是臭腐，所以将得而梦棺尸；财本是粪土，所以将得而梦秽污。”时人以为名通。

【注释】

①位：官位，爵位。②矢：通“屎”。迷信的说法，做梦和现实正相反，故有此问。

【译文】

有人问中军将军殷浩：“为什么将要得到官爵就梦见棺材，将要得到钱财就梦见粪便？”殷浩回答说：“官爵本来就是腐臭的东西，所以人将要得到它时就会梦见棺材尸体；钱财本来就是粪土，所以人将要得到它时就会梦见肮脏的东西。”当时的人认为这是名言通论。

【原典】

支道林、殷渊源俱在相王许[①]。相王谓二人：“可试一交言。而才性殆是渊源崤、函之固[②]，君其慎焉！”支初作，改辙远之[③]，数四交，不觉入其玄中。相王抚肩笑曰：“此自是其胜场[④]，安可争锋！”

【注释】

①相王：指晋简文帝司马煜，他未登帝位时，以上稽王身份任丞相，所以称相王。②崤（xiáo）、函：崤山和函谷关，大概指今陕西潼关以东至河南新安县境一带，是秦国的险要关塞。这里以崤、函之固形容殷渊源善谈才性，无懈可击，难以攻入。③改辙：改道，比喻改变方向、话题。④胜场：稳操胜算的处所，杰出之处。

【译文】

支道林、殷浩都在相王司马煜府中，司马煜对两人说道：“你们可以试着辩论一下。可是才性关系问题是殷浩的坚固堡垒，您可要谨慎啊！”支道林开始论述问题时，便改变方向，远远避开才性问题，但是论辩了几个回合，便不觉进入了司马煜的玄理之中。相王拍着支道林的肩膀笑道：“这本来是他的特长，你怎么可以和他争胜呢！”

【原典】

谢公因子弟集聚，问毛诗何句最佳[①]？遏称曰[②]：“昔我往矣，杨柳依依；今我来思，雨雪霏霏[③]。”公曰：“讦谟定命，远猷辰告[④]。”谓此句偏有雅人深致。

【注释】

①毛诗：即《诗经》，是周代的一部诗歌总集，现在流传下来的是由毛亨和毛苌作传的，又称《毛诗》。②遏：是谢玄的小名，谢玄是谢安的侄儿。③“昔我”两句：出自《诗经·小雅·采薇》，大意是：“想起我离家出征的时光，杨柳轻轻摆荡；如今我回到家乡了，雪花漫天飘扬。”雨

(yù)雪：下雪。④“讦（xū）谟”句：出自《诗经·大雅·抑》，大意是：国家大计一定要号召，重大方针政策要及时宣告。谢安是从政治角度肯定这一句的。

【译文】

谢安趁着子弟们聚会在一起的时候，问道：“《诗经》里面哪一句最好？”谢玄称赞说：“最好的是‘昔我往矣，杨柳依依；今我来思，雨雪霏霏。’”谢安说：“应该是‘讦谟定命，远猷辰告’。”认为这一句特别具有高雅之士的深远意趣。

【原典】

张凭举孝廉[①]，出都，负其才气，谓必参时彦。欲诣刘尹，乡里及同举者共笑之。张遂诣刘。刘洗濯料事，处之下坐，唯通寒暑，神意不接。张欲自发无端。顷之，长史诸贤来清言。客主有不通处，张乃遥于末坐判之，言约旨远，足畅彼我之怀，一坐皆惊。真长延之上坐，清言弥日，因留宿至晓。张退，刘曰：“卿且去，正当取卿共诣抚军[②]。”张还船，同侣问何处宿？张笑而不答。须臾，真长遣传教觅张孝廉船[③]，同侣惋愕。即同载诣抚军。至门，刘前进谓抚军曰：“下官今日为公得一太常博士妙选[④]！”既前，抚军与之话言，咨嗟称善曰：“张凭勃窣为理窟。”即用为太常博士。

【注释】

①张凭：字长宗，晋吴郡（今江苏苏州）人。②抚军：指简文帝司马昱，晋穆帝永和元年（公元345年），以会稽王司马昱为抚军大将军，故称抚军。③传教：主管宣布教令的郡吏。④下官：下属官吏的自称。太常博士：官名，是礼官，专管仪礼。

【译文】

张凭察举为孝廉后，到京都去，他仗着自己有才气，认为必定能置身于当时才学名流之列。他想去拜访丹阳尹刘惔，他的同乡和一同察举的人都笑话他。张凭于是去拜访刘惔，这时刘惔正在处理一些杂事，就把他安排在下座，只是和他寒暄一下，神态心意都没有注意他。张凭想引出话题却没有因由。不久，长史王濛等名流来清谈，主客双方产生分歧不能沟通的地方，张凭便远远地在末座上给他们分析评判，言辞精炼而内容深刻，能够把彼此心意表述明白，满座的人都很惊奇。刘惔就请他坐到上座，和他清谈了一整天，留他住到天亮。第二天，张凭告辞时，刘惔说："你暂时回去，我将邀你一起去拜见抚军。"张凭回到船上，同伴们问他在哪里过夜，张凭笑笑，没有回答。不一会儿，刘惔派郡吏来找张凭坐的船，同伴们很惊愕。刘惔当即和他一起坐车去谒见抚军。到了大门口，刘惔先进去对抚军说："下官今天给您找到一个太常博士的极佳人选。"张凭进见后，抚军和他谈话，不住赞叹，连声说好，并说："张凭才华横溢，义理集于一身。"于是马上任用他做太常博士。

【原典】

汰法师云："'六通①''三明'同归，正异名耳。"

【注释】

①六通：佛教用语，认为有六种通：天眼通、天耳通、身通、他心通、宿命通，漏尽道（漏：烦恼），前五通，一般人可能修炼到，最后一通，即割断一切烦恼，自在无碍，这只有圣者能做到。三明：指心得到解脱，能知过去、现在、未来三世，明指显豁、分明。宿命通，知过上之生命相；天眼通，知未来之上命相；漏尽道，知现在之苦相，能割断一切烦

恼。所以六通、三明，殊名同归。

【译文】

汰法师说："六通和三明同一指归，只是名称不同罢了。"

【原典】

支道林、许、谢盛德，共集王家。谢顾谓诸人："今日可谓彦会[①]，时既不可留，此集固亦难常。当共言咏，以写其怀。"许便问主人有《庄子》不？正得《渔父》一篇。谢看题，便各使四坐通。支道林先通，作七百许语，叙致精丽，才藻奇拔，众咸称善。于是四坐各言怀毕。谢问曰："卿等尽不？"皆曰："今日之言，少不自竭。"谢后粗难，因自叙其意，作万余语，才峰秀逸[②]。既自难干，加意气拟托，萧然自得，四坐莫不厌心。支谓谢曰："君一往奔诣[③]，故复自佳耳。"

【注释】

①彦会：贤士聚会。彦，对士的美称。②才峰：比喻才能突出。秀逸：特异超俗。③一往奔诣：直接阐明要领，达到很高的境界。

【译文】

支道林、许询、谢安诸位品德高尚人士一起到王濛家聚会。谢安环顾左右对大家说："今天可以说是贤士雅会。时光不可挽留，这样的聚会当然也难常有，我们应该一起谈论吟咏，来抒发我们的情怀。"许询便问主人王濛有没有《庄子》这部书，主人只找到《渔父》一篇。谢安看了题目，便叫大家一个个讲解其义理。支道林先讲解，说了七百来句话，说解义理精妙优美，才情辞藻新奇拔俗，大家都觉得他讲得非常好。于是在座的人各自谈完了自己的体会。这时谢安问道："你们说完了没有？"都说："今天的谈论，很少有保留，没有不尽意的了。"然后谢安大致提出一些疑问，就此谈了自己的意见，洋洋万余言，才思敏锐高妙，特异超俗。既难以反驳，加上情意有所比拟、寄托，潇洒自如，使满座的人无不心悦诚服。支道林对谢安说："您的话阐明要领，境界很高，自然很优异呀！"

【原典】

僧意在瓦官寺中，王苟子来，与共语，便使其唱理[①]。意谓王曰："圣人有情不？"王曰："无。"重问曰："圣人如柱邪？"王曰："如筹算[②]，虽无情，运之者有情。"僧意云："谁运圣人邪？"苟子不得答而去。

【注释】

①唱理：首先谈论玄理。唱，通"倡"。②筹算：筹码，计算的用具。

【译文】

僧意住在瓦官寺中，王修到来，和他一起谈玄理，便让他先开个头。僧意问王修："圣人有感情没有？"王说："没有"。僧意又问道："那么圣人像柱子一样吗？"王修说："像筹码，虽然没有感情，可是使用它的人有感情。"僧意又问："谁来使用圣人呢？"王修回答不了就走了。

【原典】

司马太傅问谢车骑[①]："惠子其书五车，何以无一言入玄[②]？"谢曰："故当是其妙处不传。"

【注释】

①司马太傅：司马道子。②"惠子"句：《庄子·天下》说，惠施所著的书可以装满五车（极言著书之多），可是讲的道理很杂乱，言辞也不当。

【译文】

太傅司马道子问车骑将军谢玄："惠子所著的书有五车之多，为什么没有一句话涉及玄言？"谢玄回答说："这当然是因为玄言的精微处难以言传。"

【原典】

羊孚弟娶王永言女。及王家见婿，孚送弟俱往。时永言父东阳尚在[①]，殷仲堪是东阳女婿，亦在坐。孚雅善理义[②]，乃与仲堪道《齐物》[③]。殷难之，羊云："君四番后，当得见同。"殷笑曰："乃可得尽，何必相同？"

乃至四番后一通。殷咨嗟曰："仆便无以相异。"叹为新拔者久之④。

【注释】

①东阳：指王临之，曾任东阳太守。②理义：理和义，这里指辨析名理的学问。③《齐物》：《齐物论》，是《庄子》中的一篇。④新拔者：后起之秀。

【译文】

羊孚的弟弟羊辅娶王永言的女儿为妻。当王家要接待女婿的时候，羊孚亲自送他弟弟到王家。这时王永言的父亲东阳太守王临之还活着，殷仲堪是王临之的女婿，也在座。羊孚非常擅长谈论玄理，便和殷仲堪谈论《庄子·齐物论》。殷仲堪反驳了羊孚的见解，羊孚说："您经过四个回合后将会见到彼此的见解相同。"殷仲堪笑着说："只能说尽，为什么一定会相同！"等到四个回合后两人见解竟然相通了。殷仲堪感慨地说："这样，我就没有什么见解跟你不同了！"并且久久地赞叹羊孚是后起之秀。

【原典】

殷仲堪云："三日不读《道德经》①，便觉舌本间强②。"

【注释】

①道德经：《老子》一书后来称为《道德经》。②间强（jiàng）：生硬。这句指对理论根据生疏了，才思就不敏捷，言谈就不流畅。

【译文】

殷仲堪说："三天如果不读《道德经》，就会觉得舌根发硬。"

【原典】

桓南郡与殷荆州共谈，每相攻难。年余后，但一两番。桓自叹才思转退。殷云："此乃是君转解①。"

【注释】

①"此乃"句：言桓玄更加了解殷氏所谈玄理，所以攻难就少了。

【译文】

南郡公桓玄和荆州刺史殷仲堪在一起谈玄，每每互相辩驳，一年多以后，辩驳少了，只有一两次。桓玄自己慨叹才思越来越倒退了，殷仲堪却说："这其实是您理解能力不断提高的缘故。"

【原典】

文帝尝令东阿王七步中作诗①，不成者行大法②。应声便为诗曰："煮豆持作羹，漉菽以为汁③。萁在釜下然④，豆在釜中泣。本自同根生，相煎何太急？"帝深有惭色。

【注释】

①文帝：魏文帝曹丕，是曹操的儿子，逼迫汉献帝让位，自立为帝。东阿王：曹植（192—232），字子建，曹丕的同母弟，天资聪敏，是当时杰出的诗人，曹操几乎要立他为太子，曹丕登帝位后，他很受压迫，一再贬爵徙封，后封为东阿王。②大法：大刑，重刑，这里指死刑。③漉（lù）：过滤。菽（shū），豆类的总称。④然：通"燃"，烧。

【译文】

魏文帝曹丕曾经命令东阿王曹植在七步之内作成一首诗，如果作不出的话，就要用死刑。曹植应声便作成一诗："煮豆持作羹，漉菽以为汁。萁在釜下燃，豆在釜中泣。本自同根生，相煎何太急！”魏文帝听了深感惭愧。

【原典】

左太冲作《三都赋》初成[①]，时人互有讥訾，思意不惬。后示张公[②]。张曰：“此《二京》可三，然君文未重于世，宜以经高名之士。”思乃询求于皇甫谧[③]。谧见之嗟叹，遂为作叙。于是先相非贰者，莫不敛衽赞述焉[④]。

【注释】

①左太冲：左思，字太冲，齐临淄（今属山东）人，晋代诗人，用十年时间写成《三都赋》。②张公：指张华，张华学识广博，勇于赴义，名重一时，曾任太常、司空。③皇甫谧（mì）：字士安，博览解书，著有《高士传》，名望很高，晋武帝屡召为官，不就。④敛衽（rèn）：整理衣襟，指表示敬意。赞述：称赞传述。

【译文】

左思写《三都赋》，刚写完，当时的人交相讥笑非难，左思心里很不舒服。后来他把文章拿给张华看，张华说：“这可以和《两都》《二京》鼎足而立，可是现在您的文名还没有受到世人重视，应该拿去让享有盛名的人士加以推荐。”左思便拿去请教并拜求皇甫谧。皇甫谧看了这篇赋后非常赞赏，就为赋写了一篇叙文。这样先前那些非难、怀疑这篇赋的人，又都怀着敬意赞扬它了。

【原典】

刘伶著《酒德颂》[①]，意气所寄。

【注释】

①刘伶：字伯伦，竹林七贤之一，放荡不羁，以嗜酒著名，主张无为而治。

【译文】

刘伶写了一篇《酒德颂》，这是他自己心意情趣的寄托。

【原典】

乐令善于清言[1]，而不长于手笔[2]。将让河南尹，请潘岳为表[3]。潘云："可作耳。要当得君意[4]。"乐为述己所以为让，标位二百许语。潘直取错综，便成名笔。时人咸云："若乐不假潘之文，潘不取乐之旨，则无以成斯矣。"

【注释】

①乐令：乐广。②手笔：文辞，文章。③表，奏章。④要当：总归，必须。

【译文】

尚书令乐广擅长清谈，可是不擅长写文章。他想辞去河南尹职务，便请潘岳替他写奏章。潘岳说："我可以写呀，不过我需要知道您的意思才行。"乐广便给他说明自己决定让位的原因，说了二百来句话。潘岳把他的话直接拿来重新编排了一番，便成了一篇名作。当时的人都说："如果乐广不借助潘岳的文辞，潘岳不采纳乐广的意思，就无法写成这样优美的文章了。"

方正第五

【原典】

陈太丘与友期行，期日中①。过中不至②，太丘舍去③，去后乃至④。元方时年七岁，门外戏。客问元方："尊君在不⑤？"答曰："待君久不至，已去。"友人便怒曰："非人哉！与人期行，相委而去。"元方曰："君与家君期日中。日中不至，则是无信；对子骂父，则是无礼。"友人惭，下车引之。元方入门不顾。

【注释】

①期日中：约定的时间是正午。日中，正午时分。②过中：过了正午。③舍去：不再等候就走了。去，离开。舍，舍弃，抛弃。④乃至：（友人）才到。乃，才。⑤尊君：对别人父亲的一种尊称。不，通"否"。

【译文】

太丘长陈寔和朋友约好一同外出，约定时间是中午出发。过了中午，朋友还没有来，陈寔没有管他，就自己先走了。陈寔离开之后，那位朋友才到。当时陈寔儿子陈纪才七岁，正在门外玩耍。来客问陈纪："令尊在家吗？"陈纪回答说："家父等了您很久，见您不来，就自己先走了。"那位朋友便生起气来，说道："真不是人呀！和别人说好要一起走的，却扔下别人不管，自己走了！"陈纪说："您是跟家父约定中午走的。到了中午还不来，这就是不守信用；对着人家的儿子骂人家的父亲，你这就是不讲礼貌。"那位朋友听了很惭愧，就下车来拉陈纪的手。陈纪却掉头跑进家门，没有搭理他。

【原典】

南阳宗世林①，魏武同时，而甚薄其为人，不与之交。及魏武作司空②，总朝政，从容问宗曰："可以交未？"答曰："松柏之志犹存。"世林既以忤旨见疏，位不配德。文帝兄弟每造其门，皆独拜床下，其见礼如此。

【注释】

①南阳：郡名，治宛县（今河南南阳）人。宗世林：宗承，字世林，三国时魏南阳安众（今河南镇平）人。②魏武：曹操，死后追尊为魏武帝，故称。司空：官名，三公之一，参议国事，掌水土之事的最高行政长官。

【译文】

南阳郡人宗承，是和魏武帝曹操同时代的人，他很瞧不起曹操的为人，不肯和曹操结交。等到曹操做了司空，总揽朝廷大权的时候，曾委婉试探宗承说："现在可不可以和我结交呢？"宗承回答说："我如松柏一样的意志还没有变。"宗承就这样因为不合曹操的心意而被疏远，官职很低，和他的才德品行不相配。但是曹丕、曹植兄弟每次登门拜访，都是以晚辈的身份，各自拜在他的坐榻下。他就是这样地受到尊敬。

【原典】

魏文帝受禅①，陈群有戚容②。帝问曰："朕应天受命③，卿何以不乐？"群曰："臣与华歆，服膺先朝，今虽欣圣化，犹义形于色。"

【注释】

①魏文帝：曹丕。受禅（shàn）：接受禅让帝位，指曹丕登位称帝。公元 220 年农历正月，曹操死，其子曹丕继位为汉丞相，十月，曹丕废汉献帝为山阳公，自称皇帝。②陈群：陈群字长文，颍川许昌（今河南许昌）人，其祖父陈寔，父亲陈纪，叔父陈谌，于当世皆负盛名。③应天受命：指登帝位，帝王都认为自己是顺应天意、接受天命而登位的。

【译文】

魏文帝曹丕称帝，陈群面带愁容。文帝问他："朕顺应天命即帝位，你为什么不高兴？"陈群回答说："臣和华歆铭记先朝，现在虽然喜逢盛世，但是怀念故主恩义的心情，还是不免会显露出来。"

【原典】

郭淮作关中都督[①]，甚得民情，亦屡有战庸[②]。淮妻，太尉王凌之妹[③]，坐凌事当并诛。使者征摄甚急[④]，淮使戒装[⑤]，克日当发。州府文武及百姓劝淮举兵，淮不许。至期，遣妻，百姓号泣追呼者数万人。行数十里，淮乃命左右追夫人还，于是文武奔驰，如徇身首之急。既至，淮与宣帝书曰："五子哀恋，思念其母，其母既亡，则无五子。五子若殒，亦复无淮。"宣帝乃表，特原淮妻。

【注释】

①郭淮：字伯济，三国魏太原阳曲（今山西太原）人。都督：官名，地方军政长官，都督诸州军事，兼任所驻地之州刺史。②战庸：战功，庸即功劳。③太尉：官名，汉魏时与司徒、司空并称"三公"。④征摄：指逮捕。⑤戒装：准备行装。

【译文】

郭淮出任关中都督期间，很得民心，也多次建立过战功。郭淮的妻子，是太尉王凌的妹妹，因为王凌犯罪一事受到株连，应当一起处死。派来逮捕她的官吏要人要得很急，郭淮就让妻子准备好行装，按限定的时间出发。州和都督府的文武官员和百姓都劝说郭淮起兵反抗，郭淮没有应允。到了既定的期限，打发妻子上路，沿途百姓号啕痛哭不已，一路跟着呼唤不舍的人有几万人。走了几十里路后，郭淮终于下决心叫手下的人前去把夫人给追了回来，于是文武官员飞跑传命，就像去营救即将被斩首的人那么紧急。夫人追回来以后，郭淮写了封信给司马懿说："五个孩子哀痛欲绝，恋恋不舍，思念他们的母亲。如果他们的母亲死了，我就会失去五个孩子。五个孩子如果死了，也就不再有我郭淮了。"司马懿于是上表魏帝，特准赦免了郭淮的妻子。

【原典】

诸葛亮之次渭滨[①]，关中震动。魏明帝深惧晋宣王战[②]，乃遣辛毗为军司马[③]。宣王既与亮对渭而陈，亮设诱谲万方。宣王果大忿，将欲应之以重兵。亮遣间谍觇之[④]，还曰："有一老夫[⑤]，毅然仗黄钺[⑥]，当军门立，军不得出。”亮曰：“此必辛佐治也。”

【注释】

①诸葛亮（181—234）：字孔明，三国蜀汉琅琊阳都（今山东沂南）人。②魏明帝：曹睿，字元仲，魏文帝曹丕的儿子。③辛毗（pí）：字佐治，三国魏颍川阳翟（今河南禹县）人，官至卫尉。④觇（chān）：侦察。⑤老夫：老年男子。⑥黄钺（yuè）：用黄金装饰的长柄大斧，古代为帝王所专用。

【译文】

诸葛亮屯兵在渭水之滨，关中地区人心为之震动不已。魏明帝曹睿十分害怕晋宣王司马懿出战，便派辛毗去担任军师。司马懿和诸葛亮隔着渭水列成阵势以后，诸葛亮千方百计地设法诱骗司马懿出战，司马懿果然非常愤怒，就打算用重兵来对付诸葛亮。诸葛亮派间谍去刺探司马懿的行动，回报说：“有一个老人拿着金斧，坚定地面对军营门口站着，将士都出不来。”诸葛亮说：“这人肯定是辛毗呀。”

【原典】

夏侯玄既被桎梏①，时钟毓为廷尉②，钟会先不与玄相知，因便狎之③。玄曰：“虽复刑余之人，未敢闻命④！”考掠初无一言，临刑东市，颜色不异。

【注释】

①夏侯玄：字太初，魏齐王曹芳时任太常，为九卿之一，主管礼仪祭祀之事。桎梏（zhì gù）：脚镣和手铐。②廷尉：官名，九卿之一，掌管诉讼刑狱之事。③狎（xiá）：亲近而不庄重。④闻命：听从命令，这里说未敢闻命，意即不愿与之交往。

【译文】

夏侯玄被逮捕了，当时钟毓任廷尉，钟会先前和夏侯玄关系不是很好，这时趁机戏辱夏侯玄。夏侯玄说：“我虽然是个罪人，也还不敢遵命。”经受刑讯拷打，始终不出一声，直到押赴法场行刑，也依然面不改色。

【原典】

夏侯泰初与广陵陈本善[①]。本与玄在本母前宴饮，本弟骞行还，径入，至堂户。泰初因起曰："可得同，不可得而杂。"

【注释】

①夏侯泰初：即夏侯玄。陈本：字休元，三国魏临淮东阳（今安徽天长西北）人，历官郡府、廷尉、镇北将军。

【译文】

夏侯玄和广陵郡人陈本是好朋友。当陈本和夏侯玄在陈本母亲面前喝酒时，陈本的弟弟陈骞从外面回来了，径直往里走，一直走到母亲住的堂屋门口。这时夏侯玄站起来说："我可以与志趣相同的人交往，但是不能够与志趣不相投的人交往杂处。"

【原典】

高贵乡公薨[①]，内外喧哗。司马文王问侍中陈泰曰[②]："何以静之？"泰云："唯杀贾充，以谢天下[③]。"文王曰："可复下此不？"对曰："但见其上，未见其下。"

【注释】

①高贵乡公：指曹髦（máo，241—260），字彦士，是魏文帝曹丕的孙子。②司马文王：司马昭，谥文王。③谢：认罪。

【译文】

曹髦被杀，朝廷内外众人震惊激愤不已，大家议论纷纷。文王司马昭问侍中陈泰："怎样才能使舆论平静下来呢？"陈泰说："只有杀掉贾充来向天下人谢罪。"司马昭说："可不可以再考虑一个比这次一等的处理办法？"陈泰回答说："我只知道比这更重的处置，不可能有比这更轻的处理办法了。"

【原典】

和峤为武帝所亲重[①]，语峤曰："东宫顷似更成进[②]，卿试往看。"还问："何如？"答云："皇太子圣质如初[③]。"

【注释】

①和峤：字长舆，任侍中，迁中书令，多次向晋武帝司马炎谈起担心太子不能继承国家大业，武帝不以为然。②东宫：太子居住的宫室，这里用来称太子。③圣质：太子的资质，"圣"字是敬辞。

【译文】

和峤是晋武帝所信任和器重的人，有一次武帝对和峤说："太子最近看起来似乎变得更加成熟、长进了，你抽空过去看看。"和峤去了回来，武帝问他怎么样，和峤回答说："皇太子资质和以前一样。"

【原典】

诸葛靓后入晋[①]，除大司马[②]，召不起。以与晋室有仇，常背洛水而坐。与武帝有旧，帝欲见之而无由，乃请诸葛妃呼靓[③]。既来，帝就太妃间相见。礼毕，酒酣，帝曰："卿故复忆竹马之好不[④]？"靓曰："臣不能吞炭漆身[⑤]，今日复睹圣颜。"因涕泗百行。帝于是惭悔而出。

【注释】

①诸葛靓（jìng）：当时在吴国做官，吴亡后，到晋国首都洛阳，因为他父亲诸葛诞被晋武帝的父亲司马昭杀了，所以不肯在晋室做官，回到家乡，终身不仕朝廷。②大司马：官名，八公之一。③诸葛妃：指司马懿的儿子琅琊王的王妃，晋武帝的叔母，诸葛靓的姐姐。④竹马之好：比喻儿童时代的交情。⑤吞炭漆身：比喻为父报仇。

【译文】

诸葛靓后入晋朝，被任命为大司马，他却不肯应召赴任。因为他与晋朝王室有杀父之仇，所以常常背对洛水而坐。他和晋武帝司马炎有交情，司马炎很想见他，却又找不到恰当的理由，就请婶母诸葛太妃把诸葛靓叫来。诸葛靓来后，武帝就到太妃那里和他见面。行礼后就喝酒，喝到痛快的时候，武帝问："你还记得我们小时候的交情吗？"诸葛靓说："臣不能像豫让那样为父报仇，所以今天才得以再见到圣上。"说完便涕泪交流。武帝于是惭愧懊悔地走了。

【原典】

武帝语和峤曰[①]："我欲先痛骂王武子[②]，然后爵之。"峤曰："武子俊爽，恐不可屈。"帝遂召武子，苦责之，因曰："知愧不？"武子曰："'尺布斗粟'之谣[③]，常为陛下耻之！它人能令疏亲，臣不能使亲疏，以此愧陛下。"

【注释】

①武帝：晋武帝司马炎。②王武子：王济，字武子。晋武帝曾命弟弟齐王司马攸离开京都回到封国去，王济极力劝谏，触怒了武帝，因此被责，并降职为国子祭酒。③尺布斗粟之谣：比喻兄弟不和。据《史记·淮南衡山列传》载，汉文帝的弟弟淮南王刘长以谋反罪被流放，途中绝食而死，后来有首民歌唱道："一尺布，尚可缝；一斗粟，尚可舂。兄弟二人，不能相容。"汉文帝和淮南王是兄弟，晋武帝和齐王也是兄弟，所以王济引用了这首民谣来讽他。

【译文】

晋武帝告诉和峤说："我想先痛骂王济一顿，然后才封给他爵位。"和峤说："王济才智出众，性情直爽，恐怕不能使他屈服。"武帝于是召见王济，狠狠地责骂了他，然后问道："你知道羞愧了吗？"王济说："想起尺布斗粟的民谣，经常替陛下感到羞愧。别人能让关系疏远的人亲近起来，臣却不能使亲近的人变得疏远。就因为这一点对陛下有愧。"

【原典】

杜预之荆州[①]，顿七里桥[②]，朝士悉祖[③]。预少贱，好豪侠，不为物所许。杨济既名氏[④]，雄俊不堪，不坐而去。须臾，和长舆来，问："杨右卫何在？"客曰："向来，不坐而去。"长舆曰："必大夏门下盘马[⑤]。"往大夏门，果大阅骑。长舆抱内车，共载归，坐如初。

【注释】

①杜预（222—284）：字元凯，京兆杜陵（今陕西西安东南）人。②顿：停留。七里桥：在洛阳东郊，京都士人，送往迎来，常在此处。③祖：原称

祭祀路神，后亦指送行。④杨济：字弘通，晋弘农华阴（今属陕西）人。⑤大夏门：洛阳的一座城门楼。盘马：骑着马盘旋。

【译文】

杜预到荆州去上任，屯驻在七里桥这个地方，许多朝廷人士都来到这里给他送行。杜预年轻时地位卑贱低微，好行侠义，不为公众所赞许。杨济既是出身名门的杰出人物，忍受不了这种场面，没落座就走了。一会儿，和峤来了，问："杨右卫在哪里？"有位客人说："刚才来了，没坐一坐就走了。"和峤说："一定是到大夏门下骑马盘旋。"便到大夏门去，杨济果然是在那里检阅兵马操练。和峤便将他拉到车上，一起坐车回到七里桥，好像刚来那样入座。

【原典】

杜预拜镇南将军，朝士悉至，皆在连榻坐①。时亦有裴叔则。羊稚舒后至②，曰："杜元凯乃复连榻坐客！"不坐便去。杜请裴追之，羊去数里住马，既而俱还杜许。

【注释】

①连榻：榻分独榻和连榻，坐独榻为尊，坐连榻则有待客怠慢之嫌。②羊稚舒：羊琇，字稚舒，晋泰山南城（今属山东）人。

【译文】

杜预担任镇南将军时，朝廷的官员都来庆贺，大家都在连榻上落座。当时在座的也有裴楷。羊琇后到，说："杜元凯竟然用连榻待客！"不落座就走了。杜预请裴楷去追他回来，羊琇骑马走了几里地就停下了，接着就和裴楷一起回到杜预家。

【原典】

晋武帝时，荀勖为中书监，和峤为令。故事①，监、令由来共车。峤性雅正②，常疾勖谄谀。后公车来，峤便登，正向前坐，不复容勖。勖方更觅车，然后得去。监、令各给车自此始。

【注释】

①故事：前代的制度，成例。②雅正：方正，端方正直。

【译文】

晋武帝时，荀勖任中书监，和峤任中书令。按照旧例，监和令向来同坐一辆车上朝。和峤本性正直，一向憎恶荀勖那种阿谀逢迎的作风。后来每逢官车来接他们上朝，和峤便上车，正对着前面端坐，不再给荀勖留出位置。荀勖还要另外找一辆车，然后才能走。以后监和令分别派车，就是从这时开始的。

【原典】

山公大儿著短帢[①]，车中倚。武帝欲见之，山公不敢辞，问儿，儿不肯行。时论乃云胜山公。

【注释】

①山公：山涛。短帢（qià）：古代士人戴的一种便帽。

【译文】

山涛的大儿子戴着一顶便帽，靠在车上。晋武帝想召见他，山涛不敢替他推辞，就出来问儿子的意见，儿子不肯去。当时的人就说这个儿子胜过山涛。

【原典】

向雄为河内主簿[①]，有公事不及雄，而太守刘淮横怒，遂与杖遣之。雄后为黄门郎[②]，刘为侍中，初不交言。武帝闻之，敕雄复君臣之好[③]，雄不得已，诣刘，再拜曰："向受诏而来，而君臣之义绝，何如？"于是即去。武帝闻尚不和，乃怒问雄曰："我令卿复君臣之好，何以犹绝？"雄曰："古之君子[④]，进人以礼，退人以礼；今之君子，进人若将加诸膝，退人若将坠诸渊。臣于刘河内，不为戎首[⑤]，亦已幸甚，安复为君臣之好？"武帝从之。

【注释】

①向雄：字茂伯，河内山阳（今属河南）人。②黄门郎：官名，也

称黄门侍郎，职责为侍从皇帝，传达诏命，与侍中同为宫内近侍官。③君臣之好：上下级的和睦关系。④君子：指达官贵人。⑤戎首：指挑起事端的人。

【译文】

向雄担任河内郡的主簿时，有件公事本来和他没关系，可是郡太守刘淮为这事大为震怒，便对他动了杖刑，并且打发他走了。向雄后来担任黄门侍郎，刘淮任侍中，两人虽在同一衙门，却从来不交谈。晋武帝听说这件事，便命令向雄要恢复两人原有的上下级和睦关系。向雄不得已，就到刘淮那里，行再拜礼后说："刚才奉皇上的命令而来，可是我们之间的上下级恩义已经断绝了，怎么样？"说完，马上就走了。武帝后来听说两人还是不和，就生气地问向雄："我命令你们要恢复旧时的和睦关系，你为什么还要绝交？"向雄说："古时候的君子，按礼法举荐官员，也按礼法贬黜官员；而现在的君子，举荐人家时就像要将你抱到膝上那么疼爱，贬黜你时就像要将你推下万丈深渊般那么狠。臣下对刘淮若能做到不去挑起事端，那已经算是很幸运的了，怎么还能修复旧有的上下级关系呢！"晋武帝听后，不再勉强他。

【原典】

齐王冏为大司马辅政①，嵇绍为侍中，诣冏咨事。冏设宰会②，召葛旟、董艾等共论时宜③。旟等白冏："嵇侍中善于丝竹，公可令操之。"遂送乐器。绍推却不受。冏曰："今日共为欢，卿何却邪？"绍曰："公协辅皇室，令作事可法。绍虽官卑，职备常伯④。操丝比竹⑤，盖乐官之事，不可以先王法服，为伶人之业。今逼高命，不敢苟辞，当释冠冕，袭私服，此绍之心也。"旟等不自得而退。

【注释】

①齐王冏（jiǒng）：司马冏，字景治，封为齐王。②宰会：招待僚属的宴会。③葛旟（yú）：在齐王手下任从事中郎。董艾：原为县令，齐王起兵时兼任右将军。时宜：当时的需要，这里指时政。④备常伯：备用为常伯，这是谦辞，表示自己不称职。常伯，是官名，上古曾设此官，后来

也用来称天子左右的近臣，如侍中、散骑常侍就是常伯。⑤操丝比竹：指吹弹演奏。

【译文】

齐王司马冏任大司马，辅理国政，嵇绍当时任侍中，到司马冏那里去请示公事。司马冏设宴邀请僚属来集会，召集葛旟、董艾等人一起讨论当前政务。葛旟等人告诉司马冏说："嵇侍中擅长乐器，您可以叫他演奏一下。"于是便送上乐器，嵇绍拒绝接受。司马冏说："今天大家一起饮酒作乐，你为什么拒绝呢？"嵇绍说："您辅助皇室，应该使大家做事能够有个榜样。我官职虽然卑微，也毕竟是皇帝的近臣，吹弹演奏，这是乐官该做的事情，我不能穿着官服来做乐工的事。我现在迫于遵命，不敢随便推辞，可是应该脱下官服，穿上便服，这是我的愿望。"葛旟等人感觉很没趣，就退了出去。

【原典】

卢志于众坐问陆士衡①："陆逊、陆抗，是君何物？"答曰："如卿于卢毓、卢珽。"士龙失色②。既出户，谓兄曰："何至如此，彼容不相知也？"士衡正色曰："我父、祖名播海内，宁有不知？鬼子敢尔③！"议者疑二陆优劣，谢公以此定之。

【注释】

①卢志：字子通，晋范阳涿（今河北涿州）人。陆士衡：陆机，字士衡，历任著作郎、平原内史。②士龙：陆云，字士龙，是陆机的弟弟。

③鬼子：鬼的子孙，表示对人的憎称。原注引孔氏《志怪》说，卢志的远祖卢充曾因打猎而入鬼府，与崔少府的亡女结婚而生子，陆机因此骂卢志是鬼的子孙。

【译文】

卢志在大庭广众之下问陆机："陆逊、陆抗是您的什么人？"陆机回答说："正像你和卢毓、卢珽的关系一样。"陆云听了大惊失色。出门以后，陆云就对哥哥说："哪至于弄到这种地步呢！他可能真是不了解我们的底细呀。"陆机很严厉地说："我父亲、祖父都是海内知名人士，世人岂有不知道的道理？鬼子竟敢这样无礼！"舆论界对陆家兄弟的优劣一向难以确定，谢安就拿这件事来判定两人的优劣。

【原典】

羊忱性甚贞烈。赵王伦为相国[①]，忱为太傅长史，乃版以参相国军事。使者卒至，忱深惧豫祸[②]，不暇被马[③]，于是帖骑而避。使者追之，忱善射，矢左右发，使者不敢进，遂得免。

【注释】

①赵王伦：赵王司马伦，他于晋惠帝永康元年（公元300年）杀皇后贾氏，并杀司空张华等，自为相国，羊忱因此不愿在他手下做官，怕得祸。②豫：通"与"，涉及。③被马：给马备好马鞍。

【译文】

羊忱的性格非常坚贞刚烈。赵王司马伦自任相国的时候，羊忱任太傅府长史，便任命他为参相国军事。传达任命的使者突然来到了，羊忱非常害怕牵连受祸，匆忙间来不及给马备好马鞍，只好贴着马背骑上马逃避。使者去追他，羊忱擅长射箭，不断向使者左右开弓，使者不敢再追，这才得以逃脱。

【原典】

王太尉不与庾子嵩交，庾卿之不置[①]。王曰："君不得为尔[②]。"庾曰："卿自君我，我自卿卿。我自用我法，卿自用卿法。"

【注释】

①卿：对官爵、辈份低于自己的人或同辈之间的亲热、不拘礼节的称呼。置：放下。②君：对对方的尊称，王太尉对庾子嵩原是可以称呼“卿”的，可是他用了尊称。

【译文】

太尉王夷甫不和庾子嵩交往，可是庾子嵩却用卿来称呼他，亲热个没完。王夷甫说：“君不能用这种称呼。”庾子嵩回答说：“卿尽管称我为君，我尽管称卿为卿；我自己用我的叫法，卿自己用卿的叫法。”

【原典】

阮宣子伐社树[①]，有人止之。宣子曰：“社而为树，伐树则社亡；树而为社，伐树则社移矣。”

【注释】

①社：土地神，此指土地神庙或土地神坛。

【译文】

阮修要砍掉土地庙的树，有人阻止他。阮修说：“如果土地神就是树，那么砍了树，土地神就不存在了；如果树就是土地神，那么砍了树，土地神也就迁走了。”

【原典】

阮宣子论鬼神有无者[①]，或以人死有鬼，宣子独以为无，曰：“今见鬼者，云箸生时衣服，若人死有鬼，衣服复有鬼邪？”

【注释】

①阮宣子：阮修。

【译文】

阮修谈论鬼神有无问题。有人认为人死后有鬼，唯独阮修认为没有，他说：“现在有自称说看见过鬼的人，说鬼是穿着活着时候的衣服，如果人死了有鬼，那么衣服也有鬼吗？”

【原典】

元皇帝既登阼[①]，以郑后之宠，欲舍明帝而立简文。时议者咸谓："舍长立少，既于理非伦[②]，且明帝以聪亮英断，益宜为储副[③]。"周、王诸公，并苦争恳切。唯刁玄亮独欲奉少主，以阿帝旨。元帝便欲施行，虑诸公不奉诏。于是先唤周侯、丞相入，然后欲出诏付刁。周、王既入，始至阶头，帝逆遣传诏，遏使就东厢。周侯未悟，即却略下阶。丞相披拨传诏，迳至御床前曰："不审陛下何以见臣。"帝默然无言，乃探怀中黄纸诏裂掷之。由此皇储始定。周侯方慨然愧叹曰："我常自言胜茂弘，今始知不如也！"

【注释】

①元皇帝：晋元帝司马睿，初为安东将军，公元317年，王导等拥立为帝。登阼（zuò）：指即位。②非伦：不合伦理道德。③储副：太子，下文又称皇储。

【译文】

晋元帝登上帝位以后，因为宠爱郑后，所以想废掉长子司马绍而改立司马昱为太子。当时朝廷的舆论都认为抛开长子而立幼子，在道理上不符合立嗣的顺序，而且太子司马绍聪明诚实，英明果断，很适合做太子。周𫖮、王导诸位大臣都竭力争辩，情辞恳切，只有刁协一人想尊奉少主来迎合元帝的心意。元帝想付诸实施，又担心诸大臣不接受命令，于是就先召唤武城侯周𫖮和丞相王导入朝，然后就想把诏令交给刁协去发布。周、王两人进来后，才走到台阶上面，元帝已经事先派传诏官迎着他们，拦住不让入内，请他们到东厢房去。周𫖮还没醒悟过来，就退下台阶。王导拨开传诏官，径直走到元帝座前，说道："不明白陛下为什么召见臣？"元帝默然无言，就从怀里拿出黄纸诏书撕碎了并扔掉它。从此太子才算确定了。周𫖮这才又感慨又惭愧地叹道："我经常自以为胜过王导，现在才知道自己根本就比不上他啊！"

【原典】

王丞相初在江左[①]，欲结援吴人[②]，请婚陆太尉[③]。对曰："培塿无松柏[④]，薰莸不同器[⑤]。玩虽不才，义不为乱伦之始。"

【注释】

①王丞相：王导。江左：江东。②结援：以结交来求得援助。吴人：吴地人士，东晋王朝，偏安江左，即在春秋时代的吴国旧地。③陆太尉：陆玩，吴郡人，晋元帝任为丞相参军。④培塿（pǒu lǒu）：小土丘。⑤薰：香草。莸（yóu）：臭草。

【译文】

丞相王导刚到江东之初，很想结交、攀附当地的吴地人士，于是就向太尉陆玩提出结成儿女亲家的提议。陆玩回复说："小土丘上长不了松柏那样的大树，香草和臭草不可能被同放在一个器物里。我虽然没有才能，可是按道理也不能够带头做有违门第的事情。"

【原典】

诸葛恢大女适太尉庾亮儿①，次女适徐州刺史羊忱儿。亮子被苏峻害，改适江彪。恢儿娶邓攸女。于时谢尚书求其小女婚②。恢乃云："羊、邓是世婚③，江家我顾伊，庾家伊顾我，不能复与谢裒儿婚。"及恢亡，遂婚。于是王右军往谢家看新妇，犹有恢之遗法，威仪端详④，容服光整。王叹曰："我在遣女裁得尔耳⑤！"

【注释】

①诸葛恢：字道明，晋琅琊阳都（今山东沂南）人。②谢尚书：谢裒（póu），字幼儒，任吏部尚书，曾为其子谢石向诸葛恢求亲。③世婚：世代联姻的人家。诸葛恢是士族，庾亮更是士族的代表。当时谢裒家功业不显，人们还不认为他是世家，所以诸葛恢不肯与他结亲。诸葛恢死后，谢家兴起，诸葛氏渐衰微，这才肯嫁女给谢家。④威仪：严肃的容貌和庄重的举止。⑤遣：送走。裁：通"才"，仅仅。

【译文】

诸葛恢的大女儿嫁给太尉庾亮的儿子，二女儿嫁给徐州刺史羊忱的儿子。庾亮的儿子被苏峻杀害了，大女儿又改嫁江彪。诸葛恢的儿子娶了邓攸的女儿为妻。当时尚书谢裒为儿子谢石向诸葛恢求娶他的小女儿，诸葛恢就说："羊家、邓家和我们是世代姻亲，江家是我看顾他，庾家是他看顾我，我不能再和谢裒的儿子结亲。”等到诸葛恢死了以后，两家终于结成了亲家。结婚时，右军将军王羲之到谢家去看新娘，看到新娘还保存着诸葛恢旧有的礼法，容貌举止，端庄安详；风采服饰，华美整齐。王羲之叹道：“我嫁女儿时，也只能够做到这样啊！”

【原典】

周伯仁为吏部尚书，在省内夜疾危急。时刁玄亮为尚书令，营救备亲好之至。良久小损[①]。明旦，报仲智，仲智狼狈来。始入户，刁下床对之大泣[②]，说伯仁昨危急之状。仲智手批之，刁为辟易于户侧。既前，都不问病，直云：“君在中朝，与和长舆齐名，那与佞人刁协有情？”迳便出。

【注释】

①小损：病情减缓。②床：坐榻。

【译文】

周颉任吏部尚书时，有一次夜晚在官署里不幸染了病，情况很是危急。周颉当时刁协任尚书令，多方设法抢救，表现得极为亲密友好，过了很久，周颉的病情才稍为减轻了些。第二天早晨，通知了周颉的弟弟周嵩，周嵩急急忙忙地赶来。刚进门，刁协就离座对他大哭，并述说周颉夜里病危的情况。周嵩听完就扬手给他一耳光，刁玄亮被打得惊退到门边。周嵩走到周颉的床前，一点儿都不问病况，而是直截了当地说：“您在西晋时，和峤名望相等，怎么会跟谄佞的人刁协有交情！”说完就头也不回地走了。

【原典】

王含作庐江郡[①]，贪浊狼籍[②]。王敦护其兄，故于众坐称：“家兄在郡定佳，庐江人士咸称之！”时何充为敦主簿，在坐，正色曰：“充即庐江人，所闻异于此！”敦默然。旁人为之反侧[③]，充晏然[④]，神意自若。

【注释】

①王含：字处弘，是王敦的哥哥。②狼籍：行为不法。③反侧：惶恐不安。④晏然：形容心情平静，没有顾虑，安闲的样子。

【译文】

王含任庐江郡太守，贪赃枉法。王敦想袒护他哥哥，就故意在大家面前赞扬他哥哥说道："我哥哥在郡内一定政绩很好，庐江知名人士都称颂他。"当时何充在王敦手下任主簿，也在座，表情很严肃地说："我就是庐江人，所听到的和你说的不一样。"王敦一时无言以对。旁人都替何充捏一把汗，何充却表现得非常坦然，神态自若。

【原典】

顾孟著尝以酒劝周伯仁①，伯仁不受。顾因移劝柱，而语柱曰："讵可便作栋梁自遇。"周得之欣然，遂为衿契②。

【注释】

①顾孟著：顾显，字孟著，晋吴郡吴县（今江苏苏州）人。②衿（jīn）契：意气相投的好朋友。

【译文】

顾显有一次向周颛劝酒，周颛不肯喝。顾显于是便转向柱子劝酒，并且对柱子说道："难道就可以把自己看成栋梁吗！"周颛听到这话很高兴，两人便成了情投意合的好朋友。

【原典】

明帝在西堂①，会诸公饮酒，未大醉，帝问："今名臣共集，何如尧、舜时？"周伯仁为仆射②，因厉声曰："今虽同人主，复那得等于圣治！"帝大怒，还内，作手诏满一黄纸，遂付廷尉令收，因欲杀之。后数日，诏出周，群臣往省之③。周曰："近知当不死，罪不足至此。"

【注释】

①明帝：晋明帝司马绍。②仆射（yè）：官名，尚书仆射，即尚书省主事官员。③省（xǐng）：看望。

【译文】

晋明帝在西堂召集众大臣举行宴会，还没有大醉的时候，明帝问道："今天名臣都聚会在一起，和尧、舜时相比，怎么样？"当时周颛任尚书仆射，便声音激昂地回答说："现在圣上和尧、舜虽然同是君主，可又怎么能和那个太平盛世等同起来呢？"明帝大怒，回到内宫，亲自写了满满一张黄纸的诏令，交给廷尉，命令廷尉逮捕周颢，想就此杀掉他。过了几天，又下诏令释放他。众大臣去探望周颢，周颢说："当初我就知道不会死，因为罪状还不可能到这个地步。"

【原典】

苏峻既至石头，百僚奔散，唯侍中钟雅独在帝侧①。或谓钟曰："见可而进，知难而退，古之道也。君性亮直，必不容于寇仇，何不用随时之宜，而坐待其弊邪？"钟曰："国乱不能匡②，君危不能济，而各逊遁以求免③，吾惧董狐将执简而进矣④！"

【注释】

①侍中：侍从皇帝左右的官。帝：晋成帝司马衍。②匡：匡扶，辅佐。③逊遁：退避。④董狐：春秋时晋国的史官，为古代良史的代表。

【译文】

苏峻率叛军到了石头城后，朝廷百官四处逃散，只有侍中钟雅独自留在晋成帝身边。有人对钟雅说："看到情况允许就前进，知道困难就后退，这是自古就有的常理。而您本性忠诚正直，一定不会被仇敌轻易放过的。为什么不采取权宜之计，却要坐着等死呢？"钟雅说："国家有战乱而不能拯救，君主有危难而不能相助，却各自逃避以求避免灾祸，我怕董狐就要拿着竹简上朝来啦！"

【原典】

苏子高事平①，王、庾诸公欲用孔廷尉为丹阳。乱离之后，百姓彫弊，孔慨然曰："昔肃祖临崩，诸君亲升御床，并蒙眷识，共奉遗诏。孔坦疏贱，不在顾命之列②。既有艰难，则以微臣为先，今犹俎上腐肉③，任人脍截耳④！"于是拂衣而去，诸公亦止。

【注释】

①苏子高：苏峻。事平：指苏峻之乱平定。②顾命：君主临终时的命

令，亦即遗诏。③俎（zǔ）：切肉的砧板。④脍（kuài）截：细细地切割。

【译文】

苏峻的叛乱平定以后，王导、庾亮诸大臣想用廷尉孔坦来治理丹阳郡。经过战乱而颠沛流离之后，百姓生活困苦。孔坦激愤地说："往日先帝临终之时，诸君亲上御床前，一起受到先帝的关怀赏识，共同接受了先帝的遗诏。我才疏位卑，不在接受遗诏之列。你们有了困难以后，就把我推到前面，我现在像是砧板上的臭肉，任人细剁细切罢了！"说完就拂袖而去，大臣们也就不再提起。

【原典】

孔车骑与中丞共行[①]，在御道逢匡术[②]，宾从甚盛，因往与车骑共语。中丞初不视，直云："鹰化为鸠，众鸟犹恶其眼。"术大怒，便欲刃之。车骑下车，抱术曰："族弟发狂，卿为我宥之！"始得全首领。

【注释】

①孔车骑：孔愉，字敬康，晋会稽山阴（今浙江绍兴）人。②御道：皇帝通行的道路。

【译文】

车骑将军孔愉和御史中丞孔群一起外出，在御道遇见匡术，后面跟随的宾客、侍从很多，匡术便前去和孔愉说话。孔群却并不看他，只是说："就算鹰变成了布谷鸟，所有的鸟还是讨厌它的眼睛。"匡术听了大怒，便想杀掉孔群。孔愉赶紧下车，抱住匡术说："我的堂弟现在是发疯了，请你看在我的面子上就饶了他这次吧！"孔群这才得以保住性命。

【原典】

梅颐尝有惠于陶公[①]。后为豫章太守，有事，王丞相遣收之。侃曰："天子富于春秋[②]，万机自诸侯出[③]，王公既得录，陶公何为不可放？"乃遣人于江口夺之。颐见陶公，拜，陶公止之。颐曰："梅仲真膝，明日岂可复屈邪？"

【注释】

①梅颐：字仲真，晋汝南西平（今属河南）人。②富于春秋：指年轻。③万机：万事。

【译文】

梅颐曾经对陶侃有过大的帮助。后来梅颐任豫章郡太守，犯了罪，丞相王导便派人去逮捕他。陶佩说："现在天子还年轻，政令都由大臣发出，王公既然能逮捕人，我陶公为什么就不能够放人！"于是派人到江口把梅颐给抢了过来。梅颐去见陶侃，下拜，陶侃忙拉住他不让拜。梅颐说："我梅颐的双膝，以后难道还会再向人行跪拜礼吗？"

【原典】

孔君平疾笃①，庾司空为会稽②，省之，相问讯甚至，为之流涕。庾既下床，孔慨然曰："大丈夫将终，不问安国宁家之术，乃作儿女子相问！"庾闻，回谢之，请其话言。

【注释】

①孔君平：孔坦，字君平。疾笃：病重。②庾司空：庾冰。

【译文】

孔坦病重，司空庾冰当时任会稽郡内史，去探望他，十分恳切地问候病情，并为他病重而流泪。庾冰离座告辞后，孔坦感慨地说："大丈夫快死了，却不问安邦定国的办法，竟像小儿女一样来问候我！"庾冰听见了，便返回向他道歉，请他留下教诲。

【原典】

王述转尚书令①，事行便拜②。文度曰："故应让杜许。"蓝田云："汝谓我堪此不？"文度曰③："何为不堪！但克让自是美事，恐不可阙。"蓝田慨然曰："既云堪，何为复让？人言汝胜我，定不如我。"

【注释】

①王述：封蓝田侯，故下文又称蓝田。转：指升官。②事行：事情实现，指诏命下达。拜：接受官职。③文度：王坦之，字文度，王述的儿子。

【译文】

王述升任尚书令时，诏命下达了就去受职。他的儿子王坦之说："本来应该让给杜许。"王述说："你认为我能胜任这个职务吗？"王坦之说："怎么不胜任！不过能谦让一下总是好事，礼节上恐怕不可缺少。"王述感慨地说："既然你说我能够胜任这个职务，那为什么又要我谦让呢？人家说你胜过我，但我看你终究还是不如我啊。"

【原典】

刘简作桓宣武别驾①，后为东曹参军，颇以刚直见疏。尝听记②，简都无言。宣武问："刘东曹何以不下意③？"答曰："会不能用。"宣武亦无怪色。

【注释】

①刘简：字仲约，晋南阳（今属河南）人，官至大司马参军。②记：教、命等公文。③下意：指发表意见。

【译文】

刘简在桓温手下任别驾，后来又任东曹参军，因为性格刚强正直，所以桓温就有点疏远他。有一次处理公文，刘简一句话也不说。桓温问他："刘东曹为什么不提出一点儿意见呢？"刘简回答说："一定不会被采纳。"桓温听了，脸上也没有一点责怪他的意思。

【原典】

刘真长、王仲祖共行，日旰未食①。有相识小人贻其餐②，肴案甚盛③，真长辞焉。仲祖曰："聊以充虚，何苦辞？"真长曰："小人都不可与作缘④。"

【注释】

①日旰（gàn）：天晚。②小人：魏晋时士族称奴仆、吏役及各行业普通百姓为"小人"。③肴案：指菜肴。案，端饭菜用的木盘。④作缘：指结交、交往。

【译文】

刘惔、王濛一同出行，到天晚了还没有吃饭。有个认识他们的小人送来饭食给他们吃，饭菜很丰盛，刘惔却推辞不吃。王濛说："暂且用来充饥吧，何苦推辞！"刘惔说："绝不能跟小人打交道。"

【原典】

王修龄尝在东山，甚贫乏①。陶胡奴为乌程令②，送一船米遗之，却不肯取。直答语："王修龄若饥，自当就谢仁祖索食③，不须陶胡奴米。"

【注释】

①王修龄：王胡之。东山：山名，在今浙江上虞，是隐居的地方。②陶胡奴：陶范，小名胡奴，陶侃的儿子。乌程：县名，即今浙江省湖州市南。③谢仁祖：谢尚，字仁祖。王、谢为东晋大族。

【译文】

王胡之曾在东山隐居过一段时间，那时生活很是贫困。陶范当时任乌程县令，就运了一船米赠与他。王胡之拒绝了，不肯收下，又回话说："我王胡之如果挨饿，自然会到谢尚那里要吃的，不需要陶范的米。"

【原典】

桓公问桓子野[①]："谢安石料万石必败[②]，何以不谏？"子野答曰："故当出于难犯耳[③]！"桓作色曰："万石挠弱凡才[④]，有何严颜难犯[⑤]？"

【注释】

①桓公：桓温；桓子野：桓伊。②谢安石：谢安。万石：谢万，谢安弟。③犯：抵触，违逆。④挠弱：懦弱。凡才：平庸的人。⑤严颜：威严的面孔。

【译文】

桓温问桓伊："谢安已经估计到谢万一定要失败，你当初为什么不劝他改正错误呢？"桓伊回答说："自然是因为很难触犯呀。"桓温生气地说："谢万是个软弱的庸才，还有什么威严的面孔不敢触犯！"

【原典】

罗君章曾在人家[①]，主人令与坐上客共语。答曰："相识已多，不烦复尔。"

【注释】

①罗君章：罗含，字君章，东晋桂阳枣阳（今属湖南）人。

【译文】

罗含曾经在别人家里作客，主人叫他和在座的客人一起谈谈话，他回答说："大家相识都很久了，用不着再讲些寒暄、客套之类的话语了。"

【原典】

韩康伯病，拄杖前庭消摇[①]。见诸谢皆富贵[②]，轰隐交路[③]，叹曰："此复何异王莽时！"

【注释】

①消摇：同"逍遥"，漫步散心。②诸谢：指谢安一家。当时前秦苻坚势力强大，到处侵扰，而谢安任尚书仆射、中书令，曾派弟弟谢石、侄儿谢玄率兵征讨，屡建战功，后来兄弟叔侄皆升官、受封。韩伯和谢家不相投，见此不满。③轰隐交路：指车马、仪仗、仆从往来于路。轰隐：群车声。

【译文】

韩康伯生病在家，经常拄着拐杖在前院里漫步游玩。他眼看着谢家诸人都富贵了，进出的车子轰鸣于路，便感慨道："这与王莽时的情况又有什么两样呢！"

【原典】

王文度为桓公长史时[①]，桓为儿求王女，王许咨蓝田[②]。既还，蓝田爱念文度，虽长大犹抱著膝上。文度因言桓求己女婚。蓝田大怒，排文度下膝曰："恶见文度已复痴，畏桓温面？兵[③]，那可嫁女与之！"文度还报云："下官家中先得婚处。"桓公曰："吾知矣，此尊府君不肯耳[④]。"后桓女遂嫁文度儿。

【注释】

①王文度（330—375）：即王坦之。②蓝田：王述，王坦之之父，封蓝田侯。③兵：指桓温。④尊府君：指令尊，府君在此是尊称。桓温虽名位很高，但不是士族名门，所以王述不肯把孙女嫁给他家，而寒族之女却可嫁到名门，所以桓女可嫁文度儿。

【译文】

王坦之在桓温手下任长史时，桓温为儿子求娶王坦之的女儿，王坦之答应回去和父亲蓝田侯王述商量。回家后，王述因为怜爱王坦之，虽然长大了，也还是抱在膝上。王坦之便趁机说到桓温求娶自己女儿的事。王述非常生气，把文度从膝上推下去，说道："我不喜欢看见王坦之又犯傻了，是害怕桓温那副面孔吗？一个当兵的，怎么可以嫁女儿给他家！"王坦之就回复桓温说："下官家里已经给女儿找了婆家。"桓温说："我知道了，这是令尊大人不答应呢。"后来桓温的女儿便嫁给王坦之的儿子。

【原典】

太极殿始成[①]，王子敬时为谢公长史，谢送版[②]，使王题之。王有不平色，语信云："可掷著门外。"谢后见王曰："题之上殿何若？昔魏朝韦诞诸人[③]，亦自为也。"王曰："魏阼所以不长[④]。"谢以为名言。

【注释】

①太极殿：晋孝武帝修筑的新宫室，名叫太极殿。②版：指做匾额用的木板。③“昔魏朝”句：据传魏明帝筑陵云殿，误先钉匾，忘了题字，于是高高吊起一张凳子，让侍中韦诞坐在上面悬空题匾，题完后，须发全白了。韦诞回家告诫子弟，不要再学这种书法。韦诞，字仲将，擅长楷书，魏朝宫观题字，多是他的手笔。④阼（zuò）：指国运。这里王子敬认为不能这样对待大臣，所以这样说。

【译文】

太极殿刚建成，王献之当时任丞相谢安的长史，谢安派人将作匾额用的木板送去叫王献之题匾。王献之露出十分不满的神色，告诉来人说：“把它扔在门外吧。”谢安后来看见王献之，就说：“这是给正殿题匾，怎么样？从前魏朝韦诞等人也是写过的呀。”王献之说：“这就是魏朝国运不能长久的原因。”谢安认为这是名言。

雅量第六

【原典】

豫章太守顾邵[①]，是雍之子[②]。邵在郡卒，雍盛集僚属，自围棋。外启信至，而无儿书，虽神气不变，而心了其故。以爪掐掌，血流沾褥。宾客既散，方叹曰："已无延陵之高[③]，岂可有丧明之责[④]？"于是豁情散哀[⑤]，颜色自若。

【注释】

①顾邵：字孝则，三国吴国吴郡吴县（今属江苏苏州）人。②雍：顾雍（168—243），字元叹，曾得到蔡邕的赞赏。③延陵之高：指季札行事高尚旷达。④丧明之责：指子夏受到死了儿子而哭瞎眼睛的指责。⑤豁：消散，消除。

【译文】

豫章太守顾邵是顾雍的儿子。顾邵死于郡守的任上，当时顾雍正大聚下属饮酒作乐，自己在下围棋。外面禀报说豫章有送信人到，却没有他儿子的书信。顾雍虽然表面上看似神态不变，可是心里已明白其中的缘由了。他悲痛得用指甲紧掐手掌，血流出来沾湿了座褥。等到宾客都散去后，他才叹息说："我已经不可能有延陵季札那样的高尚旷达了，难道可以再受子夏失明那样的责备吗？"于是顾雍就尽量放开胸怀，排解心中的哀痛之情，保持神色自若。

【原典】

嵇中散临刑东市[①]，神气不变。索琴弹之，奏《广陵散》[②]。曲终曰："袁孝尼尝请学此散[3]，吾靳固不与[4]，《广陵散》于今绝矣！"太学生三千人上书，请以为师，不许。文王亦寻悔焉。

【注释】

①嵇中散：嵇康。②《广陵散》：琴曲名，又称《广陵止息》，嵇康以善弹此曲著称。③袁孝尼：袁准。④靳（jìn）固：吝惜固执。

【译文】

中散大夫嵇康在东市被处决时，神态不变。他只要来琴，弹了一曲《广陵散》。弹完后说："袁准曾向我请求学这支曲子，我当时坚决不答应，没有传授给他，《广陵散》从今以后要失传了！"当时，三千名太学生曾上书朝廷，请求拜嵇康为师，朝廷不准许。嵇康被杀后，文王司马昭随即也后悔了。

【原典】

夏侯太初尝倚柱作书[1]。时大雨，霹雳破所倚柱，衣服焦然[2]，神色无变，书亦如故。宾客左右，皆跌荡不得住。

【注释】

①夏侯太初：夏侯玄，字太初。②焦然：烧焦的样子。

【译文】

夏侯玄有一次靠着柱子写字，当时下着大雨，雷电击坏了他靠着的柱子，衣服都被烧焦了，但他依然神色不变，照样写字。而身边的宾客和随从却都跌跌撞撞，站立不稳。

【原典】

王戎七岁，尝与诸小儿游。看道边李树多子折枝[1]。诸儿竞走取之，唯戎不动。人问之，答曰："树在道边而多子，此必苦李。"取之，信然[2]。

【注释】

①折枝：使树枝弯曲。②信然：确实这样。

【译文】

王戎七岁的时候，有一次和一些小孩子出去游玩，看见路边的李树挂了很多李子，都压弯了树枝，孩子们争先恐后跑过去摘李子，只有王戎自己一人站着不动。别人问他原因，他回答说："树长在路边，还有这么多李子，这一定是苦的李子。"将摘下的李子拿来一尝，果然是苦的。

【原典】

魏明帝于宣武场上断虎爪牙[①]，纵百姓观之。王戎七岁，亦往看。虎承间攀栏而吼，其声震地，观者无不辟易颠仆。戎湛然不动[②]，了无恐色。

【注释】

①魏明帝：曹睿。宣武场：操练场，在洛阳宣武观北面。②湛然：安适的样子。

【译文】

魏明帝在宣武场上将老虎的爪牙包裹起来，任凭老百姓前来观看。王戎当时只有七岁，也前去观看。老虎乘机攀住栅栏大吼起来，吼声震天动地，围观的人全都吓得退避不迭，跌倒在地。王戎却平平静静，一动不动，一点也不感到害怕。

【原典】

王戎为侍中[①]，南郡太守刘肇遗筒中笺布五端[②]，戎虽不受，厚报其书[③]。

【注释】

①侍中：官名，地位重要，魏晋时相当于宰相。②南郡：治所在今湖北江陵。端：古代布帛长度名，二丈为一端，相当于一匹。③报：答谢。

【译文】

王戎任侍中的时候，南郡太守刘肇曾送给他五匹细布，王戎虽然没有收下这份礼物，但事后还是深情地给刘肇写了一封回信。

【原典】

裴叔则被收[①]，神气无变，举止自若。求纸笔作书。书成，救者多，乃得免。后位仪同三司[②]。

【注释】

①裴叔则：裴楷，字叔则，曾任屯骑校尉、太子少师。公元290年晋武帝死，晋惠帝立，太傅杨骏辅政，第二年皇后贾氏杀杨骏，裴楷和杨骏是儿女亲家，也被逮捕。②仪同三司：指给予三公的待遇，后成为正式官名。

【译文】

裴楷被逮捕时，神态不变，举动如常，表现得非常沉着冷静。他要来纸笔写信给亲朋故旧，信发出后，前来营救他的人很多，这才得以免罪。后来他的官位做到仪同三司。

【原典】

裴遐在周馥所①，馥设主人②。遐与人围棋，馥司马行酒③。遐正戏，不时为饮。司马恚④，因曳遐坠地。遐还坐，举止如常，颜色不变，复戏如故。王夷甫问遐："当时何得颜色不异？"答曰："直是闇当故耳。"

【注释】

①周馥：字祖宣，晋汝南（今河南正阳东北）人。②设主人：准备酒肴当东道主。③行酒：依次斟酒。④恚（huì）：恨、怒。

【译文】

裴遐在周馥家，周馥以主人身份宴请大家。裴遐和人下围棋，周馥的司马依次给客人斟酒。裴遐正忙着跟人下棋，没有及时喝酒，这位司马很生气，就把裴遐拽倒在地上。裴遐爬起来回到座位上，举动如常，脸色不变，照样下棋。后来王衍问他："你当时怎么能做到面不改色呢？"他回答说："只不过是自己愚昧无知才能做到这样罢了！"

【原典】

刘庆孙在太傅府①，于时人士，多为所构②。唯庾子嵩纵心事外③，无迹可间。后以其性俭家富，说太傅令换千万，冀其有吝，于此可乘。太傅于众坐中问庾，庾时颓然已醉，帻坠几上④，以头就穿取，徐答云："下官家故可有两娑千万⑤，随公所取。"于是乃服。后有人向庾道此，庾曰："可谓以小人之虑，度君子之心。"

【注释】

①刘庆孙：刘舆，字庆孙，晋中山魏昌（今河北无极）人。②构：挑拨离间，陷害。③纵心：放开心思，不关心事情。④帻（zé）：头巾。⑤两娑（sà）千万：两三千万。娑，当时口语，即“三”之重读。

【译文】

刘舆在太傅府任职，在这期间，当时有不少人被他设计构陷，只有庾敳不把心思放在世事上，使他没有空子可钻。后来就抓住庾敳生性俭朴而家里很富有这点，怂恿太傅向庾敳借钱千万，希望他表现得吝啬不肯借，然后在这里找到可乘之机。于是太傅就在大庭广众之下问庾敳借钱，这时庾敳已经喝得醉醺醺的了，头巾颠落在小桌上，他把头伸进头巾里戴上，慢吞吞地回答说：“下官家里原来大约有两三千万，随您取多少。”刘舆这才佩服了。后来有人向庾敳谈起这件事，庾敳说：“这就叫作是以小人之心，度君子之腹。”

【原典】

王夷甫与裴景声志好不同①。景声恶欲取之，卒不能回。乃故诣王，肆言极骂，要王答己，欲以分谤。王不为动色，徐曰：“白眼儿遂作。”

【注释】

①裴景声：裴邈，字景声，历太傅从事中郎、左司马，监东海王军事。

【译文】

王衍和裴邈两人志趣、爱好不同，裴邈讨厌王衍想任用自己，可是始终没法改变王衍的主意。于是就故意到王衍那里，肆意攻击，痛骂一番，迫使王衍回骂自己，想用这种办法迫使王衍和自己来共同分担别人的指责。王衍却始终不动声色，反而很从容地说：“白眼儿终于发作了。”

【原典】

王夷甫长裴成公四岁，不与相知。时共集一处，皆当时名士，谓王曰：“裴令令望何足计①！”王便卿裴②。裴曰：“自可全君雅志。”

【注释】

①裴令：指裴楷，任中书令，很有名望。令望：美好的声望。②卿裴：称裴为卿，这是把裴楷看成小辈的、不讲礼法的称呼。

【译文】

王衍比裴颀大四岁，两人不相交好。有一次，两人聚会在一起，在座的都是当时的名士，有人对王衍说："裴楷的名望哪里值得考虑！"王衍便称呼裴颀为卿，裴颀说："我自然可以成全您的高雅情趣。"

【原典】

有往来者云：庾公有东下意①。或谓王公②："可潜稍严③，以备不虞。"王公曰："我与元规虽俱王臣，本怀布衣之好。若其欲来，吾角巾径还乌衣④，何所稍严！"

【注释】

①庾公：庾亮，字元规。②王公：王导。③潜：暗中，秘密地。④角巾：有棱角的头巾，是隐士所常戴的，这里指退隐。乌衣：建康城内的乌衣巷，东晋时王导、谢安这些贵族都住在这里，这句话指弃官家居。

【译文】

有往来京都的人说：庾亮有东下京都的意图。有人对王导说："应当暗中略作戒备，以防备意外事件。"王导说："我和庾亮虽然都是国家大臣，但是原本就怀有布衣之交的情谊。如果他想来朝廷，我就直接回家当老百姓隐居去，略作戒备做什么！"

【原典】

王丞相主簿欲检校帐下①。公语主簿："欲与主簿周旋，无为知人几案间事②。"

【注释】

①检校：检查核对。帐下：幕府中，这里指幕僚。②几案间事：指案牍，即官府公文案卷之事。

【译文】

丞相王导的主簿想去查核丞相府僚属的情况，王导对他说："我想和主簿交流，不需要去了解人家文牍案卷上的事。"

【原典】

祖士少好财①，阮遥集好屐②，并恒自经营③，同是一累④，而未判其得失。人有诣祖，见料视财物。客至，屏当未尽⑤，余两小簏著背后⑥，倾身障之，意未能平⑦。或有诣阮，见自吹火蜡屐⑧，因叹曰："未知一生当著几量屐？"神色闲畅。于是胜负始分。

【注释】

①祖士少：祖约（？—330），字士少，范阳道县（今河北涞水）人。②屐：木板鞋，鞋底下多有二齿。③经营：料理、制作。④累：连累，牵累。⑤屏当：同"摒当"，料理，收拾。⑥簏（lù）：竹箱子。⑦意未能平：心神还不能平静，指有点慌张。⑧蜡屐：用蜡涂在屐上，使它滑润。

【译文】

祖约这个人很喜欢钱财，阮孚这个人则很喜欢木屐，两人经常都是亲自料理。两种嗜好同是一种毛病，可是还不能就此判定两人的高下。有人到祖约家里，看见他正在收拾、查点财物；客人到了，还没有收拾完，剩下两小箱，他就干脆放在背后，并侧着身挡着，还有点心神不定的样子。又有人到阮孚家里，看见他正亲自点火给木屐打蜡，还因此叹息道："不知我这一辈子还能穿几双木屐！"说时神态安详自在。这时候两人的高下才见分晓。

【原典】

许侍中、顾司空俱作丞相从事[①]，尔时已被遇，游宴集聚，略无不同。尝夜至丞相许戏，二人欢极，丞相便命使入己帐眠。顾至晓回转，不得快孰[②]。许上床便哈台大鼾[③]。丞相顾诸客曰："此中亦难得眠处。"

【注释】

①从事：官名，是三公和州郡长官的属官。②孰：通"熟"。③哈（hāi）台：打呼噜的声音。

【译文】

侍中许璪和司空顾和都在丞相王导手下担任从事，当时的两人都已经受到王导的赏识和重用，因此凡是游乐、宴饮、聚会等活动，两人一般都会参加，没有丝毫不同。有一次两人晚上到王导家玩，玩得开心极了，王导便叫他们到自己的床上睡。顾和辗转反侧一夜直到天亮都不能顺利地入睡，而许璪则是一上床就鼾声如雷。王导回头对客人们说道："这里也不是一个好的睡觉的地方。"

【原典】

褚公于章安令迁太尉记室参军[①]，名字已显而位微，人未多识。公东出，乘估客船，送故吏数人投钱唐亭住[②]。尔时吴兴沈充为县令，当送客过浙江，客出，亭吏驱公移牛屋下[③]。潮水至，沈令起彷徨，问："牛屋下是何物？"吏云："昨有一伧父来寄亭中[④]，有尊贵客，权移之。"令有酒色，因遥问："伧父欲食饼不？姓何等？可共语。"褚因举手答曰："河南褚季野。"远近久承公名，令于是大遽[⑤]，不敢移公，便于牛屋下修刺诣公[⑥]。更宰杀为馔具于公前[⑦]，鞭挞亭吏，欲以谢惭。公与之酌宴，言色无异，状如不觉。令送公至界。

【注释】

①褚公：褚裒（póu），字季野，河南阳翟人，在苏峻叛乱时，车骑将军郗鉴（后进位太尉）调他为参军。记室参军：官名，掌管文书。②送故：长官离任或殁于任所，属吏赠钱远送或护送灵柩回故乡，这叫送故，是当时风

气。钱唐亭：钱唐县的驿亭，驿亭是供旅客留宿的公家客店。③牛屋：牛棚子，晋人多以牛驾车，所以客店也有牛棚子。④伧父（cāng fǔ）：骂人的话，意为粗鄙的人。⑤遽（jù）：惶恐。⑥修刺：备办名片。⑦馔（zhuàn）具：酒食。

【译文】

褚裒从章安县令升任太尉郗鉴的记室参军，当时名气已经很大，可是因为官位低，当时很多人都还不认识他。诸裒坐着商船往东去，和几位送旧官的属吏到钱唐亭投宿。这时，吴兴人沈充任钱唐县令，刚好也要送客过浙江，客人到来，亭吏就将褚裒给赶了出来，并把他移到牛屋里去住。夜晚江水涨潮，沈充起来在亭外徘徊，问牛屋里是什么人，亭吏说："昨天有个北方佬来亭中寄宿，因为有尊贵客人，所以我就把他挪到牛屋里住去了。"沈充这时已有几分醉意，便远远地问道："北方佬想吃饼吗？你姓什么？可以出来交流交流。"褚裒便拱手回答道："河南褚季野。"远近的人早已久仰褚裒的大名，沈充于是非常慌张。但又不敢惊动他，便在牛屋里呈上名片拜谒他，并且另外宰杀牲畜，整治酒食。还当着褚裒的面鞭责亭吏，想用这些做法来道歉和表达愧意。褚裒和县令沈充对饮，言谈、脸色没有一点儿的异样表现，好像对这一切都没在意似的。后来县令把他一直送到县界。

【原典】

郗太傅在京口[①]，遣门生与王丞相书，求女婿。丞相语郗信："君往东厢，任意选之。"门生归，白郗曰："王家诸郎，亦皆可嘉，闻来觅婿，咸自矜持[②]。唯有一郎，在床上坦腹卧[③]，如不闻。"郗公云："正此好！"访之，乃是逸少[④]，因嫁女与焉。

【注释】

①郗（xī）太傅：郗鉴，曾兼徐州刺史，镇守京口。②矜持：拘谨。③坦腹：敞开上衣，露出腹部，后称人女婿为东床或令坦。④逸少：王羲之，字逸少，是王导的侄儿。

【译文】

太傅郗鉴在京口的时候，派门生送信给丞相王导，想在他家挑个女婿。王导告诉郗鉴的信使说："您到东厢房去，随意挑选吧。"门生回去禀告郗鉴说："王家的那些公子还都值得夸奖，听说来挑女婿，都拘谨起来，只有一位公子在东边床上袒胸露腹地躺着，好像没有听见一样。"郗鉴说："恰恰是这一位好！"再去打听，原来是王羲之，便把女儿嫁给了他。

【原典】

过江初，拜官①，舆饰供馔②。羊曼拜丹阳尹，客来蚤者，并得佳设③。日晏渐罄，不复及精，随客早晚，不问贵贱。羊固拜临海，竟日皆美供④。虽晚至，亦获盛馔。时论以固之丰华，不如曼之真率。

【注释】

①拜官：授任官职。②舆饰：都整治。舆，都，皆。供馔：酒宴。③佳设：盛宴，美味佳肴。④美供：精美的酒宴。

【译文】

晋室南渡的初期，新官接受任命时，都要备办酒宴招待前来祝贺的人。羊曼出任丹阳尹时，客人来得早的，就能吃到丰盛的酒食。若来晚了，备办的东西逐渐吃完了，就不能再吃上精美的酒食了，只是随客人来得早晚而不同，不管其官位的高低。羊固出任临海太守时，从早到晚都有精美的酒宴供应。虽然有些人到得很晚，但也能吃上丰盛的酒食。当时的舆论都普遍认为羊固的酒宴虽然丰盛、精美，可是比不上羊曼的本性真诚直率。

【原典】

周仲智饮酒醉，瞋目还面谓伯仁曰："君才不如弟，而横得重名①！"须臾，举蜡烛火掷伯仁。伯仁笑曰："阿奴火攻，固出下策耳！"

【注释】

①横：意外，无缘无故。

【译文】

周嵩喝酒喝醉了，瞪着眼扭着头对他哥哥周𫖮说："您才能比不上我，却意外地获得大名声！"接着，举起点着的蜡烛扔到周𫖮身上，周𫖮笑着说："阿奴用火攻，原来是用的下策啊！"

【原典】

庾小征西尝出未还[①]。妇母阮是刘万安妻，与女上安陵城楼上[②]。俄顷翼归，策良马[③]，盛舆卫[④]。阮语女："闻庾郎能骑，我何由得见？"妇告翼，翼便为于道开卤簿盘马[⑤]，始两转，坠马堕地，意色自若。

【注释】

①庾小征西：庾翼，是庾亮的弟弟。庾亮曾任征西将军，他死后，庾翼也升任征西将军，所以这里称小征西，以别于庾亮。②安陵：地名，这可能是庾翼屯驻之地。③策：用鞭子赶。④舆卫：随队坐的车子和卫士。⑤卤薄：仪仗队。

【译文】

征西将军庾翼有一次外出还没有回来。他的岳母阮氏是刘绥的妻子，和女儿一起登上安陵城楼观望。一会儿，庾翼回来了，骑着高头大马，还带领着浩大的车马卫队。阮氏对女儿说："我听说庾郎很擅长骑马，怎么能够让我见识一下呢？"庾翼妻子于是告诉庾翼，庾翼就为岳母阮氏在道上摆开仪仗，骑着马绕圈子，不料刚转了两圈，就从马上摔下来了，可是他神态自如，满不在乎。

【原典】

宣武与简文、太宰共载，密令人在舆前后鸣鼓大叫。卤簿中惊扰，太宰惶怖求下舆。顾看简文，穆然清恬[①]。宣武语人曰："朝廷间故复有此贤。"

【注释】

①穆然：镇静的样子。清恬（tián）：心神平和安适。

【译文】

桓温和司马昱、司马晞共坐一辆车出行，桓温暗中安排人在车前车后敲起鼓来，并大喊大叫。仪仗队伍受到了惊吓很混乱，司马晞神色惊惶恐惧，要求下车。而桓温回看司马昱，他却是镇定自若，满不在乎。后来桓温告诉别人说："朝廷原来还有这样贤能的人才。"

【原典】

王劭、王荟共诣宣武，正值收庾希家。荟不自安，逡巡欲去[①]；劭坚坐不动，待收信还，得不定乃出[②]。论者以劭为优。

【注释】

①逡（qūn）巡：有顾虑而徘徊不敢前进。②得不定：指得知逮捕庾希之事尚未确定。

【译文】

王劭、王荟一起去拜访桓温，恰巧碰上桓温派人去逮捕庾希一家。王荟心里感到很不安，徘徊犹豫，想要离开；而王劭却是稳稳当当地坐着不动，直等到派去逮捕的官吏回来，知道事情的结果后才退出。当时议论这件事的人都认为王劭比王荟强。

【原典】

谢太傅盘桓东山时[①]，与孙兴公诸人泛海戏[②]。风起浪涌，孙、王诸人色并遽，便唱使还。太傅神情方王，吟啸不言。舟人以公貌闲意说，犹去不止。既风转急，浪猛，诸人皆喧动不坐。公徐云："如此，将无归？"众人即承响而回[③]。于是审其量，足以镇安朝野。

【注释】

①谢太傅：谢安。谢安在出任官职前，曾在会稽郡的东山隐居，时常和孙兴公、王羲之、支道林等畅游山水。盘桓：徘徊，逗留。②泛海：坐船出海。③承响：应声。响，声音。

【译文】

太傅谢安在东山隐居期间，经常和孙绰等人坐船到海上游玩。有一次起了风，浪涛汹涌，孙绰、王羲之等人都大惊失色，便提议掉转船头赶快回去。而谢安这时却精神振奋，兴致正高，吟诗长啸，不予回答。船夫因为谢安神态安闲，心情舒畅，便仍然摇船向前。一会儿，风势更急，浪更猛了，大家都叫嚷骚动起来，坐不住了。谢安才慢条斯理地说："这样看来，恐怕是该回去了吧？"大家立即响应，就回去了。从这件事上人们明白了谢安的气度，认为他完全能够镇抚朝廷内外，安定国家。

【原典】

谢太傅与王文度共诣郗超，日旰未得前[①]，王便欲去。谢曰："不能为性命忍俄顷？"

【注释】

①日旰（gàn）：天色晚。

【译文】

太傅谢安和王坦之一起去拜访郗超，一直等到天色很晚了还没有被接见。王坦之便想走，谢安说："你就不能为了自己的身家性命再忍耐一会儿吗？"

【原典】

支道林还东[①]，时贤并送于征虏亭[②]。蔡子叔前至，坐近林公。谢万石后来，坐小远。蔡暂起，谢移就其处。蔡还，见谢在焉，因合褥举谢掷地[③]，自复坐。谢冠帻倾脱[④]，乃徐起振衣就席，神意甚平，不觉瞋沮[⑤]。坐定，谓蔡曰："卿奇人，殆坏我面。"蔡答曰："我本不为卿面作计。"其后，二人俱不介意。

【注释】

①支道林：支遁。②征虏亭，亭名，太安中征虏将军谢安所立，以后此亭逐渐成为送客之处。③褥：坐垫。④冠帻（zé）：头巾。⑤瞋沮（jǔ）：生气、颓丧。

【译文】

支道林要回到东边去，当时有很多名士一起到征虏亭给他饯行。蔡系先到，就坐到支道林身旁；谢万后到，坐得就稍为远点。蔡系走开了一会儿，谢万就移坐到他的座位上。蔡系回来后，看见谢万坐在自己的位置上，就连坐垫一块儿抬起将他扔到地上，自己再坐回原处。谢万头巾都跌掉了，但他还是慢慢爬起来，拍干净身上的衣服，回到自己座位上去，神色很平静，看不出他有生气或颓丧的样子。谢万坐好了，对蔡系说：“你真是个怪人，差一点儿就碰破了我的脸。”蔡系回答说：“我本来就没有替你的脸打算。”后来两个人对此事却一点都不介意。

【原典】

戴公从东出[①]，谢太傅往看之。谢本轻戴，见但与论琴书。戴既无吝色[②]，而谈琴书愈妙。谢悠然知其量[③]。

【注释】

①戴公：戴逵（约326—396），字安道，谯郡铚县（今安徽宿州西南）人，居会稽郡剡县，不肯出仕，有清高之名，擅长棋琴书画。②吝色：受辱的表情，不乐意的神色。③悠然：闲适的样子。量：气度。

【译文】

戴逵从东边会稽到京都来，太傅谢安去看望他。谢安本来就很轻视他，见了面只是和他谈论琴法、书法。戴逵不但没有不乐意的表情，而且谈起琴法、书法来更加高妙。谢安这才深深地感受到了戴逵那种闲适自得的气度。

【原典】

谢公与人围棋[①]，俄而谢玄淮上信至[②]。看书竟，默然无言，徐向局。客问淮上利害[③]？答曰：“小儿辈大破贼[④]。”意色举止[⑤]，不异于常。

【注释】

①谢公：谢安（320—385），字安石，东晋名士，陈郡阳夏（今河南太康）人，世称谢太傅、谢公。②谢玄（343—388），字幼度，谢安的侄子，东晋时期军事家。淮上：淮河上，这里指淝水战场上。③客人，这里指与谢公一同下围棋的人。④小儿辈：谢安被任命为征讨大都督，他派

遣弟谢石、侄谢玄、子谢琰率军北上拒敌，诸谢多为其子侄。⑤神色：神情，脸色。

【译文】

谢安和人下围棋，不一会儿谢玄从淮河战场上派出的信使到了，谢安看完来信后，默不作声，又慢慢地下起棋来。客人问他战场上的胜败情况如何，谢安回答说："孩子们大破贼兵。"说话时的神态举动和平时没有两样。

【原典】

苻坚游魂近境①，谢太傅谓子敬曰②："可将当轴③，了其此处。"

【注释】

①游魂：这里指苻坚不断地骚扰。②谢太傅：谢安。子敬：王献之。③当轴：官居要职者。

【译文】

苻坚像游魂般逼近边境，太傅谢安对王献之说："可以抓住我为执政大臣的机会，把苻坚就地消灭。"

【原典】

王东亭为桓宣武主簿，既承藉①，有美誉，公甚欲其人地为一府之望②。初，见谢失仪③，而神色自若。坐上宾客即相贬笑。公曰："不然，观其情貌，必自不凡。吾当试之。"后因月朝阁下伏，公于内走马直出突之，左右皆宕仆④，而王不动。名价于是大重⑤，咸云"是公辅器也⑥"。

【注释】

①承藉：指继承、凭借祖先的福荫。②人地：人品和门第。③仪：礼节。④宕仆：摇摆跌倒。宕，同"荡"。⑤名价：名声。⑥公辅：指相当于三公、辅弼大臣一类人才，后也指可以做宰相的人才。

【译文】

东亭侯王珣担任桓温的主簿，他凭借祖上的名望，已经拥有很好的名声，桓温对他的才学与门第非常敬重，他也成为整个大司马府上众望所归的人物。当初，他进见桓温及答谢时，有失礼之处，但他神色坦然自如。在座的宾客都开始贬低并且嘲笑他。桓温说："不是这样的，看他的神情态度，想必不是寻常之人。有机会我要试试他。"后来趁着初一下属进见拜伏在官署阁下之时，桓温就从官署内骑着马直冲出来。左右其他人都惊慌失措跌倒在地，而王珣则在原来的地方一动也不动。于是他的名声得到极大提高，大家都说："他是辅弼大臣的人才呀。"

【原典】

太元末，长星见①，孝武心甚恶之。夜，华林园中饮酒，举杯属星云②："长星！劝尔一杯酒。自古何时有万岁天子？"

【注释】

①长星：指彗星。②属（zhǔ）：劝。

【译文】

太元末年，彗星出现，晋孝武帝心里非常厌恶它。入夜，他在华林园里饮酒，举杯向彗星劝酒说："彗星，劝你更进一杯酒。从古到今，什么时候有过万年的天子？"

【原典】

羊绥第二子孚，少有俊才，与谢益寿相好①，尝蚤往谢许，未食。俄而王齐、王睹来。既先不相识，王向席有不说色②，欲使羊去。羊了不眄③，唯脚委几上，咏瞩自若④。谢与王叙寒温数语毕，还与羊谈赏，王方悟其奇，乃合共语。须臾食下，二王都不得餐，唯属羊不暇。羊不大应对之，而盛进食，食毕便退。遂苦相留，羊义不住，直云："向者不得从命，中国尚虚⑤。"二王是孝伯两弟。

【注释】

①谢益寿：谢混之小字。②向席：走到座位上，入座。说：同"悦"。③了不眄（miǎn）：完全不看。④咏瞩：吟咏、顾盼。自若：神情闲适。⑤中国：指腹中。

【译文】

羊绥的次子羊孚，年轻时就才智出众，和谢混很要好。有一次，他一大早就到谢家去，还没有吃早饭。不一会儿王熙、王爽也来了，他们原先并不认识羊孚，所以落了座以后，脸色就有点不高兴，想让羊孚离开。羊孚根本就没将他们看在眼里，只是把脚搭在小桌子上，神情自在地专注于吟咏诗句上。谢混和二王寒暄了几句后，回过头来与羊孚谈论玩赏，二王这才感觉到羊孚不是一般人，这才和他一起说话。一会儿摆上饭菜，二王一点也顾不上吃，只是不停地劝羊孚吃喝。羊孚也不大搭理他们，只是大口大口地吃饭，吃完饭便告辞。二王苦苦挽留，羊孚按道理不再留下，只是说："刚才我不能顺从你们的心意马上离开，是因为肚子还是空空的。"二王是王恭的两个弟弟。

识鉴第七

【原典】

曹公少时见乔玄①，玄谓曰：“天下方乱，群雄虎争，拨而理之，非君乎？然君实乱世之英雄，治世之奸贼②。恨吾老矣，不见君富贵，当以子孙相累。”

【注释】

①曹公：曹操。乔玄：字公祖，东汉梁国睢阳（今河南商丘）人。②治世：太平盛世。奸贼：狡诈凶残的人。

【译文】

曹操年轻时去见乔玄，乔玄对他说：“天下动荡不安，各路豪杰如虎相争，能整顿治理天下的，不正是您吗？但是您实在是乱世中的英雄，治世中的奸贼。遗憾的是我老了，看不到您富贵发达了，我只有把子孙拜托给您照顾了。”

【原典】

曹公问裴潜曰①：“卿昔与刘备共在荆州②，卿以备才如何？”潜曰：“使居中国③，能乱人，不能为治。若乘边守险④，足为一方之主。”

【注释】

①曹公：曹操。裴潜：字文行，三国魏河东郡闻喜（今属山西闻喜）人，曾避乱荆州，投奔刘表，刘备也曾依附刘表，曹操指的就是这件事。②刘备（161—223）：字玄德，涿郡涿县（今河北涿州）人。③中国：指中原地区。④乘边：即指防守边境。

【译文】

曹操问裴潜道："你过去和刘备一起在荆州的时候，你认为刘备的才干怎么样？"裴潜说："如果让他入主中原地区，会扰乱百姓，局部不能得到治理；如果让他保卫边境，防守险要地区，那么他就完全能够成为一个地区的霸主。"

【原典】

何晏、邓飏、夏侯玄并求傅嘏交，而嘏终不许。诸人乃因荀粲说合之，谓嘏曰："夏侯太初一时之杰士，虚心于子，而卿意怀不可交，合则好成，不合则致隙①。二贤若穆，则国之休②，此蔺相如所以下廉颇也。"傅曰："夏侯太初，志大心劳，能合虚誉③，诚所谓利口覆国之人④。何晏、邓飏有为而躁，博而寡要，外好利而内无关籥⑤，贵同恶异，多言而妒前。多言多衅，妒前无亲。以吾观之，此三贤者，皆败德之人耳！远之犹恐罹祸，况可亲之邪？"后皆如其言。

【注释】

①致隙：产生裂痕。②休：美善、福禄。③虚誉：虚名，虚荣。④利口覆国：用能言善辩来倾覆国家。《论语·阳货》说："恶利口之覆邦家者。"利口，言辞锋利。⑤关籥（yuè）：门闩，这里指检点、约束。

【译文】

何晏、邓飏、夏侯玄都非常希望能和傅嘏结交，可傅嘏始终都没答应。于是这几个人便托荀粲去说合。荀粲对傅嘏说："夏侯玄是一代俊杰，对您倾慕已久，一心想和您认识，而您心里却认为不行。如果能交好，双方就等于有了情谊，就更容易办成大事；如果不行，彼此间就会产生裂痕。两位贤人如果能和睦相处，就是国家之福。这就是蔺相如对廉颇退让的原因。"傅嘏说："夏侯玄的志向很大，用尽心思去达到目的，并很会迎合虚名的需要，确实是所说的耍嘴皮子亡国的人。何晏和邓飏，有作为却很急躁，知识广博却不得要领，对外爱好钱财，对自己却不加检点和约束，看重和自己意见相同的人，讨厌与自己意见不同的人，好发表意见，却忌妒超过自己的人。发表的意见越多，事端也就越多；忌妒别人超过自己，这样的人必定会无人亲近。在我看来，这三位贤人，都不过是败坏道德的人罢了！离他们远远的还怕遭祸，更何况是去与他们亲近呢！”后来他们三人的结局都与傅嘏说的一样。

【原典】

晋武帝讲武于宣武场[①]，帝欲偃武修文[②]，亲自临幸[③]，悉召群臣。山公谓不宜尔[④]，因与诸尚书言孙、吴用兵本意。遂究论，举坐无不咨嗟。皆曰：“山少傅乃天下名言。”后诸王骄汰[⑤]，轻遘祸难[⑥]，于是寇盗处处蚁合，郡国多以无备，不能制服，遂渐炽盛，皆如公言。时人以谓山涛不学孙、吴，而暗与之理会。王夷甫亦叹云：“公暗与道合。”

【注释】

①讲武：讲授并练习武艺。②偃（yǎn）武修文：停止武备，提倡教化。③临幸：到场，皇帝到某处叫“幸”。④山公：即山涛，曾任尚书、太子少傅。⑤骄汰：放纵、奢侈。⑥轻遘（gòu）祸难：指八王之乱。西晋初大封宗室，诸王拥兵自重，晋武帝死后，诸王互相攻杀，内讧达十六年，史称八王之乱。

【译文】

晋武帝命令军队在宣武场讲论武事。他想停息武备，振兴文教，所以就亲自到场，并把群臣都召集来了。山涛认为不应该这样做，就和诸位尚书谈论孙武、吴起用兵的本意，于是详尽地探讨下去，满座的人听了没有不赞赏的。大家都说：“山涛所说的才是天下名言。”后来分封到各地的诸侯王过于放纵、奢侈，结果很容易地就酿成了灾难，于是兵匪到处像蚂蚁一样聚合起来，各地郡县和封国因为大都没有防备而不能制服他们，叛乱势力于是逐渐强大起来。一切都像山涛所说的那样。当时人们都认为山涛虽然不学孙、吴兵法，可其见解却与孙、吴兵法相吻合。王衍也感叹道：“山公所说的和道理暗合。”

【原典】

石勒不知书[①]，使人读汉书。闻郦食其劝立六国后[②]，刻印将授之，大惊曰："此法当失，云何得遂有天下？"至留侯谏[3]，乃曰："赖有此耳！"

【注释】

①石勒（274—333）：字世龙，上党武乡（今山西）人。②郦食其（lì yì jī）：是汉高祖刘邦的谋士。③留侯：张良（？—前189），字子房，相传为城父（今属河南）人。

【译文】

石勒不识字，叫别人读《汉书》给他听。他听到郦食其劝刘邦把六国的后代立为王侯，刘邦马上刻印，将要授予爵位，就大惊道："这种做法会失去天下，怎能最终得到天下呢！"当听到留侯张良劝阻刘邦时，便说："幸亏有这个人呀！"

【原典】

卫玠年五岁，神衿可爱[1]。祖太保曰[2]："此儿有异，顾吾老，不见其大耳！"

【注释】

①神衿（jīn）：胸襟。②祖太保：指卫玠的祖父卫瓘，晋武帝时官至太保。

【译文】

卫玠五岁时，神态、胸怀都很可爱。他的祖父卫瓘说："这孩子与众不同，只是我老了，看不到他将来的成就了！"

【原典】

张季鹰辟齐王东曹掾[1]，在洛见秋风起，因思吴中菰菜羹、鲈鱼脍，曰："人生贵得适意尔，何能羁宦数千里以要名爵[2]！"遂命驾便归。俄而齐王败，时人皆谓为见机[3]。

【注释】

①张季鹰：张翰，字季鹰，西晋吴郡（今江苏苏州）人。东曹：官名，主管二千石长史的调动等事。②羁宦：在外地做官。③见机：洞察事情的苗头。

【译文】

张翰被任命为齐王司马冏的东曹属官，在洛阳，他看见秋风起了，便想吃老家吴中的菰菜羹和鲈鱼脍，说道："人生可贵的是自己可以随心所欲罢了，怎么能远离家乡到几千里外的地方来做官，而仅仅为了追求名声和爵位呢！"于是坐上车就南归了。不久齐王兵败被杀，当时的人们都认为他有先见之明。

【原典】

王平子素不知眉子①，曰："志大其量，终当死坞壁间。"

【注释】

①王平子：王澄，字平子，曾任荆州刺史。不知：不相知，没有情谊。

【译文】

王平子向来对王玄没有什么好感，说："王玄志向大过他的气量，终究会被困死在小城堡里。"

【原典】

王大将军始下①，杨朗苦谏不从②，遂为王致力，乘"中鸣云露车"径前曰③："听下官鼓音，一进而捷。"王先把其手曰："事克，当相用为荆州。"既而忘之，以为南郡。王败后，明帝收朗，欲杀之。帝寻崩，得免。后兼三公④，署数十人为官属⑤。此诸人当时并无名，后皆被知遇，于时称其知人。

【注释】

①王大将军：王敦。②杨朗：字世彦，东晋弘农（今属陕西）人。③中鸣云露车：一种车子，或说即云车，亦名楼车，车上有望楼以窥敌进退。中鸣，指云车中设置鼓锣，指挥军队进退。④三公：指三公尚书。⑤署：任命。官属：官府属官。

【译文】

大将军王敦起初打算起兵进军京都的时候，杨朗极力苦劝他，可他就是不听从。杨朗实在是没办法不得已只好为王敦效力。在军队进攻的时候，杨朗乘着中鸣云露车一直勇往直前，说："听我的鼓音，奋勇向前，一战便能大获全胜。"王敦事先曾握住杨朗的手向他承诺说："如果战事胜利了，就让你来掌管荆州。"过后他就忘了这话，把杨朗派到南郡做太守去了。王敦失败后，晋明帝下令逮捕了杨朗，想杀掉他；不久明帝死了，杨朗才得到赦免。后来兼任三公尚书，安排了几十人做属官。这些人在当时都没有什么名气，后来又都受到他的赏识和重用，当时的人们都称赞他能识别人才。

【原典】

周伯仁母冬至举酒赐三子曰①："吾本谓度江托足无所②。尔家有相③，尔等并罗列吾前，复何忧？"周嵩起，长跪而泣曰④："不如阿母言。伯仁为人志大而才短，名重而识暗，好乘人之弊，此非自全之道。嵩性狼抗，亦不容于世。唯阿奴碌碌，当在阿母目下耳！"

【注释】

①周伯仁：周顗（yǐ）（269—322），字伯仁，汝南安成（今河南省汝南县）人，两晋时期名士。冬至：节气名，古人重视冬至节，这一天要祭祖、家宴、庆贺往来，像过年一样。②度：通"渡"。③有相：有吉相，有福相。④长跪：古人坐时臀部放在脚后跟上，跪时伸直腰，挺直上身跪着，叫长跪，表示尊敬。

【译文】

周顗的母亲在冬至那天的家宴上赐酒给三个儿子，对他们说："我本以为渡江后会没有地方立足安身，幸亏我们家有吉相，你们几个都在我眼前，我还有什么忧虑呢！"这时周嵩离座，恭敬地跪在母亲面前，流着泪说："事情并不像母亲所说的那样。周顗的为人虽然志向很大但是才能不足，虽然名气很大但是见识肤浅，又喜欢利用别人的软肋来达到自己的目的，这其实并不是保全自己的好办法。而我本性乖戾，也不会受到世人的宽容。只有小弟弟平平常常，将会守护在母亲眼前罢了。"

【原典】

武昌孟嘉作庾太尉州从事①，已知名。褚太傅有知人鉴，罢豫章还，过武昌，问庾曰："闻孟从事佳，今在此不？"庾云："卿自求之。"褚眄睐良久[2]，指嘉曰："此君小异，得无是乎？"庾大笑曰："然！"于时既叹褚之默识[3]，又欣嘉之见赏。

【注释】

①武昌：郡名，治所在今湖北鄂城。②眄睐（miǎn lài）：观察，打量。③默识：在不言中识别人物。

【译文】

武昌郡人孟嘉在担任太尉庾亮手下的州从事时，已经很有名气了。太傅褚裒有鉴别人的观察力，他从豫章太守任上免官回家时，路过武昌，去拜访庾亮，问庾亮："听说孟从事很有才学，现在在这里吗？"庾亮说："在座，你试着自己找找看。"褚裒观察了很久，指着孟嘉说："这位稍有不同，莫非就是这位吗？"庾亮大笑道："对。"当时庾亮既赞赏褚裒这种在不言中识别人物的才能，又高兴孟嘉受到了赏识。

【原典】

桓公将伐蜀[1]，在事诸贤咸以李势在蜀既久[2]，承藉累叶[3]，且形据上流，三峡未易可克。唯刘尹云："伊必能克蜀。观其蒲博[4]，不必得，则不为。"

【注释】

①桓公：桓温。②在事诸贤：指在朝廷上掌权的大官们。③承藉：凭借，依靠。④蒲博：古代的一种博游戏，亦泛指赌博。

【译文】

桓温将带兵攻打蜀地，当时朝廷里的官员们都认为李势在蜀地已经很久，他凭借祖上几代的基业，而且地理形势又居长江上游，三峡地区不能轻易攻克。只有丹阳尹刘惔说："桓温一定能攻克蜀地。从他赌博就可以看出来，没有必胜的把握，他是不会干的。"

【原典】

谢公在东山畜妓[1]，简文曰："安石必出。既与人同乐，亦不得不与人同忧。"

【注释】

①谢公：谢安，字安石。东山：谢安出仕前的隐居地，在今浙江上虞西南。

【译文】

谢安在东山隐居时，家中养了一帮歌伎舞女，简文帝说："谢安一定会出来做官的，他既然能与人一起欢乐，也就不得不与人一起分担忧愁。"

【原典】

郗超与谢玄不善。苻坚将问晋鼎[①]，既已狼噬梁、岐，又虎视淮阴矣。于时朝议遣玄北讨，人间颇有异同之论。唯超曰："是必济事。吾昔尝与共在桓宣武府，见使才皆尽，虽履屐之间[②]，亦得其任。以此推之，容必能立勋。"元功既举[③]，时人咸叹超之先觉[④]，又重其不以爱憎匿善。

【注释】

①问晋鼎：指篡夺晋室政权。②履屐（jī）：泛指鞋，这里比喻小事。③元功：大功。④先觉：有预见。

【译文】

郗超和谢玄不和。这时，苻坚密谋夺取晋朝政权，已经夺取了梁州、岐山一带，又虎视眈眈地想要占领淮阴地区。当时朝廷打算让谢玄领兵北伐苻坚，人们私下里对此颇有一番不同的看法。只有郗超支持朝廷的决定，他说："这个人一定能成功。我过去曾经和他一起在桓宣武的幕府共事，发现他用人都能让人尽其才，即使是小事，也都能处理得当。从这里推论，想必他能建立功勋。"淝水之战大功告成以后，当时的人都赞叹郗超的先见之明，又敬重他不因为个人的爱憎而埋没别人的长处。

【原典】

韩康伯与谢玄亦无深好。玄北征后，巷议疑其不振①。康伯曰："此人好名，必能战。"玄闻之甚忿，常于众中厉色曰②："丈夫提千兵，入死地，以事君亲故发③，不得复云为名。"

【注释】

①巷议：指路人互相议论所见闻之事。②厉色：神色严厉。③君亲：君和亲，偏指君主。发：出兵。

【译文】

韩伯和谢玄之间没有太深的交情。谢玄北伐苻坚后，当时的街谈巷议都怀疑他会打败仗。韩伯说："这个人很重视自己的名声，一定会奋力作战的。"谢玄听到这话很是生气，经常在大庭广众之下声色俱厉地说："大丈夫率领千军万马进入决死之地，是为了报效君主才出征，不能再说是为了扬名。"

【原典】

褚期生少时，谢公甚知之，恒云："褚期生若不佳者，仆不复相士①。"

【注释】

①相士：观察士人的命相以鉴别人才。

【译文】

褚爽年轻时，谢安很是赏识他，经常说："褚爽如果还不优秀，我从此以后就不再鉴别人才了！"

【原典】

郗超与傅瑗周旋[①]，瑗见其二子并总发[②]。超观之良久，谓瑗曰："小者才名皆胜，然保卿家，终当在兄。"即傅亮兄弟也[③]。

【注释】

①傅瑗：字叔玉，东晋北地灵州（今宁夏灵武）人。周旋：应酬，打交道。②总发：即总角，指幼年。③傅亮：晋宋时人，曾任尚书令、左光禄大夫，后因罪被杀。

【译文】

郗超和傅瑗有交往。傅瑗叫他两个儿子出来见郗超，郗超对他们观察了很久，对傅瑗说："小的将来在才学名望上都会超过他哥哥，但是能够保全你们全家的，终究还是哥哥。"这里说的就是傅亮兄弟。

【原典】

王恭随父在会稽，王大自都来拜墓[①]。恭暂往墓下看之，二人素善，遂十余日方还。父问恭："何故多日？"对曰："与阿大语，蝉连不得归[②]。"因语之曰："恐阿大非尔之友。"终乖爱好[③]，果如其言。

【注释】

①王大：王忱。②蝉连：连续不断。③乖：不相合，不和谐。

【译文】

王恭跟随父亲住在会稽郡，王忱从京城来会稽扫墓，王恭不久到墓地去看他，两人一向很投缘要好，于是就索性住了十多天才回家。他父亲问他："为什么去了这么多天？"王恭回答说："我和王忱谈话，谈起来没完，所以就没有回来。"他父亲就告诉他说："恐怕王忱不是你的朋友，你们的爱好和志趣最终是不能和谐的。"后来两人的爱好终于相反，果然和他父亲的话一样。

【原典】

王忱死，西镇未定[①]，朝贵人人有望[②]。时殷仲堪在门下[③]，虽居机要，资名轻小，人情未以方岳相许[④]。晋孝武欲拔亲近腹心，遂以殷为荆州。事定，诏未出。王珣问殷曰[⑤]：“陕西何故未有处分[⑥]？”殷曰：“已有人。”王历问公卿[⑦]，咸云“非”。王自计才地必应在己，复问：“非我邪？”殷曰：“亦似非。”其夜诏出用殷。王语所亲曰：“岂有黄门郎而受如此任？仲堪此举乃是国之亡徵。”

【注释】

①西镇未定：指荆州刺史之职尚未确定。西镇，荆州为西部重镇，故称。②朝贵：为朝中大臣。③门下：门下省，皇帝的顾问机构。④方岳：四岳，指四方诸侯国，这里指方镇，即镇守一方的长官。⑤王珣：当时任尚书左仆射。⑥陕西：喻指荆州。处分：处理，安排。⑦历：逐个。公卿：三公九卿，大官。

【译文】

王忱死了，西部地区长官的人选还没有确定下来，朝廷显贵人人都对这个官位存有很大兴趣。当时殷仲堪在门下省任职，虽然处在机要部门，但是资历浅，名望小，众人都不认为他能担当起地方长官的重任。晋孝武帝想提拔自己的亲信心腹，就委任殷仲堪为荆州刺史。事情确定后，诏书还没有发出。王珣问殷仲堪：“荆州的事为什么还没有妥善处理？”殷说：“已经有了合适的人选。”王珣就一个个地举出朝中大臣的名字来问，一个个问遍了，殷仲堪都说不是。王珣估量自己的才能和门第，认为一定是自己了，于是便再问道：“莫非是我吗？”殷说：“也好像不是。”这天晚上诏书发出去了，任用的是殷仲堪。王珣对亲信说：“哪里有黄门侍郎能担负起如此重任的？对仲堪的这种提拔，是国家灭亡的预兆。”

赏誉第八

【原典】

陈仲举尝叹曰："若周子居者[1]，真治国之器。譬诸宝剑，则世之干将[2]。"

【注释】

①周子居：周乘，字子居，东汉人，官至泰山太守。②干将：宝剑名，传说吴王阖闾叫吴人干将铸剑，后来铸成两剑，雄剑叫干将，雌剑叫莫邪。

【译文】

陈蕃曾经赞美道："像周乘这个人，的确是治国的人才。若拿宝剑来比喻的话，他就是当代的干将。"

【原典】

世目李元礼[1]："谡谡如劲松下风[2]。"

【注释】

①目：品评。李元礼：李膺。②谡谡（sù）：疾风声。

【译文】

世人评论李膺说："像挺拔的松树下呼啸而过的疾风。"

【原典】

谢子微见许子将兄弟曰[1]："平舆之渊，有二龙焉。"见许子政弱冠之时，叹曰："若许子政者，有干国之器[2]。正色忠謇[3]，则陈仲举之匹[4]；伐恶退不肖，范孟博之风[5]。"

【注释】

①谢子微：谢甄，东汉召陵（今属河南）人。许子将兄弟：许劭及兄许虔。②干国：治国。③忠謇（jiǎn）：忠诚，正直。④匹：相当。⑤范孟博：范滂，字孟博，东汉末汝南郡细阳县人，有肃清天下之志。

【译文】

谢甄看见许劭兄弟俩，便说："平舆县的深潭里，潜伏着两条龙呢。"他看见许虔年轻时的样子，赞叹说："像许虔这个人，具有国家栋梁之才的才智。态度严正，忠诚正直，这点和陈蕃有点相似；而打击坏人，斥退品行不端的人，这点又有范滂的风度。"

【原典】

公孙度目邴原[①]："所谓云中白鹤，非燕雀之网所能罗也[②]。"

【注释】

①公孙度：字升济，一字叔济，东汉襄平（今辽宁辽阳北）人，官至辽东太守。②罗：张网捕捉。

【译文】

公孙度评论邴原："他就是那世人所说的云中白鹤，不是用捕捉燕雀的小网所能捕到的。"

【原典】

钟士季目王安丰[①]："阿戎了了解人意。"谓："裴公之谈[②]，经日不竭。"吏部郎阙，文帝问其人于钟会。会曰："裴楷清通，王戎简要[③]，皆其选也。"于是用裴。

【注释】

①钟士季：钟会，字士季。王安丰：王戎，字浚冲，伐吴有功，封为安丰侯。②裴公：裴楷，字叔则，曾任中书令，故又称裴令公。③简要：简约扼要。

【译文】

钟会评论安丰侯王戎说："阿戎聪明伶俐，很善于体察别人的心意。"

又评论说："裴公善谈，一整天也谈不完。"吏部郎这个职位空出来了，晋文帝司马昭问钟会谁是适当的人选，钟会回答说："裴楷清晰通达，王戎能掌握要领而处事简约，这两人都是比较合适的人选。"于是委任裴楷。

【原典】

王濬冲、裴叔则二人[1]，总角诣钟士季[2]。须臾去后，客问钟曰："向二童何如？"钟曰："裴楷清通，王戎简要。后二十年，此二贤当为吏部尚书，冀尔时天下无滞才[3]。"

【注释】

①王濬冲：王戎。裴叔则：裴楷。②总角：指童年。③滞才：被遗漏的人才。

【译文】

王戎、裴楷两人童年时去拜访钟会，一会儿就走了，走后，有位客人问钟会说："刚才那两个小孩你感觉怎么样？"钟会说："裴楷清晰通达，王戎简约扼要。二十年以后，这两位贤才能做吏部尚书的官职，希望那时候天下将没有被遗漏的人才。"

【原典】

谚曰[1]："后来领袖有裴秀[2]。"

【注释】

①谚：在群众间流传的谚语。②后来：指后辈。裴秀：字季彦，西晋河东闻喜（今属山西）人。

【译文】

谚语说："后辈中成长起来的领袖有裴秀。"

【原典】

裴令公目夏侯太初："肃肃如入廊庙中[1]，不修敬而人自敬。"一曰："如入宗庙，琅琅但见礼乐器[2]。见钟士季，如观武库，但睹矛戟[3]。

见傅兰硕，江廧靡所不有。见山巨源，如登山临下，幽然深远[④]。”

【注释】

①肃肃：形容恭敬。②琅琅：形容玉石的光彩。③矛戟（jǐ）：矛和戟都是古代兵器。④幽然：形容深远。

【译文】

中书令裴楷评论夏侯玄说：“好像进入朝廷一样恭恭敬敬的，人们无心加强敬意，却不自然会肃然起敬。”另一种说法是：“好像进入宗庙之中，只看见礼器和乐器琳琅满目，看见钟士季，好像参观武器库，矛戟森森，全是兵器。看见傅嘏，像是一片汪洋，浩浩荡荡，无所不有。看见山涛，好像登上山顶往下看，幽深得很。”

【原典】

羊公还洛[①]，郭奕为野王令[②]。羊至界，遣人要之。郭便自往。既见，叹曰：“羊叔子何必减郭太业[③]！”复往羊许，小悉还[④]，又叹曰：“羊叔子去人远矣！”羊既去，郭送之弥日，一举数百里，遂以出境免官。复叹曰：“羊叔子何必减颜子[⑤]！”

【注释】

①羊公：羊祜。洛：洛阳。②郭奕：字大业，西晋太原阳曲（今山西太原）人。③减：不如，次于。④小悉：少顷，不多久。⑤颜子：颜回，孔子最得意的学生。

【译文】

羊祜回洛阳去，路过野王县，当时郭奕担任野王县令。羊祜到了野王县界后，郭奕派人拦住他，然后自己去拜会他。见面后，郭奕感慨地说：“羊叔子未必不如我郭太业呢！”过后再前往羊祜住所，不多久便回去，又感慨道：“羊叔子远远超过一般人啊！”羊祜离开时，郭奕送了羊祜一整天，一送就送了几百里地，终于因为超出了野王县境范围而被免官。他仍旧感慨道：“羊叔子不一定就比颜回差！”

【原典】

羊长和父繇[①]，与太傅祜同堂相善[②]，仕至车骑掾。蚤卒[③]。长和兄弟五人，幼孤。祜来哭，见长和哀容举止，宛若成人[④]，乃叹曰："从兄不亡矣！"

【注释】

①羊长和：羊忱。②同堂：堂房的兄弟。③蚤：通"早"。④宛：仿佛。

【译文】

羊忱的父亲羊繇和太傅羊祜是堂兄弟，彼此关系非常和睦，羊繇做官做到车骑将军府的属官，死得早。羊忱兄弟五人，年纪很小就成了孤儿。羊祜来哭丧，看见羊忱那种悲伤的面容和神情举止，仿佛成年人一般，便感叹道："堂兄没有死！"

【原典】

山公举阮咸为吏部郎，目曰："清真寡欲[①]，万物不能移也。"

【注释】

①清真：纯洁真挚。

【译文】

山涛推荐阮咸出任吏部郎，评论阮咸说："他纯洁真挚，能够控制自己的私欲，任何事物都改变不了他的志向。"

【原典】

王戎目阮文业[①]："清伦有鉴识[②]，汉元以来[③]，未有此人。"

【注释】

①阮文业：阮武，字文业，三国魏陈留尉氏（今属河南）人。②清伦：言行高洁，通晓伦理。③汉元：汉初。

【译文】

王戎评论阮武说："品行清高，通伦理，有知人论世之明，从汉代开国以来还没有见过这样的人。"

【原典】

庾子嵩目和峤："森森如千丈松[1]，虽磊砢有节目[2]，施之大厦，有栋梁之用。"

【注释】

①森森：高耸的样子。②磊砢（lěi luǒ）：形容众多。节目：树木枝干交接的地方叫"节"，纹理纠结不顺的地方叫"目"。

【译文】

庾敳评论和峤说："好像高耸入云的千丈青松，虽然树枝多节，可是用它来盖大厦，还是可以用做栋梁之材。"

【原典】

王戎云："太尉神姿高彻[1]，如瑶林琼树[2]，自然是风尘外物[3]。"

【注释】

①太尉：指王衍，字夷甫，官至太尉。②瑶林琼树：瑶、琼都是美玉，泛指精美的东西，这里指人品高洁。③风尘：尘世，世俗。

【译文】

王戎说："太尉的风度仪表高雅清澈，好像晶莹的玉树，自然是尘世之外的人物。"

【原典】

王汝南既除所生服[1]，遂停墓所。兄子济每来拜墓，略不过叔，叔亦不候。济脱时过，止寒温而已。后聊试问近事，答对甚有音辞，出济意外，济极惋愕。仍与语，转造清微。济先略无子侄之敬，既闻其言，不觉懔然，心形俱肃。遂留共语，弥日累夜。济虽俊爽，自视缺然，乃喟然叹曰[2]："家有名士，三十年而不知！"济去，叔送至门。济从骑有一马，绝难乘，少能骑者。济聊问叔："好骑乘不？"曰："亦好尔。"济又使骑难乘马，叔姿形既妙，回策如萦[3]，名骑无以过之。济益叹其难测，非复一事。既还，浑问济："何以暂行累日？"济曰："始得一叔。"浑问其故？济具叹述如此。浑曰：“何如我？”济曰：“济以上人。”武帝每见济，辄以湛调之曰：“卿家痴叔死未？”济常无以答。既而得叔，后武帝又问如前，济曰：“臣叔不痴。”称其实美。帝曰：“谁比？”济曰：“山涛以下，魏舒以上④。”于是显名。年二十八，始宦。

【注释】

①王汝南：王湛，字处冲，是司徒王浑的弟弟，出任汝南内史。除所生服：父母死后，守孝期满，脱去孝服。②喟（kuì）然：长叹的样子。③萦：围绕盘旋。④魏舒：字阳元，三国魏任城樊（今山东济宁）人。

【译文】

汝南内史王湛给父母守孝期满，脱下孝服后，便留住在墓地旁。他哥哥王浑的儿子王济每次来墓地祭拜，几乎不怎么来看望叔叔，叔叔也不怎么去问候他。王济有时偶尔去看望一下叔叔，也只是寒暄几句罢了。后来王济就试着和叔叔聊起近来的事，王湛回答的言辞很有意味，出乎王济意料之外，王济非常惊愕；继续和他谈论，越谈倒越进入了精深的境界。王济原先对叔叔几乎没有一点晚辈的敬意，听了叔叔的谈论后，不禁对他肃然起敬，神情举止都变得严肃恭谨起来。便留下来和叔叔一起谈论，一连多日，没日没夜地谈。王济虽然才华出众，性情豪爽，但和叔叔相比他还是觉得自己缺少了点什么，于是叹息道：“家中有名士，可是三十年来却一直都不知道！”王济要走了，叔叔送他到门口。王济的随从中有一匹烈马，非常难以驾驭，很少有人能骑它。王济姑且问他叔叔：“喜欢骑马吗？”他叔叔说：“也喜欢呀。”王济于是便让叔叔去骑那匹难以驾驭的烈马，他叔父不但骑马的姿势美妙，而且甩动起鞭子来就像条带子似的回旋自如，就是著名的骑手也没法超越他。王济更加敬佩叔叔的高深莫测，并且觉得他的长处绝不止这一种。王济回家后，他父亲王浑问他：“为什么短时间外出却在外面待了好几天？”王济说：“我刚刚找到了一个叔叔。”王浑问是什么意思，王济就一五一十地边赞叹边述说以上情况。王浑问：“你觉得他和我相比怎么样？”王济说：“是在我以上的人。”以前晋武帝每次见到王济，总是拿王湛来跟他开玩笑，说：“你家的傻子叔叔死了没有？”王济常常感到没话可说。后来在了解了叔叔以后，当晋武帝又像以前那样问他时，王济就说："我叔叔不傻。"并且称赞叔叔很优秀。武帝问道："可以和谁相比？"王济说："在山涛之下，魏舒之上。"于是王湛的名声就传扬开来，在二十八岁那年才做官。

【原典】

裴仆射时人谓为言谈之林薮①。

【注释】

①裴仆射：指裴頠，曾任左仆射。林薮（sǒu）：指聚集之处。

【译文】

左仆射裴頠，当时的人认为他是言谈聚集的地方。

【原典】

张华见褚陶，语陆平原曰①："君兄弟龙跃云津②，顾彦先凤鸣朝阳③。谓东南之宝已尽④，不意复见褚生。"陆曰："公未睹不鸣不跃者耳！"

【注释】

①陆平原：陆机，字士衡，吴郡人，曾任平原内史。②云津：指银河。③顾彦先：顾荣，字彦先，吴人，曾在吴国任黄门侍郎。④东南之宝：指东南的人才，即吴地的人才。

【译文】

张华在见到了褚陶以后，就告诉平原内史陆机说："您兄弟两人就像在天河上腾跃的飞龙，顾荣像迎着朝阳鸣叫的凤凰，我以为东南的人才已经全部都在这里了，想不到如今又见到了褚生。”陆机回答说：“这是因为您没有见到不鸣不跃的人才的缘故！”

【原典】

有问秀才①：“吴旧姓何如？”答曰：“吴府君圣王之老成②，明时之俊乂③。朱永长理物之至德，清选之高望④。严仲弼九皋之鸣鹤⑤，空谷之白驹⑥。顾彦先八音之琴瑟，五色之龙章⑦。张威伯岁寒之茂松，幽夜之逸光。陆士衡、士龙鸿鹄之裴回，悬鼓之待槌。凡此诸君：以洪笔为钼耒，以纸札为良田。以玄默为稼穑，以义理为丰年。以谈论为英华，以忠恕为珍宝。著文章为锦绣，蕴五经为缯帛。坐谦虚为席荐，张义让为帷幕。行仁义为室宇，修道德为广宅。”

【注释】

①秀才：指蔡洪。②吴府君：吴展，字士季，曾在吴国任广州刺史、吴郡太守，所以称府君。③俊乂（yì）：才德出众的人。④清选：清贵之官。⑤皋：沼泽。⑥白驹：白马。⑦五色：青、黄、赤、白、黑五色，这里指五色交错而成的花纹。

【译文】

有人问秀才蔡洪：“吴地的世家大族怎么样？”蔡洪回答说：“吴展是圣明君主的贤臣，是太平盛世里难得的杰出人才。朱诞是执政大臣里面品德最高尚的人，在公开选拔的官员中享有最高的声望。严隐像深泽中引颈长鸣的白鹤，像空旷深邃山谷中的白驹。顾荣像乐器中的琴瑟，花纹中的龙纹。张畅是寒冬时挺拔茁壮的青松，暗夜里四射的光芒。陆机、陆云兄弟像那在高空中盘旋的天鹅，是有待敲击的大鼓。所有这些名士，把笔当农具，把纸张当良田，把清静无为当作劳动，把掌握义理当作丰收；把清谈当成声誉的象征，把忠恕当作为人处世的珍宝；把著述文章当成锦绣，把精通五经当做丝绸；把谦虚当做坐草席，把发扬道义礼让当做张挂帷幕；把推行仁义当做修葺房屋，把加强道德修养当做修身养性的根本。”

【原典】

人问王夷甫："山巨源义理何如？是谁辈[①]？"王曰："此人初不肯以谈自居，然不读老、庄，时闻其咏，往往与其旨合。"

【注释】

①辈：同一类，同一等级。

【译文】

有人问王夷甫说："你觉得山巨源义理谈得怎么样？能和谁相媲美？"王夷甫说："这个人从来不肯以清谈家自居，虽然不读《老子》《庄子》，你却常常能听到他的谈论，处处是和老庄思想相合的。"

【原典】

洛中雅雅有三嘏[①]：刘粹字纯嘏[②]，宏字终嘏[③]，漠字冲嘏[④]，是亲兄弟。王安丰甥，并是王安丰女婿。宏，真长祖也。洛中铮铮冯惠卿，名荪，是播子。荪与邢乔俱司徒李胤外孙，及胤子顺并知名。时称："冯才清，李才明，纯粹邢。"

【注释】

①洛中：洛阳。雅雅：指温文闲雅。②刘粹：字纯嘏（gǔ），西晋沛国相（今属安徽）人。③宏：刘宏，字终嘏，西晋时历任秘书监、光禄大夫。④漠：刘漠，字冲嘏，西晋时官至吏部尚书。

【译文】

洛阳众多风雅人士中有三嘏：刘粹，字纯嘏；刘宏，字终嘏；刘漠，字冲嘏，三人是亲兄弟，是安丰侯王戎的外甥，又都是王戎的女婿。刘宏就是刘惔的祖父。洛阳声名显赫的人士中有冯惠卿，名荪，是冯播的儿子。冯荪和邢乔都是司徒李胤的外孙，两人和李胤的儿子李顺都很有名。当时的人称赞说："冯氏才学清纯，李氏才识明达，纯正完美的是邢氏。"

【原典】

卫伯玉为尚书令，见乐广与中朝名士谈议，奇之曰："自昔诸人没已来[①]，常恐微言将绝。今乃复闻斯言于君矣！”命子弟造之曰：“此人，人之水镜也[②]，见之若披云雾睹青天。”

【注释】

①诸人：指何晏、邓飏等清谈家。②水镜：指镜子，比喻能明察秋毫，这里指对道理能了解得很清楚。

【译文】

卫伯玉任尚书令时，看见乐广和西晋的名士清谈，认为他不寻常，说道：“自从当年那些名士逝世到现在，常常担心清谈的行为快要绝迹了，没想到今天竟然从您这里又能听到这种清谈了！”便叫自己的子弟去拜访乐广，对子侄说：“这个人，是你我和大家的镜子，看到他，就像拨开云雾看见了青天一样。”

【原典】

王太尉曰：“见裴令公精明朗然[①]，笼盖人上，非凡识也。若死而可作，当与之同归。”或云王戎语。

【注释】

①裴令公：裴楷，裴楷任中书令时，王衍还只是黄门郎，所以称裴楷为令公。精明：精细明察。

【译文】

太尉王衍说：“我认为裴令公精明开朗，超越众人之上，那不是一般见识的人呀。如果人死了还能复生，我要跟从他。”有人说这是王戎说的话。

【原典】

王夷甫自叹[①]：“我与乐令谈[②]，未尝不觉我言为烦。”

【注释】

①王夷甫：王衍。②乐令：乐广。

【译文】

王夷甫自己感叹说：“我和乐广清谈时，经常会感到我的话太烦琐。”

【原典】

郭子玄有俊才[①]，能言老、庄。庾敳尝称之，每曰："郭子玄何必减庾子嵩[②]！"

【注释】

①郭子玄：郭象。俊才：卓越的才智。②何必：不必。

【译文】

郭象才智出众，很会谈论老、庄思想，庾敳也曾不止一次地称赞过他，常常说："郭象为什么一定要在我庾敳之下！"

【原典】

王平子目太尉[①]："阿兄形似道[②]，而神锋太俊[③]。"太尉答曰："诚不如卿落落穆穆。"

【注释】

①王平子：王澄，字平子，是太尉王衍的弟弟，善于品评人物。②道：有道者。③神锋：气概。

【译文】

王澄评论太尉王衍说："哥哥的外貌看起来很正直，可是就是锋芒太显露了。"王衍回答说："我看上去确实没你那么豁达大度，仪表温和。"

【原典】

林下诸贤[①]，各有俊才子。籍子浑，器量弘旷[②]。康子绍，清远雅正[③]。涛子简，疏通高素[④]。咸子瞻，虚夷有远志[⑤]。瞻弟孚，爽朗多所遗[⑥]。秀子纯、悌，并令淑有清流[⑦]。戎子万子，有大成之风，苗而不秀。唯伶子无闻。凡此诸子，唯瞻为冠，绍、简亦见重当世。

【注释】

①林下诸贤：指竹林七贤，指魏时的山涛、阮籍、嵇康、向秀、刘伶、阮咸、王戎七人，因为常在竹林下聚会，饮酒抒怀，故世称竹林七贤。②弘旷：宏大宽广。③清远雅正：志向高洁远大，本性正直。④疏通

高素：通达高洁。⑤虚夷：谦虚平易。⑥多所遗：指政务多所忽略。⑦令淑：善良文雅。清流：比喻德行高洁。

【译文】

竹林诸位贤士，各有才能出众的儿子：阮籍的儿子阮浑，气量宽广开朗；嵇康的儿子嵇绍，志向高远，本性正直；山涛的儿子山简，性情通达而且高洁纯真；阮咸的儿子阮瞻，谦虚平易近人，志向远大；阮瞻的弟弟阮孚，性格开朗，不受政务牵累；向秀的儿子向纯、向悌，都很善良文雅，不肯与当时的社会风气同流合污；王戎的儿子王万子，有集大成的风度，可惜英年早逝；只有刘伶的儿子默默无闻。在所有这些人里面，只有阮瞻有资格排在第一位，嵇绍和山简在当时也很受尊重。

【原典】

王夷甫语乐令①："名士无多人，故当容平子知②。"

【注释】

①王夷甫：王衍。②容：等待。

【译文】

王衍告诉乐广说："天下的名士没有多少人，所以应该等着王澄来识别。"

【原典】

王太尉云："郭子玄语议如悬河写水，注而不竭①。"

【注释】

①注：灌入。

【译文】

太尉王衍说："郭象的谈论就像那瀑布倾泻下来一般，滔滔不绝。"

【原典】

司马太傅府多名士，一时俊异①。庾文康云②："见子嵩在其中，常自神王。"

【注释】

①俊异：才智出众，不同凡响。②庾文康：庾亮。

【译文】

司马越的太傅府里有很多名士，都是当时非常优秀的人物。庾亮说："我觉得庾敳在这些人里面，常常表现得精力很旺盛。"

【原典】

太傅东海王镇许昌[①]，以王安期为记室参军[②]，雅相知重。敕世子毗曰[③]："夫学之所益者浅，体之所安者深。闲习礼度，不如式瞻仪形[④]。讽味遗言[⑤]，不如亲承音旨[⑥]。王参军人伦之表，汝其师之！"或曰："王、赵、邓三参军，人伦之表，汝其师之！"谓安期、邓伯道、赵穆也。袁宏作名士传直云王参军。或云赵家先犹有此本。

【注释】

①太傅东海王：司马越。②王安期：王承。③敕：告诫。世子：帝王公卿之子，是地位或爵位的继承人。④式瞻：瞻仰。⑤讽味：背诵和体会。遗言：古圣先贤流传下来的话。⑥音旨：言谈意旨。

【译文】

太傅东海王司马越在镇守许昌的时候，任命王安期做自己的记室参军，并且十分赏识和看重他。东海王告诫世子司马毗说："学习书本的收益浅，体验生活所得到的才感受深。熟习礼制法度，就不如去好好观看现实生活中的礼节仪式；背诵并体味前人的遗训，就不如亲自接受当代贤人的教诲。王参军是人们效法、学习的榜样，你要好好向他学习。"有人以为是这样说的："王、赵、邓三位参军是人们的榜样，你要学习他们。"这里所说的三位参军指的是王承、邓攸、赵穆。袁宏写《名士传》的时候，只说到王参军。有人说赵穆家原先还有这个抄本。

【原典】

庾太尉少为王眉子所知[①]。庾过江，叹王曰："庇其宇下[②]，使人忘寒暑。"

【注释】

①王眉子：王玄，字眉子。②宇下，屋檐下。

【译文】

太尉庾亮年轻的时候很得王玄的赏识。后来当庾亮避难过江后，曾这样赞扬王玄说："在他的屋檐下得到庇护，能使人忘记了季节的冷暖。"

【原典】

谢幼舆曰[①]："友人王眉子清通简畅[②]，嵇延祖弘雅劭长[③]，董仲道卓荦有致度[④]。"

【注释】

①谢幼舆：谢鲲。②简畅：简约舒畅。③弘雅：宽宏正直。劭长：指德行美好。④卓荦：卓越，杰出。

【译文】

谢鲲说："我的朋友王玄性情表现清廉通达，简约舒畅；嵇绍胸怀开阔正直，德行高尚；董养见识卓越，非常有风度。"

【原典】

王公目太尉："岩岩清峙[①]，壁立千仞[②]。"

【注释】

①岩岩：形容高峻。清峙：清静耸立。②仞（rèn）：七尺或八尺为一仞。

【译文】

王导评论太尉王衍说："陡峭地肃静地耸立在那里，像千丈石壁一样屹立着。"

【原典】

蔡司徒在洛[①]，见陆机兄弟住参佐廨中[②]，三间瓦屋，士龙住东头，士衡住西头。士龙为人，文弱可爱。士衡长七尺余，声作钟声，言多慷慨。

【注释】

①蔡司徒：蔡漠。②参佐：属官。廨（xiè）：官署。

【译文】

司徒蔡谟在洛阳的时候，看见陆机、陆云兄弟住在僚属办公处里，有三间瓦屋，陆云住在东头，陆机住在西头。陆云为人，文雅纤弱可爱；陆机则身高七尺多，声音像钟声般洪亮，说话时大多慷慨激昂。

【原典】

王长史是庾子躬外孙，丞相目子躬云："入理泓然[①]，我已上人。"

【注释】

①入理：指深入玄理之中。泓（hóng）然：形容水深清澈的样子。

【译文】

王濛是庾琮的外孙，丞相王导评论庾琮说："深刻地领会了玄理，是在我之上的人。"

【原典】

时人欲题目高坐而未能[①]。桓廷尉以问周侯[②]，周侯曰："可谓卓朗。"桓公曰[③]："精神渊著。"

【注释】

①高坐：和尚名。②桓廷尉：桓彝，字茂伦，死后追赠廷尉。③桓公：桓温，桓彝之子。

【译文】

当时人士想给高坐和尚下个恰当的评语，还没有想出比较合适的词语，廷尉桓彝拿这事问武城侯周颛请教，周颛说："可以说是卓越开朗。"桓温说："也可以说成是精神深沉而明澈吧。"

【原典】

王敦为大将军，镇豫章。卫玠避乱，从洛投敦，相见欣然，谈话弥日。于时谢鲲为长史，敦谓鲲曰："不意永嘉之中[①]，复闻正始之音[②]。阿平若在③，当复绝倒。”

【注释】

①永嘉：西晋怀帝的年号，当时战乱不断。②正始之音：指清谈玄学。③阿平：王澄。

【译文】

王敦在担任大将军职务时，镇守豫章。卫玠为了躲避时局战乱，从洛阳来到豫章投奔王敦，两人一见面都感到非常高兴，成天在一起清谈玄学。当时谢鲲在王敦手下担任长史这个官职，王敦对谢鲲说：“真是没有想到我在永嘉年间，居然又听到了正始年间的那种清谈。如果王澄也在座的话，一定会佩服得五体投地的。”

【原典】

王平子与人书，称其儿：“风气日上①，足散人怀。”

【注释】

①风气：风采气量。

【译文】

王澄给友人写信，在信中这样称赞自己的儿子：“他的风采和气质是一天比一天长进，能够让人感到胸怀舒畅。”

【原典】

大将军语右军①：“汝是我佳子弟，当不减阮主簿②。”

【注释】

①右军：王羲之，字逸少，曾任右军将军，大将军王敦的堂侄。②阮主簿：阮裕，有德行，王敦闻其名，召为主簿。

【译文】

大将军王敦对右军将军王羲之说：“你是我们家族中的优秀子弟，想必你是不会比阮裕差的。”

【原典】

王丞相招祖约夜语[①]，至晓不眠。明旦有客，公头鬓未理，亦小倦。客曰：“公昨如是，似失眠。”公曰：“昨与士少语，遂使人忘疲。”

【注释】

①王丞相：王导。

【译文】

丞相王导邀祖约晚上来清谈，谈到天亮也没有睡觉。第二天一早有客人来，王导出来见客时，还没有梳头，身体也有点疲惫和困倦，于是客人问道：“您昨天夜里好像没怎么休息好吧。”王导说：“昨晚和祖约清谈，就使我忘记疲劳了。”

【原典】

王大将军与丞相书，称杨朗曰：“世彦识器理致[①]，才隐明断，既为国器[②]，且是杨侯淮之子[③]。位望殊为陵迟[④]，卿亦足与之处。”

【注释】

①识器：识见和气量。理致：义理和情趣。②国器：足以主持国政的人才。③杨侯淮：杨淮，西晋元康末年任冀州刺史，是当时名士。④陵迟：衰微。

【译文】

大将军王敦给丞相王导写信，在信里他称赞杨朗说：“杨朗很有见识和气量，言谈深得事物之义理而有情趣，才学广博，论断高明，既是可以治国的人才，又是杨准的儿子，虽然地位和名望有些卑微，但你也可以和他相处一下。”

【原典】

王蓝田为人晚成[①]，时人乃谓之痴。王丞相以其东海子[②]，辟为掾。常集聚，王公每发言，众人竞赞之。述于末坐曰：“主非尧、舜，何得事事皆是？”丞相甚相叹赏。

【注释】

①王蓝田：王述，字怀祖，年轻时继承了他父亲的封爵为蓝田县侯。②东海：王述的父亲王承曾任东海郡太守，所以称为东海。

【译文】

蓝田侯王述为人处世，成就比较晚，当时人们还以为他是痴呆。丞相王导因为他是东海太守王承的儿子，就想召他做属官。有一次在聚会上，王导每次讲话，大家都争着赞美。只有坐在末座上的王述说："主公不是尧、舜，怎么可能事事都对呢？"王导非常赞赏他。

【原典】

世目杨朗："沉审经断[①]。"蔡司徒云："若使中朝不乱，杨氏作公方未已[②]。"谢公云："朗是大才。"

【注释】

①沉审：深沉慎重。经断：顺理决断。②杨氏：指杨朗六兄弟。

【译文】

世人评论杨朗："深沉慎重，顺理而决断。"司徒蔡谟说："如果西晋不乱，杨氏一门担任三公的将会连续不断。"谢安说："杨朗是个才能很大的人啊。"

【原典】

杜弘治墓崩[①]，哀容不称[②]。庾公顾谓诸客曰："弘治至羸[③]，不可以致哀[④]。"又曰："弘治哭不可哀。"

【注释】

①杜弘治：杜乂，字弘治，年轻时就很有名声，官至丹阳丞。②不称（chèn）：不相称，这句话指他表情不够悲伤。③羸（léi）：瘦弱。④致哀：极其哀痛。

【译文】

杜乂家祖坟塌了，他的悲伤表情和这件事很不相称。庾亮环顾众宾客，对他们说："杜乂身体极弱，不可以太伤心。"又说："杜乂不能哭得太伤心。"

【原典】

世目“杜弘治标鲜[①]，季野穆少[②]。”

【注释】

①标鲜：标致鲜明。②穆少：温和。

【译文】

世人评论“杜弘治风采俊秀照人，褚裒则生性温和淡泊。”

【原典】

有人目杜弘治：“标鲜清令[①]，盛德之风[②]，可乐咏也[③]。”

【注释】

①清令：清高纯美。②盛德：高尚的道德。③乐咏：用音乐、诗歌来赞颂。

【译文】

有人评论杜乂：“风采俊秀照人，本性清高纯美，表现出大德的风范，是值得歌颂的。”

【原典】

庾公云：“逸少国举。”故庾倪为碑文云：“拔萃国举[①]。”

【注释】

①拔萃国举：即出类拔萃的人，全国推崇的人。

【译文】

庾亮说：“王羲之是全国的子民所推崇的人。”所以庾倪给他写碑文时就写上："出类拔萃，为国人所推举。"

【原典】

庾稚恭与桓温书，称："刘道生日夕在事，大小殊快。义怀通乐[①]，既佳，且足作友，正实良器。推此与君，同济艰不者也[②]。"

【注释】

①义怀：仁义心怀。通乐：豁达和乐。②艰不（pǐ）：艰难困苦。

【译文】

庾翼写信给桓温，称赞说："刘恢白天晚上都在处理政事，大小事情都处理得非常完美。这个人胸怀宽厚仁义，豁达和乐，不但这些方面做得不错，而且很值得结为良友，确实是位很难得的优秀人才。现在把他推荐给您，可和您一起度过艰难困苦的时日。"

【原典】

谢太傅未冠[①]，始出西[②]，诣王长史，清言良久。去后，苟子问曰[③]："向客何如尊[④]？"长史曰："向客亹亹[⑤]，为来逼人。"

【注释】

①谢太傅：谢安。未冠（guàn）：还没有成年，古时男子二十岁行冠礼，表示到了成年。②出西：指到首都建康。③苟子：王修，字敬仁，小名苟子，王濛之子。④尊：称呼父亲。⑤亹亹（wěi）：同"娓娓"，勤勉不倦的样子，这里指谈论不倦。

【译文】

太傅谢安还没有成年时，初到京城，到长史王濛家去拜访，清谈了很久。走了以后，王修问他父亲："刚才那位客人和父亲相比怎么样？"王濛说："刚才那位客人勤勉不倦，谈起来咄咄逼人。"

【原典】

王右军语刘尹[①]："故当共推安石。"刘尹曰："若安石东山志立[②]，当与天下共推之。"

【注释】

①王右军：王羲之。②东山志：指隐居的心愿。

【译文】

右军将军王羲之对丹阳尹刘惔说："我们应该一起推荐谢安。"刘惔说："如果谢安下定决心要隐居，那么我们就和天下人一起推荐他。"

【原典】

谢公称蓝田："掇皮皆真[①]。"

【注释】

①掇（duō）：揭去。真：指真率，这句指里外皆真，不做作。

【译文】

谢安称赞蓝田侯王述说："摘去外表后都是真率的。"

【原典】

殷中军道王右军云："逸少清贵人[①]。吾于之甚至[②]，一时无所后[③]。"

【注释】

①清贵：清高尊贵。②甚至：指到了顶点。③所后：即后来人，指没有人能比得上他。

【译文】

中军将军殷浩称赞右军将军王羲之说："逸少是个清高尊贵的人，我对他喜欢到极点，一时没有人能比得上他。"

【原典】

王司州与殷中军语，叹云："己之府奥[①]，蚤已倾写而见[②]，殷陈势浩汗[③]，众源未可得测。"

【注释】

①府奥：肺腑，比喻内心的话。②倾写：等于"倾泻"。③浩汗：浩瀚，广大。

【译文】

司州刺史王胡之和中军将军殷浩清谈，王胡之后来赞叹说："我自己的见解，早就倾吐净尽；殷浩摆开清谈的阵势浩浩荡荡，各个源头还没法估量。"

【原典】

王长史谓林公："真长可谓金玉满堂①。"林公曰："金玉满堂，复何为简选②？"王曰："非为简选，直致言处自寡耳③。"

【注释】

①金玉满堂：原是以宝物满屋来比喻极为富有，这里用来描写清谈，说刘真长的辞藻和玄理丰富多彩。②简选：选择。③直：但，只。

【译文】

长史王濛对支遁说："刘惔的言谈可以说是金玉满堂。"支遁说："既然是金玉满堂，为什么又要挑选言辞？"王濛说："不是选择，只是发出言辞时自然精练而已。"

【原典】

王仲祖、刘真长造殷中军谈，谈竟，俱载去。刘谓王曰："渊源真可①。"王曰："卿故堕其云雾中②。"

【注释】

①可：这里指才学可取，优良。②云雾：比喻蒙蔽人的东西，迷离恍惚的谈论。

【译文】

王濛和刘惔到中军将军殷浩家清谈，谈完了，就一起坐车走。刘惔对王濛说："殷浩的言论真是令人赞许。"王濛说："你肯定是掉进了他设下的迷雾中了。"

【原典】

刘尹每称王长史云："性至通①，而自然有节②。"

【注释】

①通：通达。②节：节制。

【译文】

丹阳尹刘惔常常称赞长史王濛说："本性最为通达，而且自然有节制。"

【原典】

殷中军道韩太常曰[①]："康伯少自标置[②]，居然是出群器[③]。及其发言遣辞，往往有情致。"

【注释】

①韩太常：韩伯，字康伯，是殷中军（殷浩）的外甥，曾任吏部尚书，后升任太常，尚未到任就病死了。②标置：自视甚高。③居然：显然。

【译文】

中军将军殷浩称赞太常韩伯说："韩伯年轻时就自视甚高，显然是超群出众的人才。当他发表言论时，他的言谈辞藻处处都有情趣。"

【原典】

林公谓王右军云："长史作数百语[①]，无非德音，如恨不苦[②]。"王曰："长史自不欲苦物。"

【注释】

①长史：指王濛，曾任司徒左长史，擅长清谈。②如：而，却。苦：指使别人无话可说，陷入困境。

【译文】

支道林和尚对右军将军王羲之说："王濛讲了几百句话，没有一句不是合乎仁德的话，遗憾的是不能使对方词穷。"王羲之说："王濛本来就不想困住人家。"

【原典】

殷中军与人书，道谢万"文理转遒[①]，成殊不易"。

【注释】

①文理：文辞义理。

【译文】

中军将军殷浩给友人写信，称赞谢万："文辞和义理变得刚劲有力了，取得这样的成就真是也非常不容易。"

【原典】

谢公道豫章[1]："若遇七贤，必自把臂入林[2]。"

【注释】

①豫章：谢鲲，字幼舆，曾任豫章太守。②把臂：拉着手，表示亲密之意。

【译文】

谢安称道豫章太守谢鲲说："他如果能够遇到竹林七贤，一定会手拉手跟他们进入竹林的。"

【原典】

殷渊源在墓所几十年[1]。于时朝野以拟管、葛，起不起[2]，以卜江左兴亡。

【注释】

①殷渊源：殷浩，字渊源，年轻时有美名，善谈玄理。②起：指出来做官。

【译文】

殷渊源在祖坟的陵园中住了将近十年。在这期间，朝廷内外的人士都把他比做管仲和诸葛亮，认为他的出仕还是退隐，将关系到东晋政权的兴衰存亡。

【原典】

殷中军道右军："清鉴贵要[1]。"

【注释】

①清鉴贵要：清鉴，指清高、有鉴识；贵要，指尊贵显要。

【译文】

中军将军殷浩称赞右军将军王羲之："清高，有精辟的见解，而且尊贵显要。"

【原典】

谢公作宣武司马，属门生数十人于田曹中郎赵悦子[①]。悦子以告宣武，宣武云："且为用半。"赵俄而悉用之，曰："昔安石在东山，缙绅敦逼[②]，恐不豫人事[③]；况今自乡选，反违之邪？"

【注释】

①田曹中郎：掌管农事的官。②缙（jìn）绅：指官员。③豫：参加。

【译文】

谢安出任桓温的司马时，把几十个门生拜托给田曹中郎赵悦。赵悦把这事告诉桓温，桓温说："暂时就用他一半人。"赵悦不久就把这些人全部录用了，他说："过去谢安在东山隐居时，郡县的官员敦促、逼迫他出仕，就怕他不肯参预人事。况且现在是他自己从家乡选来的人，怎么可以不照他的意思去办呢？"

品藻第九

【原典】

汝南陈仲举，颍川李元礼二人，共论其功德，不能定先后。蔡伯喈评之曰："陈仲举强于犯上[①]，李元礼严于摄下。犯上难，摄下易[②]。"仲举遂在"三君"之下[③]，元礼居"八俊"之上[④]。

【注释】

①强：指有勇气，敢。②摄：管辖。③君：对才德出众者之尊称。④俊：才智杰出之士。

【译文】

汝南郡陈蕃、颍川郡李膺两人，人们一起谈论他们的成就和美德，决定不了谁先谁后。蔡伯喈评论他们说："陈仲举敢于冒犯上司，李元礼严于整饬下属。冒犯上司难，整饬下属容易。"于是陈仲举的名次就排在三君之下，李元礼排在八俊之前。

【原典】

庞士元至吴[①]，吴人并友之。见陆绩、顾劭、全琮，而为之目曰："陆子所谓驽马有逸足之用[②]，顾子所谓驽牛可以负重致远。"或问："如所目，陆为胜邪？"曰："驽马虽精速，能致一人耳。驽牛一日行百里，所致岂一人哉？"吴人无以难。"全子好声名，似汝南樊子昭[③]。"

【注释】

①庞士元：庞统，字士元，辅佐蜀汉刘备。②驽马：劣马，跑不快的马。逸足：疾足，指跑得快。③樊子昭：东汉末汝南人，出身贫贱，为许

劭所赏识。

【译文】

庞统到了吴地，吴人都和他交朋友。他见到陆绩、顾劭、全琮三人，就对他们三人加以评论说：“陆君可以说是能够用来代步的劣马，可以疾行快跑，顾君可以说是能够驾车载重物走远路的驽牛。”有人问道：“真如你说的那样，是陆君胜过顾君吗？”庞士元说：“劣马就算跑得很快，也只能载一个人罢了；驽牛一天走一百里，但其所承载的难道只是一个人吗？”吴人没话反驳他。庞统接着又说：“全琮有很好的名声，很像汝南的樊子昭。”

【原典】

顾劭尝与庞士元宿语，问曰：“闻子名知人，吾与足下孰愈？”曰：“陶冶世俗①，与时浮沉②，吾不如子；论王霸之余策③，览倚仗之要害，吾似有一日之长。”劭亦安其言。

【注释】

①陶冶：熏陶，给予良好的影响。②浮沉：指追随世俗，随波逐流。③王霸：王道和霸道，指用仁义治天下和用武力治天下的策略。余策：遗策，前代留下的策略。

【译文】

顾劭曾和庞统一同住宿谈论，他问庞统说：“听说您以善于鉴识人才而闻名，我和您两人谁更强些？”庞统说：“移风易俗，顺应社会潮流发展趋势，这点我比不上您；至于谈论历代帝王统治的策略，掌握事物因果变化的要害，这方面我可能要比你稍强一些。”顾劭也认为他的话妥当。

【原典】

诸葛瑾、弟亮及从弟诞，并有盛名，各在一国。于时以为“蜀得其龙，吴得其虎，魏得其狗”。诞在魏，与夏侯玄齐名；瑾在吴，吴朝服其弘量①。

【注释】

①弘量：宏大的器量。

【译文】

诸葛谨和弟弟诸葛亮以及堂弟诸葛诞，在当时的社会都享有很高声望，他们各在一个国家担任要职。当时，人们认为蜀国得到了其中的龙，吴国得到了其中的虎，魏国得到了其中的狗。诸葛诞在魏国，和夏侯玄齐名；诸葛谨在吴国，吴国朝廷官员佩服他的宽宏大量。

【原典】

司马文王问武陔①："陈玄伯何如其父司空②？"陔曰："通雅博畅③，能以天下声教为己任者，不如也；明练简至，立功立事，过之。"

【注释】

①司马文王：司马昭。②陈玄伯：陈泰，字玄伯。③通雅博畅：通达正直，渊博流畅。

【译文】

晋文王司马昭问武陔："陈泰和他父亲相比，该怎样评价？"武陔说："说到通雅博畅，能负责在全国树立君主的声威和推行教化这方面，比不上他父亲；而在明练简至，建功立业这方面，就超过他父亲。"

【原典】

正始中①，人士比论②，以五荀方五陈③：荀淑方陈寔，荀靖方陈谌，荀爽方陈纪，荀彧方陈群，荀顗方陈泰。又以八裴方八王：裴徽方王祥，裴楷方王夷甫，裴康方王绥，裴绰方王澄，裴瓒方王敦，裴遐方王导，裴頠方王戎，裴邈方王玄。

【注释】

①正始：魏齐王曹芳的年号（240—249）。②人士：有名望的人。比论：比较和评论。③方：相比，并列。

【译文】

正始年间，名士们品评人物，拿荀氏家族中的五位和陈氏家族中的五位对比：荀淑比陈寔，荀靖比陈谌，荀爽比陈纪，荀彧比陈群，荀顗比陈泰。又拿裴氏家族中的八位和王氏家族中的八位对比：裴徽比王祥，裴楷比王衍，裴康比王绥，裴绰比王澄，裴瓒比王敦，裴遐比王导，裴颜方王戎，裴邈比王玄。

【原典】

冀州刺史杨淮二子乔与髦，俱总角为成器①。淮与裴頠、乐广友善，遣见之。頠性弘方②，爱乔之有高韵③，谓淮曰："乔当及卿，髦小减也。"广性清淳④，爱髦之有神检⑤，谓淮曰："乔自及卿，然髦尤精出。"淮笑曰："我二儿之优劣，乃裴、乐之优劣。"论者评之：以为乔虽高韵，而检不匝；乐言为得。然并为后出之俊。

【注释】

①成器：有成就的人才。②弘方：宽宏正直。③高韵：高雅的风度。④清淳：清廉淳厚。⑤神检：高贵的品德修养。

【译文】

冀州刺史杨淮的两个儿子杨乔和杨髦，都是在童年时就成名了。杨淮和裴颜、乐广两人很友好，就打发两个儿子去见他们。裴颜禀性宽宏正直，所以喜欢杨乔那种高雅的风度，他对杨淮说："杨乔将会赶上你，杨髦稍差一点。"乐广禀性清廉淳厚，所以喜欢杨髦那种高贵的品德修养，他对杨淮说："杨乔自然能赶上你，可是杨髦更会高出一头。"杨淮笑道："我两个儿子的长处和短处，就是裴颜、乐广的长处和短处。"评论家评论这两人的看法，认为杨乔虽然风度高雅，可是品德修养还不够完善，还是乐广的话说对了。不过两个孩子都是后起之秀。

【原典】

刘令言始入洛①，见诸名士而叹曰："王夷甫太解明②，乐彦辅我所敬，张茂先我所不解，周弘武巧于用短，杜方叔拙于用长。"

【注释】

①刘令言：刘讷，字令言，晋彭城（今江苏徐州）人。②解明：聪颖精明。

【译文】

刘讷刚到洛阳时，见到众多名士，就感慨道："王衍为人处世方式太精明，乐广是我所崇敬的人，张华是我所不理解的人，周恢能巧妙地使用自己的短处，杜育则不善于发挥他自己的长处。”

【原典】

明帝问周伯仁①：“卿自谓何如郗鉴？”周曰：“鉴方臣，如有功夫②。”复问郗。郗曰：“周颉比臣，有国士门风③。”

【注释】

①明帝：晋明帝司马绍。周伯仁：周顗。②功夫：功力，素养。③国士：一国的杰出人物。门风：家风。

【译文】

晋明帝问周顗：“你自己认为你和郗鉴相比，谁更强些？”周顗说：“郗鉴和臣相比，他好像更有素养。”明帝又问郗鉴，郗鉴说：“周顗和臣相比，他有国士家风。”

【原典】

人问殷渊源：“当世王公以卿比裴叔道①，云何？”殷曰：“故当以识通暗处。”

【注释】

①王公：指王侯公卿，即显贵。

【译文】

有人问殷浩：“当代的显贵

常把你和裴遐并列，你觉得怎么样？”殷浩说：“这自然是因为我们的见识有暗合之处。”

【原典】

抚军问殷浩[1]：“卿定何如裴逸民？”良久答曰：“故当胜耳。”

【注释】

①抚军：简文帝司马昱，他未登位时任抚军大将军。

【译文】

司马昱问殷浩：“你和裴颇相比，到底谁更强些？”过了很久，殷浩才回答说：“自然超过他呀。”

【原典】

抚军问孙兴公：“刘真长何如？”曰：“清蔚简令。”“王仲祖何如？”曰：“温润恬和[1]。”“桓温何如？”曰：“高爽迈出。”“谢仁祖何如？”曰：“清易令达[2]。”“阮思旷何如？”曰：“弘润通长[3]。”“袁羊何如？”曰：“洮洮清便[4]。”“殷洪远何如？”曰：“远有致思[5]。”“卿自谓何如？”曰：“下官才能所经，悉不如诸贤；至于斟酌时宜，笼罩当世，亦多所不及。然以不才，时复托怀玄胜[6]，远咏《老》《庄》，萧条高寄[7]，不与时务经怀，自谓此心无所与让也。”

【注释】

①温润恬和：温和柔顺、恬静平和。②清易令达：清廉平易、善良通达。③弘润通长：弘润指心地宽大。④洮洮清便（pián）：指人品高洁，善于辞令。⑤致思：同思致，新颖的思想和情趣。⑥玄胜：指玄妙的，超越世俗的境界，即玄理或老庄之道。⑦高寄：寄情高远，实指隐居。

【译文】

抚军司马昱问孙绰：“刘惔这人怎样？”孙绰回答说：“他的清谈清新华美，禀性简约美好。”又问：“王濛怎么样？”孙绰回答：“温和柔润，恬静平和。”“桓温怎么样？”孙绰说：“高尚爽朗，神态潇洒飘逸。”“谢尚怎么样？”孙绰说：“清廉平易，美好通达。”“阮裕怎么样？”孙绰说：“宽大柔和，精深广阔。”“袁乔怎么样？”答：“谈吐清雅，滔滔不绝。”“殷融怎么样？”答：“有许多新颖的思想情趣。”“你认为你自己怎么样？”孙绰说：“下官的才能和所擅长的事，全部比不上诸位贤达；至于考虑时势的需要，全面把握时局，我也大多赶不上他们。但是对我这个没有才能的人来说，时常寄怀于超脱的境界，赞美古代的《老子》《庄子》，逍遥自在，不让世事打扰自己的心志，我自认为这种胸怀是没有什么可谦让的。”

【原典】

桓大司马下都，问真长曰：“闻会稽王语奇进①，尔邪？”刘曰：“极进，然故是第二流中人耳！”桓曰：“第一流复是谁？”刘曰：“正是我辈耳！”

【注释】

①会稽王：指简文帝司马昱，登位前封为会稽王，喜欢清谈。

【译文】

大司马桓温到京都后，问刘惔道：“听说会稽王的清谈有了突飞猛进的长进，真是这样吗？”刘惔说：“是有很大的进步，不过仍旧属于第二流中的人罢了！”桓温说：“第一流的人又是谁呢？”刘惔说：“正是我们这些人呀！”

【原典】

人问抚军：“殷浩谈竟何如？”答曰：“不能胜人，差可献酬群心①。”

【注释】

①差：勉强地，大体上。献酬：这里指应酬。

【译文】

有人问抚军司马昱：“殷浩的清谈究竟水平怎么样？”司马昱回答说：“不能超过别人，大体上能满足大家的期望吧。”

【原典】

简文云："谢安南清令不如其弟[①]，学义不及孔岩，居然自胜[②]。"

【注释】

①谢安南：谢奉。其弟：指谢聘，字弘远。②自胜：指不受礼俗影响。

【译文】

简文帝说："谢奉在清雅善美上不如他的弟弟，学识上不如孔岩，但是很明显他也有自己的优越之处。"

【原典】

刘丹阳、王长史在瓦官寺集，桓护军亦在坐，共商略西朝及江左人物。或问："杜弘治何如卫虎？"桓答曰："弘治肤清[①]，卫虎奕奕神令[②]。"王、刘善其言。

【注释】

①肤清：指外表清丽。②奕奕：指精神焕发。神令：形容精神美好。

【译文】

丹阳尹刘惔和司徒左长史王濛在瓦官寺聚会，护军将军桓伊也在座，他们一起评价西晋和江南有声望的人士。有人问："杜乂和卫玠相比，哪个强些？"桓伊回答说："杜乂外表清丽好看，卫玠神采奕奕。"王濛和刘惔一致认为他的评论很好。

【原典】

刘尹抚王长史背曰："阿奴比丞相[①]，但有都长[②]。"

【注释】

①阿奴：对王濛的爱称。②都长（zhǎng）：指容貌漂亮、本性淳厚。

【译文】

丹阳尹刘惔拍着长史王濛的背说："你和丞相王导相比，只不过比他漂亮、淳厚。"

【原典】

桓公问孔西阳[①]："安石何如仲文[②]？"孔思未对，反问公曰："何如？"答曰："安石居然不可陵践，其处[③]故乃胜也。"

【注释】

①孔西阳：孔岩，字彭祖，历任丹阳尹。②仲文：指桓温之婿殷仲文。③陵践：欺压。处：决断，处理。

【译文】

桓温问西阳侯孔严："谢安和殷仲文相比，谁强？"孔严考虑着没有回答，反问桓温："您认为怎么样？"桓温回答说："谢安显然使人不能左右他的决断，自然是略胜一筹了。"

【原典】

谢公与时贤共赏说，遏、胡儿并在坐[①]。公问李弘度曰："卿家平阳，何如乐令[②]？"于是李潸然流涕曰[③]："赵王篡逆，乐令亲授玺绶[④]。亡伯雅正，耻处乱朝，遂至仰药[⑤]。恐难以相比！此自显于事实，非私亲之言。"谢公语胡儿曰："有识者果不异人意。"

【注释】

①遏、胡儿：谢玄，小名遏；谢朗，小名胡儿，是谢安的侄儿。②平阳：李重，字茂曾，任平阳太守，后来赵王司马伦任相国，调他做相国左司马，他知司马伦有篡位意图，忧愤成病而死。③潸（shān）然：流泪的样子。④玺（xǐ）绶，皇帝的印和拴印的带子。⑤仰药：服毒。

【译文】

谢安和当时贤人一起赞赏、评论人物，谢玄和谢朗都在座。谢安问李充："你家李重和乐广相比，怎么样？"这时李弘度泪流不止地说："赵王叛逆篡位时，乐广亲自奉献玺绶；先伯父为人正直，不屑于在叛逆的朝廷中做官，最终服毒身死。这两人恐怕很难拿来比较！这自有事实来证明，并不是偏袒亲人的话。"谢安于是对谢朗说："有识之士果然和我的心思相同。"

【原典】

刘尹至王长史许清言，时苟子年十三[①]，倚床边听。既去，问父曰："刘尹语何如尊[②]？"长史曰："韶音令辞[③]，不如我；往辄破的[④]，胜我。"

【注释】

①苟子：王修的小名，王濛之子。②尊：对父亲的称呼。③韶音令辞：美音美辞。④破的：射中箭靶，这里指谈论中理，能说明要旨。

【译文】

丹阳尹刘惔到长史王濛那里清谈，当时王修十三岁，靠在床边听。刘惔走后，王修问父亲："刘尹的谈论和父亲相比怎么样？"王濛说："要论音调的抑扬顿挫，言辞的优美，他不如我，辩论起来一谈就能切中玄理，这点却比我强。"

【原典】

谢万寿春败后[①]，简文问郗超："万自可败，那得乃尔失士卒情？"超曰："伊以率任之性，欲区别智勇。"

【注释】

①谢万：谢安弟。寿春：今安徽寿县。

【译文】

谢万在寿春县失败后，简文帝问郗超："谢万自然可能在战场上被打败，可是他怎么竟会如此失掉士兵们的爱戴之情？"郗超说："他总是任性放纵自己的性格，想把智谋和勇敢区分开来。"

【原典】

刘尹谓谢仁祖曰[①]："自吾有四友，门人加亲。"谓许玄度曰[②]："自吾有由[③]，恶言不及于耳。"二人皆受而不恨。

【注释】

①刘尹：刘惔。谢仁祖：谢尚。②许玄度：许询。③由：仲由，字子路，孔子弟子，为人刚直，信守诺言。

【译文】

丹阳尹刘惔对谢尚说："自从我有了颜回，学生就更加亲密。"又对许询说："自从我有了仲由，不满的话就再也听不到了。"两个人都容忍了他的说法而没有怨言。

【原典】

王中郎尝问刘长沙，曰："我何如苟子①？"刘答曰："卿才乃当不胜苟子，然会名处多②。"王笑曰："痴！"

【注释】

①苟子：王修的小名。②会名：融会贯通名理。

【译文】

北中郎将王坦之曾经问长沙相刘奭："我和王修相比，怎么样？"刘奭回答说："你的才学本来是不会超过王修，可是领会名理的地方却比他强。"王修笑说："傻话！"

【原典】

支道林问孙兴公①："君何如许掾②？"孙曰："高情远致③，弟子蚤已服膺④；一吟一咏，许将北面。"

【注释】

①孙兴公：孙绰，字兴公，博学、有才华，擅长写文章，曾作《遂初赋》《天台山赋》等。②许掾（yuàn）：许询，字玄度，曾被召为司徒掾。③高情远致：高远的情趣。④弟子：因为支道林是和尚，所以孙兴公谦称弟子。服膺（yīng）：铭记在心，衷心信服。

【译文】

支道林问孙绰："您和许掾比起来，怎么样？"孙绰说："要论情趣高远，弟子对他早已心悦诚服；说到吟诗铭志，许掾却应该拜我为师。"

【原典】

刘尹云："人言江虨田舍①，江乃自田宅屯。"

【注释】

①江虨（bīn）：字思玄，历任吏部尚书、尚书左仆射。

【译文】

丹阳尹刘惔说："人们都说江虨像土气的农家子弟，江虨其实是在村庄里自营田地。"

【原典】

或问林公："司州何如二谢[1]？"林公曰："故当攀安提万[2]。"

【注释】

①司州：王胡之，字脩龄，曾召为司州刺史。②攀安提万：仰攀谢安，提携谢万，指介于两者之间，不及谢安，超过谢万。

【译文】

有人问支道林："王胡之和谢家两兄弟相比，你觉得怎么样？"支道林说："当然是不及谢安，超过谢万了。"

【原典】

郗嘉宾道谢公："造膝虽不深彻[1]，而缠绵纶至。"又曰："右军诣嘉宾。"嘉宾闻之云："不得称诣，政得谓之朋耳[2]！"谢公以嘉宾言为得。

【注释】

①造膝：指促膝交谈。②政：同"正"。

【译文】

郗超评论谢安说："议论虽然不很深透，可是情意特别深厚。"又有人说："王羲之比郗超的造诣更深。"嘉宾听到后说："不能说造诣很深，只能说两人不相上下罢了。"谢安认为郗超的话说对了。

【原典】

庾道季云[1]："思理伦和[2]，吾愧康伯；志力强正，吾愧文度。自此以还，吾皆百之。"

【注释】

①庾道季：庾龢，字道季。②伦和：有条理。

【译文】

庾龢说："要论思路条理清楚，我自愧不如韩伯；要论志气坚强不屈，我自愧不如王坦之。除此以外的人，我都超过他们一百倍。"

【原典】

郗嘉宾问谢太傅曰："林公谈何如嵇公[①]？"谢云："嵇公勤著脚，裁可得去耳[②]。"又问："殷何如支？"谢曰："正尔有超拔[③]，支乃过殷。然亹亹论辩，恐殷欲制支。"

【注释】

①林公：支道林。②裁：通"才"。③超拔：超尘拔俗。

【译文】

郗超问太傅谢安："支道林的清谈比嵇康怎么样？"谢安说："嵇康要马不停蹄地走，才能赶得上呀。"郗超又问："殷浩比支道林怎么样？"谢安说："若论超脱尘俗，支道林当然是超过殷浩，可是在娓娓不倦的辩论方面，恐怕殷浩的口才会强于支道林的。"

【原典】

庾道季云："廉颇、蔺相如虽千载上死人，懔懔恒如有生气[①]。曹蜍[②]、李志虽见在[③]，厌厌如九泉下人。人皆如此，便可结绳而治[④]，但恐狐狸貒狢啖尽。"

【注释】

①懔懔（lǐn）：同"凛凛"，可敬畏的样子。②曹蜍（chú）：曹茂之，字永世，小字曹蜍，东晋彭城（今江苏徐州）人。③李志：字温祖，东晋江夏钟武（今河南信阳东南）人。④结绳而治：远古时代没有文字，用结绳记事的方法来处理政事。

【译文】

庾龢说："廉颇和蔺相如虽然是千年以上的古人，但是提起他们依然会感到使人觉得正气凛然、虎虎有生气。曹蜍、李志虽然现在还活着，却精神委靡，像坟墓里的死人一样。如果人人都像曹、李那样，那么不妨回到结绳而治的原始时代去，只是恐怕野兽会把人都吃光。”

【原典】

王子敬问谢公：“林公何如庾公①？”谢殊不受，答曰：“先辈初无论，庾公自足没林公②。”

【注释】

①林公：指支道林和尚。庾公：指庾亮。②没：超过。

【译文】

王献之问谢安：“支道林比庾亮，怎么样？”谢安很不同意这样相比，回答说：“前辈从来没有谈论过，庾亮自然能够超过支道林。”

【原典】

王黄门兄弟三人俱诣谢公①，子猷、子重多说俗事②，子敬寒温而已③。既出，坐客问谢公：“向三贤孰愈？”谢公曰：“小者最胜。”客曰：“何以知之？”谢公曰：“吉人之辞寡，躁人之辞多，推此知之。”

【注释】

①王黄门：王徽之，官至黄门侍郎，故称。兄弟三人：指王徽之、王操之、王献之。②子猷：王徽之，王羲之第五子。子重：王操之，王羲之第六子。③子敬：王献之，王羲之第七子。

【译文】

黄门侍郎王徽之兄弟三人一同去拜访谢安，王徽之和王操之大多说些家常琐碎的事情，而王献之不过是寒暄几句就罢了。三人走了以后，在座的客人问谢安：“刚才那三位公子，谁最好？”谢安说：“年纪最小的最好。”客人问道：“您是怎么判断的？”谢安说：“善良的人话少，急躁的人话多，我是从这两句话里推断出来的。”

规箴第十

【原典】

汉武帝乳母尝于外犯事①，帝欲申宪②，乳母求救东方朔③。朔曰："此非唇舌所争，尔必望济者，将去时，但当屡顾帝，慎勿言！此或可万一冀耳。"乳母既至，朔亦侍侧，因谓曰："汝痴耳！帝岂复忆汝乳哺时恩邪？"帝虽才雄心忍④，亦深有情恋，乃凄然愍之⑤，即敕免罪。

【注释】

①汉武帝：刘彻（前156—前87），西汉第五代皇帝，在位五十四年。②申宪：申明法令，指执行法令。③东方朔：汉武帝时任侍中。④心忍：心狠。⑤愍（mǐn）：同"悯"，怜悯。

【译文】

汉武帝的乳母曾经在外面犯了法，武帝想按律论罪以明法纪，乳母向东方朔求救。东方朔说："这件事不是用言辞就可以打动皇上的，你如果真的想免罪，只有在你向皇上辞别时，频频回头看皇上，但记住千万不要开口求皇上，或许还能有机会使皇上回心转意。"乳母在向武帝辞别时，东方朔也在一旁，就对乳母说："你真傻，不要痴心妄想了！现在皇上已经长大了，你还以为皇上仍靠你的奶水养活吗？"武帝听了，不由想起乳母的哺育之恩，感到很悲伤，立即下命赦免乳母的罪。

【原典】

京房与汉元帝共论①，因问帝："幽、厉之君何以亡②？所任何人？"答曰："其任人不忠。"房曰："知不忠而任之，何邪？"曰："亡国之君，各贤其臣，岂知不忠而任之？”房稽首曰[3]：“将恐今之视古，亦犹后之视今也。”

【注释】

①京房（前 77—前 37）：本姓李，字君明，东郡顿丘（今河南清丰西南）人，汉元帝时以孝廉为郎。②幽、厉之君：厉指周厉王，是西周时代的君主，在位时暴虐无道，滥施杀伐；幽指周幽王，在位时宠幸妃子褒姒，沉迷酒色，两人都是暴虐之君。③稽（qǐ）首：古代最恭敬的一种礼节，跪下，拱手至地，头也至地。

【译文】

京房和汉元帝在一起议论，趁机问元帝：“周幽王和周厉王为什么会亡国？他们所任用的是些什么人？”元帝回答说：“他们任用的人都不是忠臣。”京房又问；“明知他不忠，还要任用，这是什么原因呢？”元帝说：“亡国的君主，都会认为他的臣子是贤能的，哪里有明知不忠还要任用对方的道理呢！”京房于是拜伏在地，说道：“恐怕我们今天看古人，也像后代的人看我们今天一样啊。”

【原典】

孙休好射雉①，至其时，则晨去夕反。群臣莫不止谏②："此为小物，何足甚耽？"休曰："虽为小物，耿介过人③，朕所以好之。"

【注释】

①孙休：吴国君主孙权的儿子。②止谏：一作"上谏"。③耿介：有节操，正直。

【译文】

孙休很喜欢射野鸡，到了射猎野鸡的季节，他就每天早出晚归地沉湎其中。大臣们都劝止他说："这是小东西，哪里值得过分迷恋！"孙休说："虽然是小东西，可是比人还有节操，我因此才会喜欢它。"

【原典】

孙皓问丞相陆凯曰①："卿一宗在朝有几人？"陆曰："二相、五侯、将军十余人。"皓曰："盛哉！"陆曰："君贤臣忠，国之盛也；父慈子孝，家之盛也；今政荒民弊，覆亡是惧②，臣何敢言盛！"

【注释】

①孙皓：吴国亡国之君，在位荒淫骄横，后晋兵攻下建康，孙皓投降，吴国亡。陆凯：字敬风，吴人。②覆亡是惧：惧覆亡。

【译文】

孙皓问丞相陆凯说："你们家族在朝中做官的有多少人？"陆凯说："两个丞相，五个侯爵，十几个将军。"孙皓说："真是兴旺昌盛啊！"陆凯说："君主贤明，臣下忠于职守，这是国家兴旺的象征；父母慈爱，儿女孝顺，这是家庭兴旺的象征。现在政务荒废，百姓疾苦，我整天都在担心国家是否会灭亡，还敢说什么兴旺啊！"

【原典】

王夷甫妇①，郭泰宁女②，才拙而性刚，聚敛无厌，干豫人事。夷甫患之而不能禁。时其乡人幽州刺史李阳，京都大侠，犹汉之楼护，郭氏惮之。夷甫骤谏之，乃曰："非但我言卿不可，李阳亦谓卿不可[3]。"郭氏小为之损。

【注释】

①王夷甫：王衍。②郭泰宁：郭豫，字太宁，西晋太原（今属山西）人，官至相国参军。③李阳：字景祖，西晋高平（今属山东）人，喜欢打抱不平，时人多惧怕他，官至幽州刺史。

【译文】

王衍的妻子是郭豫的女儿，生性笨拙，脾气倔强，贪得无厌，好干涉别人的事。王衍对她很伤脑筋却又感到无可奈何。当时他的同乡、幽州刺史李阳，是京都的一个大侠客，如同汉代的楼护，王衍妻子郭氏有点惧怕他。王衍常常劝诫他妻子，就跟她说："不只我说你不能这样做，李阳也认为你不能这样做。"郭氏因此才稍为收敛了一点。

【原典】

王平子年十四五[1]，见王夷甫妻郭氏贪欲，令婢路上儋粪[2]。平子谏之，并言不可。郭大怒，谓平子曰："昔夫人临终[3]，以小郎嘱新妇[4]，不以新妇嘱小郎！"急捉衣裾[5]，将与杖。平子饶力[6]，争得脱，逾窗而走。

【注释】

①王平子：王澄，字平子，王衍弟。②儋：同"担"，肩挑。③夫人：指婆婆。④小郎：称丈夫的弟弟为小郎，即小叔子。新妇：已婚妇女的自称。⑤裾（jū）：衣服的大襟，也指衣服的前后部分。⑥饶力：多力。

【译文】

王澄十四五岁时，看见王衍的妻子郭氏很贪心，竟叫婢女到路上担粪。王澄劝阻她，并且说明这样做不行。郭氏大怒，对王澄说："过去婆婆临终的时候，把你托付给我，并没有把我托付给你。"说完就一把抓住王澄的衣服，要拿棍子打他。王澄力气大，使劲挣扎开，才得以脱身，跳窗而逃了。

【原典】

元帝过江犹好酒[1]，王茂弘与帝有旧[2]，常流涕谏。帝许之，命酌酒一酣，从是遂断。

【注释】

①元帝：司马睿。②王茂弘：王导，字茂弘。

【译文】

晋元帝到了江南后还是喜欢喝酒，王导和元帝向来交情不错，就常常流泪规劝他，元帝终于答应了，就叫人倒酒来再痛快地喝一次，从此以后就戒了酒。

【原典】

谢鲲为豫章太守，从大将军下至石头[1]。敦谓鲲曰："余不得复为盛德之事矣[2]。"鲲曰："何为其然？但使自今已后，日亡日去耳！"敦又称疾不朝，鲲谕敦曰："近者，明公之举，虽欲大存社稷，然四海之内，实怀未达。若能朝天子，使群臣释然，万物之心，于是乃服。仗民望以从众怀，尽冲退以奉主上[3]，如斯，则勋侔一匡，名垂千载。"时人以为名言。

【注释】

①大将军：王敦。②盛德之事：品德高尚之事，这里指辅佐君主之事。③冲退：谦虚退让。

【译文】

谢鲲任豫章太守的时候，随大将军王敦东下，到了石头城。王敦对谢鲲说："我不想再做那种品德高尚的事情了！"谢鲲说："为什么您要说这样的话呢？只要从今以后，让以前那些不愉快的事情一天天忘掉就是了。"王敦又托病不去朝见天子，谢鲲劝告他说："近来您的举动虽然是想极力地保存国家，可是全国的人还不了解您的真实意图。如果能去朝见天子，使群臣放下心来，众人的心才会由衷地敬佩您。掌握人民的愿望来顺从众人的心意，坚持用谦让之心来侍奉君主，这样做，功勋就可以等同一匡天下的管仲，也能够名垂千古。"当时的人认为这是名言。

【原典】

王丞相为扬州[①]，遣八部从事之职[②]。顾和时为下传还，同时俱见。诸从事各奏二千石官长得失[③]，至和独无言。王问顾曰："卿何所闻？"答曰："明公作辅，宁使网漏吞舟，何缘采听风闻，以为察察之政？"丞相咨嗟称佳，诸从事自视缺然也。

【注释】

①王丞相：王导。为扬州：指兼任扬州刺史。②八部从事：州刺史属官。扬州刺史统领丹阳、会稽、吴、吴兴、宣城、东阳、临海、新安八部，故分别派遣部从事八人。之职：到职。③二千石：对郡守的通称。郡守俸禄为二千石，故称。

【译文】

丞相王导在担任扬州刺史时，派遣八个部从事到各郡任职。顾和当时也被派到郡里去任职，回来以后，大家一起拜见王导。诸位从事们分别启奏郡守的优劣，轮到顾和，唯独他没有发言。王导问顾和："你听到什么了？"顾和回答说："您任大臣，宁可让吞舟之鱼漏网，怎么能寻访传闻，凭这些来实施清明的政治呢！"王导赞叹着连声说好，众从事也自感不如。

【原典】

罗君章为桓宣武从事[①]，谢镇西作江夏[②]，往检校之。罗既至，初不问郡事；径就谢数日[③]，饮酒而还。桓公问："有何事？"君章云："不审公谓谢尚何似人？"桓公曰："仁祖是胜我许人。"君章云："岂有胜公人而行非者？故一无所问。"桓公奇其意而不责也。

【注释】

①罗君章：罗含。桓宣武：桓温。②谢镇西：谢尚。③径：指直接行事。

【译文】

罗含任桓温手下的从事，当时镇西将军谢尚担任江夏相，桓温派罗含到江夏去检查谢尚的工作。罗含到了江夏以后，从不问郡里的政事，只是直接到谢尚那里喝了几天酒就回去了。桓温问："江夏有什么事？"罗含道："不知道您认为谢尚是一个怎样的人？"桓温说："谢尚是超过我一些的人。"罗含便说："哪里有胜过您的人而会去做不合理的事呢？所以关于政事我是一点都没问。"桓温认为他的想法很奇特，也就没有责怪他。

【原典】

殷觊病困[①]，看人政见半面[②]。殷荆州兴晋阳之甲[③]，往与觊别，涕零，属以消息所患。觊答曰："我病自当差[④]，正忧汝患耳！"

【注释】

①病困：病重。②政：通"正"，只。③殷荆州：殷仲堪。④差：指病愈。

【译文】

殷觊病重，看人时只能看见半边脸。荆州刺史殷仲堪当时正准备起兵内伐，去和殷觊告别，看见他病成那样后哭了，嘱咐他要好好养病。殷觊回答说："我的病自会好的，我现在只担心你的病呀！"

【原典】

远公在庐山中，虽老，讲论不辍。弟子中或有堕者[①]，远公曰："桑榆之光[②]，理无远照；但愿朝阳之晖[③]，与时并明耳。"执经登坐，讽诵朗畅，词色甚苦。高足之徒[④]，皆肃然增敬。

【注释】

①堕：通"惰"，懒惰，懈怠。②桑榆之光：日落时照在桑榆树上的阳光，比喻人的晚年。③晖：阳光。④高足之徒：指学业优秀的学生。

【译文】

慧远和尚住在庐山里，虽然年龄已经很大了，还坚持不断地宣讲佛经。弟子中有人不愿意好好学，惠远就说："我像那傍晚的落日余晖，按理说不会照得久远了，但愿你们像早晨的阳光，越来越亮呀！"于是拿着佛经，登上讲坛，诵经的声音响亮而流畅，言辞神态非常恳切。高足弟子，都更加敬重和钦佩他了。

【原典】

桓南郡好猎[①]，每田狩[②]，车骑甚盛。五六十里中，旌旗蔽隰[③]。骋良马，驰击若飞，双甄所指[④]，不避陵壑。或行陈不整[⑤]，麏兔腾逸，参佐无不被系束。桓道恭，玄之族也，时为贼曹参军[⑥]，颇敢直言。常自带绛绵绳箸腰中，玄问"此何为？"答曰："公猎，好缚人士，会当被缚，手不能堪芒也。"玄自此小差。

【注释】

①桓南郡：桓玄，袭爵南郡公，故称。②田狩：打猎。③隰（xí）：低而湿的地方，泛指原野。④双甄（zhēn）：左翼右翼，合称双甄，打猎犹如作战，故称。⑤行陈（háng zhèn）：军队的行列队形。⑥贼曹参军：军府中掌管盗贼事务的属官。

【译文】

南郡公桓玄喜欢狩猎。每次出去打猎，随从的车马非常多，能够绵延五六十里范围，旗帜铺天盖地，良马驰骋，像飞一样地追击着野物；左右两翼队伍所向之处，不管山陵沟壑，概不回避。有时队列不整齐，或者让獐兔等野物逃脱了，下属官吏没有不被捆起来的。桓道恭是桓玄的族人，当时任贼曹参军，颇敢直言进谏。打猎时常常腰里带着一条深红色的绵绳，桓玄问他："这是干什么用的？"道恭回答说："您打猎的时候，喜欢绑人，我总会被绑的，怕两只手受不了那粗绳上的芒刺啊。"从那以后，桓玄绑人的事就稍为少些了。

【原典】

桓玄欲以谢太傅宅为营[①]，谢混曰[②]："召伯之仁[③]，犹惠及甘棠[④]；文靖之德[⑤]，更不保五亩之宅[⑥]？"玄惭而止。

【注释】

①谢太傅：谢安。②谢混：谢安的孙子。③召（shào）伯：周代燕国始祖，姓姬，名奭（shì），被封于召（今陕西岐山西南）。④甘棠：典出《诗经·召南·甘棠》，言召伯巡行南国，以布文王之政，歇息于甘棠树下，后人思其德，故爱其树而不忍伤害。后称颂地方官吏之有惠政于民的人。

⑤文靖：谢安死后谥文靖，故称。⑥五亩之宅：泛指一户之家的住所。

【译文】

桓玄想把太傅谢安的老宅要来作军营，谢混对他说："召伯的仁爱，尚且能给甘棠树带来好处；以谢安的德行操守，难道还不能保住他小小的五亩住宅吗？"桓玄听了感到很惭愧，就不再提这事了。

捷悟第十一

【原典】

杨德祖为魏武主簿①，时作相国门②，始构榱桷③，魏武自出看，使人题门作“活”字，便去。杨见，即令坏之。既竟，曰：“‘门’中‘活’，‘阔’字。王正嫌门大也④。”

【注释】

①杨德祖：杨修（175—219），字德祖，弘农华阴（今陕西华阴东）人，曹操任丞相时，辟为主簿，有才学，聪明过人，为曹操所忌，被杀。②相国门：指相国府的门。③榱桷（cuī jué）：椽子，屋椽。④王：指魏王曹操。

【译文】

杨修担任曹操的主簿，当时正建造相国府的大门，刚刚搭建屋椽，曹操亲自过来察看，并且叫人在门上写个“活”字，就走了。杨修看见了，立刻叫人把门拆了。拆完后，他说：“‘门’里加个‘活’字，是‘阔’字。魏王正是嫌门太大了啊。”

【原典】

人饷魏武一杯酪①，魏武啖少许，盖头上题“合”字以示众②。众莫能解。次至杨修，修便啖，曰：“公教人啖一口也③，复何疑？”

【注释】

①饷：送。②盖头：覆盖用的丝麻织品。③啖一口：曹操题“合”字，拆开“合”字，即为“人一口”。

【译文】

有人送给魏武帝曹操一杯乳酪，曹操吃了一点，就在盖头上写了一个"合"字给大家看，没有谁能看明白这其中是什么意思。轮到杨修去看，他便吃了一口，说："曹公让每人吃一口呀，大家还犹豫什么？"

【原典】

魏武征袁本初[①]，治装[②]，余有数十斛竹片[③]，咸长数寸，众云并不堪用，正令烧除。太祖思所以用之，谓可为竹椑楯[④]，而未显其言。驰使问主簿杨德祖。应声答之，与帝心同。众伏其辩悟。

【注释】

①魏武：曹操。袁本初：袁绍（？—202），汝南汝阳（今河南商水西北）人，字本初，出身于四世三公的世家大族。②治装：整治、备办军队的装备。③斛（hú）：古代量器，十斗为一斛。④竹椑楯（pí dùn）：椭圆形的竹盾牌。

【译文】

魏武帝曹操将要讨伐袁绍，修造军事装备，剩下几十斛竹片，都是几寸长的。大家说这全部用不上，正要叫人烧掉。曹操在想怎样好好利用这些竹片，认为可以用它们来做竹盾牌，只是还没有把这话说出来。他派人速去问主簿杨修，杨修随即就回答了来人，结果和曹操想的一样。大家都十分佩服杨修的聪明和悟性。

【原典】

王敦引军，垂至大桁[①]，明帝自出中堂[②]。温峤为丹阳尹，帝令断大桁，故未断，帝大怒，瞋目，左右莫不悚惧。召诸公来。峤至不谢，但求酒炙。王导须臾至，徒跣下地[③]，谢曰："天威在颜[④]，遂使温峤不容得谢。"峤于是下谢，帝乃释然[⑤]。诸公共叹王机悟名言。

【注释】

①垂：将近。大桁（háng）：大桥，这里指朱雀桥，位于建康城南，朱雀门外，跨秦淮河。②中堂：都城屯军之处，在建康宣阳门的外面。

③徒跣（xiǎn）：赤足步行，以示谢罪。④天威：天子的威严，指皇帝发怒。⑤释然：指怒气消除。

【译文】

王敦率领军队，将要抵达朱雀桥，晋明帝亲自到了中堂驻军之地。温峤当时担任丹阳尹，明帝命令他前去毁掉朱雀桥，结果仍旧没有毁掉，明帝怒目圆睁，非常生气，随从的人都很恐慌。明帝立刻召集大臣们来，温峤到后没有谢罪，只是求赐酒肉。王导接着来到，他光着脚过来伏在地上，谢罪说："天子的威严就在眼前，于是就使得温峤没有机会谢罪了。"温峤这才退下谢罪，明帝也就心平气和了。大臣们都很称赞王导的机敏和悟性，认为他说的话是名言。

【原典】

郗司空在北府[①]，桓宣武恶其居兵权。郗于事机素暗[②]，遣笺诣桓[③]："方欲共奖王室[④]，修复园陵。"世子嘉宾出行，于道上闻信至，急取笺，视竟，寸寸毁裂，便回。还更作笺，自陈老病，不堪人间[⑤]，欲乞闲地自养。宣武得笺大喜，即诏转公督五郡，会稽太守。

【注释】

①郗司空：郗愔。北府：东晋时京口的别称。②事机：指事势机巧。③笺：书信。④奖：辅助。⑤人间：指世事，担任官职。

【译文】

司空郗愔镇守京口的时候，桓温憎恶他掌握兵权。郗愔对时局的把握一向迟钝不够敏锐，还寄信给桓温说："正想和您一起辅佐王室，修复被敌人毁坏的先帝陵寝。"当时他的嫡长子郗超正到外地去，在半路上听说送信的人到了，于是急忙拿过他父亲的信来看，看完后，把信撕得粉碎，就返回去，又代他父亲重新写了一封信，诉说自己年老体弱多病，经不住世事扰烦，只想找个清闲一点的官位来自我调养。桓温收到信非常高兴，立刻下令把郗愔调为担任都督五郡军事及会稽太守的职务。

夙惠第十二

【原典】

宾客诣陈太丘宿[①]，太丘使元方、季方炊。客与太丘论议，二人进火，俱委而窃听。炊忘著箄[②]，饭落釜中。太丘问："炊何不馏[③]？"元方、季方长跪曰："大人与客语，乃俱窃听，炊忘箸箄，饭今成糜。"太丘曰："尔颇有所识不？"对曰："仿佛志之。"二子俱说，更相易夺，言无遗失。太丘曰："如此，但糜自可，何必饭也！"

【注释】

①陈太丘：陈寔，字仲弓，东汉时期官员、名士。②著箄（bǐ）：放置蒸饭用的竹制盛器。③馏（liù）：蒸饭。

【译文】

有位客人到太丘长陈寔家过夜，陈寔就叫自己的两个儿子元方和季方做饭待客，客人和陈寔在一起交谈，元方兄弟两人在烧火，结果一同放下手里的事，都去偷听。做饭时忘了放上竹箄，要蒸的饭都落到了锅里。陈寔问他们："饭为什么不蒸呢？"元方和季方直挺挺地跪着说："父亲大人和客人清谈，我们两人就跑去偷听，蒸饭时忘了放上竹箄，于是就将饭煮成了粥。"陈寔问："那你们可否记住我们谈话的内容？"兄弟两人回答说："似乎还能记住那些话。"于是兄弟俩就一起说，互相穿插补正，一句话也没有漏掉。陈寔说："既然这样，吃粥也行，何必一定要吃饭呢！"

【原典】

何晏七岁，明惠若神，魏武奇爱之。因晏在宫内[①]，欲以为子。晏乃画地令方，自处其中。人问其故？答曰："何氏之庐也。"魏武知之，即遣还。

【注释】

①晏在宫内：何晏父亲死后，曹操娶其母尹氏为夫人，并收养何晏。

【译文】

何晏七岁的时候，表现得聪明过人，深得魏武帝曹操的喜爱。因为何晏是在曹操府第里长大，曹操就想认他做儿子。一天何晏在地上画个方框，自己站在里面。别人问他是什么意思，他回答说："这是老何家的房子。"曹操听说了这件事，就把他送回了何家。

【原典】

司空顾和与时贤共清言，张玄之、顾敷是中外孙，年并七岁，在床边戏。于时闻语，神情如不相属。瞑于灯下，二儿共叙客主之言，都无遗失。顾公越席而提其耳曰："不意衰宗复生此宝①。"

【注释】

①衰宗：谦称自己家族为衰落之家族。

【译文】

司空顾和同当代贤达在一起倾谈。张玄之和顾敷是他的外孙和孙子，两人都是七岁，在床边玩耍。这时听他们谈论，神情好像一点都不关心的样子。后来两个小孩在灯下闭着眼睛，一起复述主客双方的话，一句也没有漏掉。顾和听见了，离开座位，拉着他们的耳朵说："真是没有想到啊，像我们这样的衰落之家，还能生下这样的宝贝！"

【原典】

晋孝武年十二①，时冬天，昼日不著复衣，但著单练衫五六重，夜则累茵褥。谢公谏曰："圣体宜令有常。陛下昼过冷，夜过热，恐非摄养之术。"帝曰："昼动夜静。"谢公出叹曰："上理不减先帝。"

【注释】

①晋孝武：司马曜，东晋第九位皇帝。

【译文】

晋孝武帝十二岁那年，当时正是冬天，他白天不穿夹衣，只穿五六件白绢上衣，夜里却铺着几层垫褥。谢安劝诫他说："圣上的贵体应该生活得有规律。陛下白天太冷，夜里太热，这恐怕不是养生的好办法。"孝武帝说："白天活动人就不会觉得冷，夜里不动弹身体就不会觉得热。"谢安退出来，赞叹说："皇上说理丝毫不比先帝差。"

【原典】

桓宣武薨[①]，桓南郡年五岁[②]，服始除，桓车骑与送故文武别[③]，因指与南郡："此皆汝家故吏佐。"玄应声恸哭，酸感傍人。车骑每自目己坐曰："灵宝成人，当以此坐还之。"鞠爱过于所生。

【注释】

①桓宣武：桓温。②桓南郡：桓玄，桓温子，袭封南郡公。③桓车骑：桓冲（328—384），字幼子，桓温弟，东晋时官至车骑将军。

【译文】

桓温去世时，南郡公桓玄只有五岁，守孝期满，刚脱下丧服，车骑将军桓冲和前来送故的文武官员道别，便指着他们告诉桓玄说："这些人都是你父亲的老下属。"桓玄随着他的话恸哭起来，神情非常悲伤感人。桓冲每每看着自己的座位说："等桓玄长大成人，我就要把这个座位交还给他。"桓冲抚养、疼爱桓玄超过了自己的儿女。

豪爽第十三

【原典】

王大将军年少时[1]，旧有田舍名[2]，语音亦楚。武帝唤时贤共言伎艺事[3]。人皆多有所知，唯王都无所关，意色殊恶，自言知打鼓吹[4]。帝令取鼓与之，于坐振袖而起，扬槌奋击，音节谐捷，神气豪上，傍若无人。举坐叹其雄爽。

【注释】

①王大将军：王敦。②田舍：指乡巴佬，庄稼汉，有轻视意。③伎艺：技能，才艺。④鼓吹：指鼓，击鼓。

【译文】

大将军王敦年轻时，一向有乡巴佬这个称号，说的话也带有楚音。晋武帝召集当时的名流一起谈论技艺的事，别人大多数都能知道一些，只有王敦一点也不关注这些事，神态、脸色都很不好，自称只懂得打鼓。武帝叫人拿鼓给他，他马上从座位上振臂站起，扬起鼓槌，精神振奋地击起鼓来，鼓声急促和谐，气概豪迈，一副旁若无人的阵势。满座的人都惊叹他的威武豪爽。

【原典】

晋明帝欲起池台[1]，元帝不许[2]。帝时为太子，好养武士。一夕中作池，比晓便成[3]。今太子西池是也。

【注释】

①晋明帝：司马绍。②元帝：司马睿，明帝之父。③比晓：等到天亮。

【译文】

晋明帝想建池沼、修亭台，他父亲元帝不答应。当时明帝还是太子，喜欢供养一些武士。有一天晚上，他半夜叫这些人建池沼，于是到天亮就挖成了。这就是现在的太子西池。

【原典】

王大将军始欲下都处分树置[①]，先遣参军告朝廷[②]，讽旨时贤[③]。祖车骑尚未镇寿春[④]，瞋目厉声语使人曰："卿语阿黑[⑤]：何敢不逊！催摄面去，须臾不尔，我将三千兵，槊脚令上！"王闻之而止。

【注释】

①王大将军：王敦。②参军：王敦军府之属官。③讽旨：以委婉的语言暗示意图。④祖车骑：祖逖，字士稚，死后赠车骑将军。⑤阿黑：王敦之小字。

【译文】

大将军王敦原要沿江东下到京都处置朝廷政事，实现谋权的野心，他先派参军去报告朝廷，并向当时的名流之士暗示自己的意图。那时车骑将军祖逖还没有移到寿春镇守，他瞪起眼睛声色俱厉地告诉王敦的使者说："你去告诉阿黑：他怎么敢如此胆大妄为！叫他赶紧收起老脸躲开，如果不马上走，我就要率领三千兵马，用长矛戳他的脚赶他回去。"王敦听说后，就打消了念头。

【原典】

桓宣武平蜀[①]，集参僚置酒于李势殿[②]，巴、蜀缙绅，莫不来萃。桓既素有雄情爽气，加尔日音调英发，叙古今成败由人，存亡系才。其状磊落，一坐叹赏。既散，诸人追味余言。于时寻阳周馥曰[③]："恨卿辈不见王大将军。"

【注释】

①平蜀：指桓温平定成汉事。②李势：成汉第二代国主，降晋，封归义侯。③周馥：字湛隐，曾为王敦的属官，东晋寻阳（今江西九江）人。

【译文】

桓温平定蜀地后，在李势原先的宫殿里设下酒宴和下属聚会，巴、蜀一带的大官全都邀请来聚会。桓温一向有豪放的性情和直爽的气概，所以这一天的谈话语调越发英气勃勃，畅谈古今成败在人，存亡关键在于人才，加上他仪态英俊威武，满座的人都很赞赏。散会以后，大家都还在回忆和把玩他话里的意思，这时寻阳人周馥说："可惜的是你们没有见过王敦大将军！"

【原典】

桓公读《高士传》[①]，至於陵仲子[②]，便掷去曰："谁能作此溪刻自处[③]！"

【注释】

①桓公：桓温。②於（wū）陵仲子：陈仲子，字子终，战国时齐国高士。住在於陵，夫妻俩靠编草鞋、织布过活。他哥哥任齐国丞相，仲子认为哥哥的俸禄是不义之财，分文不取。一次有人送他哥哥一只鹅，他母亲杀给他吃，当他知道是别人送他哥哥的，就立刻吐了出来。楚王想请他出任丞相，他便和妻子逃到别处去给人做工，自食其力。③溪刻：指行事苛刻不近情理。

【译文】

桓温读《高士传》时，读到於陵仲子的传记，便把书抛开，说："谁能用这种苛刻的、不近情理的做法来对待自己呢！"

【原典】

桓石虔[①]，司空豁之长庶也[②]。小字镇恶。年十七八未被举[③]，而童隶已呼为镇恶郎。尝住宣武斋头。从征枋头，车骑冲没陈[④]，左右莫能先救。宣武谓曰："汝叔落贼，汝知不？"石虔闻之，气甚奋。命朱辟为副，策马于数万众中，莫有抗者，径致冲还，三军叹服。河朔后以其名断疟。

【注释】

①桓石虔：小字镇恶，桓温之侄。②司空豁：桓豁，字朗子，桓温之弟。长（zhǎng）庶：指妾所生子中的长子。③举：指正式承认身份地位。④车骑冲：桓冲，他曾任车骑将军。

【译文】

桓石虔是司空桓豁的庶出长子，小名叫镇恶。十七八岁了，身份地位还没有得到承认，而奴仆们已经称呼他为镇恶郎了。他曾住在桓温书斋里。后来跟随桓温出征到枋头，在一次战斗中，车骑将军桓冲陷入敌阵，他手下的人没有谁能冲过去救他。桓温告诉石虔说："你叔父落入敌军阵营中了，你知道吗？"石虔听了，顿时感到勇气倍增，就命令朱辟做自己的副手，跃马扬鞭冲入几万敌军重重包围重阵，没有谁能抵挡得了他，他径直把桓冲救了回来，全军上下所有人都很称赞佩服他。后来黄河以北的居民就拿他的名字来驱赶疟鬼。

【原典】

王司州在谢公坐[①]，咏"入不言兮出不辞，乘回风兮载云旗"。语人云："当尔时，觉一坐无人。"

【注释】

①王司州：王胡之，字修龄，官至司州刺史。

【译文】

司州刺史王胡之有一次在谢安家作客，朗诵起“入不言兮出不辞，乘回风兮载云旗”的诗句。他告诉别人说：“每当我读到这里的时候，就感觉四周像没有一个人似的。”

容止第十四

【原典】

魏武将见匈奴使[①]，自以形陋，不足雄远国，使崔季珪代[②]，帝自捉刀立床头。既毕，令间谍问曰："魏王何如？"匈奴使答曰："魏王雅望非常，然床头捉刀人，此乃英雄也。"魏武闻之，追杀此使。

【注释】

①魏武：曹操。②崔季珪：崔琰，字季珪，三国魏东武城（今属山东）人。

【译文】

曹操将要接见远方的匈奴使者，自感觉相貌丑陋，不足以在匈奴使者面前称雄，于是就让崔琰来代替自己，自己就握刀站在床头。接见完毕，派间谍问道："魏王何如？"匈奴使答曰："魏王的仪容风采非同一般人，但是床头的握刀之人，这才是真英雄啊。"曹操听了这话，派人追杀这位使者。

【原典】

何平叔美姿仪[①]，面至白；魏明帝疑其傅粉[②]。正夏月，与热汤饼。既啖，大汗出，以朱衣自拭，色转皎然。

【注释】

①何平叔：何晏。②魏明帝：曹睿字元仲，三国魏第二代君主，文帝曹丕之子。

【译文】

何晏姿态仪容非常俊美，脸上的皮肤很白，魏明帝怀疑他的脸擦了粉。正值夏天，就拿热汤面给他吃。何晏吃完，出了大汗，便用官服揩拭，脸色更加洁白了。

【原典】

魏明帝使后弟毛曾与夏侯玄共坐[①]，时人谓“蒹葭倚玉树”。

【注释】

①魏明帝：曹睿。

【译文】

魏明帝让皇后的弟弟毛曾与夏侯玄坐在一起，当时的人都说：“芦苇倚靠着玉树”。

【原典】

时人目“夏侯太初朗朗如日月之入怀[①]，李安国颓唐如玉山之将崩[②]”。

【注释】

①夏侯太初：夏侯玄。②李安国：李丰，字安国，三国魏时仕至中书令。

【译文】

当时的人评论“夏侯玄好像怀里揣着日月一样光彩照人，李丰精神不振，像玉山将要崩塌一样”。

【原典】

嵇康身长七尺八寸，风姿特秀。见者叹曰：“萧萧肃肃[①]，爽朗清举。”或云：“肃肃如松下风，高而徐引[②]。”山公曰：“嵇叔夜之为人也，岩岩若孤松之独立[③]；其醉也，傀俄若玉山之将崩[④]。”

【注释】

①萧萧肃肃：形容举止风度潇洒脱俗严整的样子。②高而徐引：高远而绵长。③岩岩：高大威武的样子。④傀俄：通“巍峨”，山高峻的样子。

【译文】

嵇康身高七尺八寸，风度姿态秀美出众。见到他的人都赞美说："他举止潇洒安详，气质豪爽清逸。"有人说："他像松树间沙沙作响的风声，高远而舒缓悠长。"山涛评论他说："嵇康的为人，像挺拔的孤松傲然独立；他的醉态，像高大的玉山快要倾倒。"

【原典】

裴令公目王安丰："眼烂烂如岩下电[①]。"

【注释】

①眼烂烂：指目光闪闪。烂烂，明亮的样子。岩下：山岩之下，是眉棱下的比喻。

【译文】

中书令裴楷评论安丰侯王戎说："他的目光灼灼射人，像岩下闪电。"

【原典】

潘岳妙有姿容，好神情[①]。少时挟弹出洛阳道，妇人遇者，莫不连手共萦之[②]。左太冲绝丑[③]，亦复效岳游遨，于是群妪齐共乱唾之，委顿而返[④]。

【注释】

①神情：神态风度。②萦：围绕。③左太冲：左思，字太冲，貌丑口讷而善著文。④委顿：疲乏困顿。

【译文】

潘岳拥有美好的容貌和优雅的神态风度。年轻时夹着弹弓走在洛阳大街上，遇到他的妇人，无不手拉手地一同围住他。左思长得非常难看，他也来学潘岳到处游逛，这时妇女们就都向他乱吐唾沫，他只好垂头丧气地回来。

【原典】

王夷甫容貌整丽[①]，妙于谈玄，恒捉白玉柄麈尾，与手都无分别。

【注释】

①王夷甫：王衍。整丽：端正美好。

【译文】

王衍容貌端庄、漂亮，貌美，很善于谈玄，平时总拿着白玉柄的拂尘，白玉的颜色和他的手几乎一点都没有区别。

【原典】

潘安仁①、夏侯湛并有美容，喜同行，时人谓之“连璧②”。

【注释】

①潘安仁：潘岳。②连璧：双璧，两块玉璧并列。璧，扁圆形中心有孔的玉饰，也泛指玉。

【译文】

潘岳和夏侯湛两人长得都很漂亮，而且喜欢一同出行，当时的人们评论他们是“连璧”。

【原典】

裴令公有俊容仪，脱冠冕①，粗服乱头皆好。时人以为“玉人②”。见者曰：“见裴叔则，如玉山上行，光映照人。”

【注释】

①冠冕：帝王、大夫所戴的礼帽。②玉人：比喻容貌美丽的人。

【译文】

中书令裴楷仪表出众，即使脱下礼帽，穿着粗陋的衣服，头发蓬松，那个样子看上去也很美，当时的人们都赞美他是“玉人”。而见到他的人则说：“看见裴叔则，就像在玉山上行走，感到光彩照人。”

【原典】

骠骑王武子是卫玠之舅①，俊爽有风姿，见玠，辄叹曰：“珠玉在侧，觉我形秽！”

【注释】

①骠骑：将军名号。王武子：王济，字武子，死后追赠骠骑将军。

【译文】

骠骑将军王济是卫玠的舅舅，生得容貌俊秀，精神清爽，非常有风度和仪表，他每次见到卫玠，总忍不住赞叹说："珠玉就在身边，我觉得我自己的形象变丑了！"

【原典】

有人诣王太尉①，遇安丰②、大将军、丞相在坐；往别屋，见季胤③、平子。还，语人曰："今日之行，触目见琳琅珠玉。"

【注释】

①王太尉：王衍。②安丰：王戎。③季胤：王诩，字季胤，王衍之弟，官至修武令。

【译文】

有人去拜访太尉王衍，遇到安丰侯王戎、大将军王敦、丞相王导在座；到另一个房间去，又见到王诩、王澄。回家后，告诉别人说："今天走这一趟，满眼看到的都是珠宝美玉。"

【原典】

周伯仁道桓茂伦①："嵚崎历落可笑人②。"或云谢幼舆言③。

【注释】

①周伯仁：周顗。桓茂伦：桓彝，字茂伦，善于鉴别人才，享有盛名。②嵚崎（qīn qí）：山高峻，比喻人高大英俊。③谢幼舆：谢鲲，字幼舆，善清言，有识度，与桓彝友善。

【译文】

周顗称赞桓彝："高大英俊，举止潇洒，是个招人喜爱的人。"有人说这是谢鲲说的话。

【原典】

祖士少见卫君长云："此人有旄仗下形①。"

【注释】

①旄（máo）仗：旗帜和仪卫。

【译文】

祖约见到卫永，赞美道："这个人有将帅的风度。"

【原典】

庾太尉在武昌①，秋夜气佳景清，使吏殷浩、王胡之之徒登南楼理咏。音调始遒，闻函道中有屐声甚厉，定是庾公。俄而率左右十许人步来，诸贤欲起避之。公徐云："诸君少住，老子于此处兴复不浅！"因便据胡床②，与诸人咏谑，竟坐甚得任乐。后王逸少下③，与丞相言及此事。丞相曰："元规尔时风范，不得不小颓。"右军答曰："唯丘壑独存④。"

【注释】

①庾太尉：庾亮。②据：靠。胡床：古代由胡地传入的折叠椅。③王逸少：王羲之，字逸少。④丘壑：是隐士所居之地，比喻深远的意境。

【译文】

太尉庾亮在武昌的时候，一天秋夜，天气美好，景色清朗，他的下属殷浩、王胡之等一班人登上南楼吟诗咏唱。就在众人吟兴高昂之时，楼梯上突然传来很重的木板鞋的声音，料定是庾亮来了。接着庾亮带着十来个随从走过来，众人就想起身回避。庾亮慢条斯理地说道："诸君暂且留步，我对这方面也很感兴趣。"于是靠在折叠椅上，和大家一起吟咏、谈笑，满座的人都能尽情欢乐。后来王羲之东下建康，和丞相王导说起这件事。王导说："庾亮那时候的气派也不得不收敛一点。"王羲之回答说："唯独高雅的情趣还保留着。"

【原典】

刘尹道桓公①："鬓如反猬皮，眉如紫石棱，自是孙仲谋②、司马宣王一流人。"

【注释】

①刘尹：刘惔。②孙仲谋：孙权。司马宣王：司马懿。

【译文】

丹阳尹刘惔评论桓温说："双鬓像刺猬毛竖起，眉毛像紫石棱一样有棱有角，确实是孙权、司马懿一类的人。"

【原典】

王敬伦风姿似父①，作侍中，加授桓公②公服，从大门入。桓公望之，曰："大奴固自有凤毛③。"

【注释】

①王敬伦：王劭，字敬伦，小字大奴，王导第五子，官至尚书仆射。②桓公：桓温。③凤毛：凤凰的羽毛，形容有父辈的仪容风采。

【译文】

王劭的风度姿态有他父亲的风范，他在担任侍中时，加授给桓温官服，从大门进入，桓温远远望见他说："大奴身上确实有他父亲的风采。"

【原典】

林公道王长史①："敛衿作一来②，何其轩轩韶举③！"

【注释】

①林公：支遁，字道林，东晋名僧。王长史：王濛。②敛衿（jīn）：收拢衣襟以表恭敬。③轩轩：形容仪态轩昂。韶举：优美的举止。

【译文】

支道林评论长史王濛说："他收拢衣襟站起来时，仪态是多么轩昂挺拔啊！"

【原典】

王长史为中书郎，往敬和许①。尔时积雪，长史从门外下车，步入尚书②，著公服。敬和遥望，叹曰："此不复似世中人！"

【注释】

①敬和：王洽，字敬和，丞相王导之子。②尚书：指尚书省衙门。

【译文】

长史王濛任中书郎的时候，一次往王洽那里去。那时连日下雪，王濛在门外下车，走入尚书省府衙，他穿着官服。王洽远远望见雪景衬着王濛，赞叹说："这哪里像世间中人！"

【原典】

简文作相王时，与谢公共诣桓宣武。王珣先在内[①]，桓语王："卿尝欲见相王，可住帐里。"二客既去，桓谓王曰："定何如？"王曰："相王作辅[②]，自然湛若神君[③]，公亦万夫之望。不然，仆射何得自没[④]？"

【注释】

①王珣：丞相王导之孙。②辅：辅相，丞相。③湛：深沉。神君：神灵、神仙。④仆射（yè）：这里指尚书省，谢安。

【译文】

简文帝任丞相时，曾和谢安一起去看望桓温。王珣先已在桓温的帷帐内，桓温对王珣说："你曾经很想见相王，现在就待在帷帐里吧。"两位客人走了以后，桓温问王珣说："相王究竟怎么样？"王珣说："相王任丞相，自然像神灵一样清澈，您也是万民的希望，不然，谢公又怎么会委屈自己来拜访您呢？"

自新第十五

【原典】

周处年少时①，凶强侠气，为乡里所患。又义兴水中有蛟②，山中有邅迹虎，并皆暴犯百姓，义兴人谓为“三横”，而处尤剧。或说处杀虎斩蛟，实冀“三横”唯余其一。处即刺杀虎，又入水击蛟，蛟或浮或没，行数十里，处与之俱。经三日三夜，乡里皆谓已死，更相庆，竟杀蛟而出。闻里人相庆，始知为人情所患，有自改意。乃入吴寻二陆③，平原不在④，正见清河，具以情告，并云：“欲自修改，而年已蹉跎，终无所成。”清河曰：“古人贵朝闻夕死⑤，况君前途尚可。且人患志之不立，亦何忧令名不彰邪？”处遂改励，终为忠臣孝子。

【注释】

①周处：字子隐，西晋义兴（今江苏宜兴）人，官至御史中丞。②义兴：郡名，西晋时治所在阳羡县（今江苏宜兴）。③二陆：陆机、陆云。④平原：陆机曾任平原内史，故称。⑤朝闻夕死：典出《论语·里仁》：“朝闻道，夕死可矣。”意思是说，人贵在得道，如果早晨听到圣贤之道，那么即使晚上死了也算不虚度一生了。

【译文】

周处年轻时，性格凶狠倔强，行事爱好武斗，是乡里的祸害。加上义兴郡河里有蛟龙，山上有跛足的老虎，危害百姓，义兴人就把他们叫作三害，而周处的危害最为严重。有人劝周处去杀虎斩蛟，其实是希望三害可以只剩一害。周处立刻上山刺杀了老虎，又下河去斩蛟龙。蛟龙时而浮出水面，时而潜入水底，游了几十里，周处始终和蛟龙在一起搏斗。经过三天三夜，乡亲们都认为他已经死了，互相庆贺，没想到周处竟然杀死蛟龙，从水里出来了。他听说了乡亲们互相庆贺的真实情况之后，才知道自己是被人们所痛恨的人，就打算改过自新。于是周处去吴郡寻找陆机、陆云两兄弟，平原内史陆机不在家，只见到清河内史陆云，他把自己的情况一五一十地告诉了陆云，并且说："我很想加强修养，改正错误，可是以前虚度了不少光阴，担心我以后也很难有什么成就。"陆云说："古人尚且重视朝闻夕死，何况您的将来还长远着。再说，人最怕的事情是不能立志，所以你又何必担心美名不能显扬呢？"周处从此后便改正错误，振作起来，终于成了忠臣孝子。

【原典】

戴渊少时①，游侠不治行检②，尝在江淮间攻掠商旅。陆机赴假还洛，辎重甚盛。渊使少年掠劫，渊在岸上，据胡床，指麾左右，皆得其宜。渊既神姿峰颖，虽处鄙事，神气犹异。机于船屋上遥谓之曰："卿才如此，亦复作劫邪？"渊便泣涕，投剑归机，辞厉非常。机弥重之，定交，作笔荐焉。过江，仕至征西将军。

【注释】

①戴渊：即戴俨，字若思，晋广陵（今江苏淮阴西南）人，官至征西将军。②游侠：指好交游，乐于助人，重义轻生，或勇于不轨行为者。行检：品行操守。

【译文】

戴渊年轻时，爱行侠仗义，不太注意个人品行的修炼，曾在长江、淮河一带袭击、抢劫商人和旅客。陆机休假后回洛阳，随身带的行李较多，戴渊就指使一班年轻人去抢劫，他在岸上，坐在马扎儿上指挥手下的人，安排得头头是道。戴渊原本风度仪态挺拔不凡，虽然是处理抢劫这类事情，神情与气度仍然是显得与众不同。陆机在船舱里远远地对他说："你有这样的才能，还要做强盗吗？"戴渊感悟流泪，便扔掉手中的剑投靠了陆机，加上他的谈吐非同一般，陆机更加看重他，和他结为朋友，并写信推荐他。过江以后，戴渊做官做到了征西将军。

企羡第十六

【原典】

王丞相拜司空[1]，桓廷尉作两髻[2]、葛群、策杖，路边窥之，叹曰：“人言阿龙超[3]，阿龙故自超。”不觉至台门。

【注释】

①王丞相：王导。司空：官名，三公之一。②桓廷尉：桓彝，以善于识鉴品评人物著称。③阿龙：王导小字。超：超脱。

【译文】

丞相王导受任为司空，就任的时候，廷尉桓彝梳起两个发髻，穿着葛布下裳，拄着拐杖，在路边观看他，赞叹道：“人们都说阿龙出众，看过之后才知道阿龙确实出众！”不自觉地跟随对方到了官府大门口。

【原典】

王丞相过江[1]，自说昔在洛水边，数与裴成公、阮千里诸贤共谈道[2]。羊曼曰：“人久以此许卿，何须复尔？”王曰：“亦不言我须此，但欲尔时不可得耳！”

【注释】

①王丞相：王导。②裴成公：裴颀，又封钜鹿公，西晋名士。阮千里：阮瞻，字千里，阮咸之子，善谈名理。

【译文】

丞相王导到了江南以后，自己说起以前在洛水岸边，经常和裴颀、阮瞻等诸贤达一起谈论名理的事。羊曼说：“人们早就因为这件事而称赞你了，哪里还需要再说呢？”王导感慨道：“也不是说我需要这些称赞，只是怀念不会再有那样的时光了啊！”

【原典】

王右军得人以《兰亭集序》方《金谷诗序》①，又以己敌石崇，甚有欣色。

【注释】

①王右军：王羲之。

【译文】

右军将军王羲之得知人们把他写的《兰亭集序》和《金谷诗序》相提并论，又把自己和石崇相当，脸上便流露出喜悦的神色。

伤逝第十七

【原典】

王仲宣好驴鸣①。既葬，文帝临其丧②，顾语同游曰："王好驴鸣，可各作一声以送之。"赴客皆一作驴鸣。

【注释】

①王仲宣：王粲，字仲宣，魏国人，建安七子之一。②文帝：魏文帝曹丕。

【译文】

王粲生前喜欢听驴叫。到安葬时，魏文帝曹丕去参加他的葬礼，回头对往日同游的人说："王粲在世的时候喜欢听驴叫，因此我们每个人应该学一声驴叫来送他。"于是去吊丧的客人都学了一声驴叫。

【原典】

王濬冲为尚书令①，著公服，乘轺车②，经黄公酒垆下过③，顾谓后车客："吾昔与嵇叔夜、阮嗣宗共酣饮于此垆④，竹林之游，亦预其末。自嵇生夭、阮公亡以来，便为时所羁绁。今日视此虽近，邈若山河。"

【注释】

①王濬冲：王戎，字濬冲。②轺（yáo）车：用一匹马拉的轻便马车。③酒垆：酒店里放酒瓮的土台子，这里借指酒店。④嵇叔夜：嵇康。阮嗣宗：阮籍。

【译文】

王戎任尚书令时，穿着官服，坐着轻车，从黄公酒垆旁边经过，他回头对坐在车后的客人说："我以前和嵇康、阮籍一起在这家酒店畅饮过，竹林中的游玩，我也参加过。自从嵇康早逝、阮籍亡故以来，我就被时势给缠住了。今天看着这间酒店虽然很近，但是追怀起往事，它却又像隔着山河一样遥远。”

【原典】

卫洗马以永嘉六年丧[①]，谢鲲哭之，感动路人。咸和中[②]，丞相王公教曰[③]：“卫洗马当改葬。此君风流名士，海内所瞻，可修薄祭[④]，以敦旧好[⑤]。”

【注释】

①卫洗（xiǎn）马：卫玠，官任太子洗马，故称。②咸和：东晋成帝年号。③教：诸侯王公的文告。④薄祭：菲薄的祭品，这里是对死者的谦词。⑤敦：增强，增加。

【译文】

太子洗马卫玠在永嘉六年去世，谢鲲前去吊丧，哭声感动了路人。咸和年间，丞相王导发表文告说：“卫洗马今当改葬。这位君子是风雅名流，受到天下人的仰慕，大家应该准备些简单的祭祀物品，来增加我们与昔日好朋友之间的情谊。”

【原典】

顾彦先平生好琴[①]，及丧，家人常以琴置灵床上。张季鹰往哭之[②]，不胜其恸，遂径上床[③]，鼓琴，作数曲竟，抚琴曰：“顾彦先颇复赏此不？”因又大恸，遂不执孝子手而出。

【注释】

①顾彦先：顾荣，字彦先，东吴丞相顾雍之孙，吴降晋后，任尚书郎等。②张季鹰：张翰，字季鹰，与顾荣同乡，相友善。③径：直接。

【译文】

顾荣在世的时候喜欢弹琴，当他死后，家人总是把琴放在灵座上。张翰去吊丧，非常悲痛，便径直坐在灵座上弹琴，弹完了几曲，抚摩着琴说：“顾荣还能再欣赏这个曲子吗？”于是又哭得非常伤心，竟没有握孝子的手就出去了。

【原典】

庾亮儿遭苏峻难遇害。诸葛道明女为庾儿妇[1]，既寡，将改适，与亮书及之。亮答曰："贤女尚少，故其宜也。感念亡儿，若在初没。"

【注释】

①诸葛道明：诸葛恢。

【译文】

庾亮的儿子庾会在苏峻的叛乱中被杀。诸葛恢的女儿是庾会的妻子，守寡后，将要改嫁，诸葛恢写信给庾亮谈到这件事。庾亮回信说："令爱还很年轻，这样做自然合适。只是感念我那死去的孩儿，就像他刚刚去世时那样。"

【原典】

郗嘉宾丧[1]，左右白郗公"郎丧"，既闻，不悲，因语左右："殡时可道。"公往临殡，一恸几绝。

【注释】

①郗嘉宾：郗超，字嘉宾。

【译文】

郗超死了，手下的人禀告郗愔："大郎死了"，郗愔听了，并不悲伤，只是告诉手下的人说："入殓时可以告诉我。"临到入殓，郗愔去参加大殓礼，一下子哀痛得几乎气绝。

【原典】

戴公见林法师墓[1]，曰："德音未远[2]，而拱木已积。冀神理绵绵，不与气运俱尽耳！"

【注释】

①戴公：戴逵。林法师：支道林。②德音：对他人言辞的敬称。

【译文】

戴逵看见支道林法师的坟墓，说："您那高明的言谈如今仍飘荡在耳边，可是您墓上的树木现在都已经连成一片了。但愿您那精湛的玄理能够绵延不断地流传下去，不会和人的寿命一起消逝啊！”

【原典】

王子猷、子敬俱病笃[①]，而子敬先亡。子猷问左右："何以都不闻消息？此已丧矣！"语时了不悲[②]。便索舆来奔丧，都不哭。子敬素好琴，便径入坐灵床上，取子敬琴弹，弦既不调[③]，掷地云："子敬！子敬！人琴俱亡。"因恸绝良久，月余亦卒。

【注释】

①王子猷：王徽之，字子猷，王羲之第五子。②了：完全。③调：协调，和谐。

【译文】

王徽之和王献之都病得很重，王献之先去世。一天王徽之问伺候他的人说："为什么一点也没有听到王献之的消息？他是不是去世了！"说话时一点也不悲伤。于是就要备车去奔丧，一点也没有哭。王献之平时喜欢弹琴，王徽之便一直进去坐在灵座上，拿过王献之的琴来弹，琴弦怎么也调不好，他就把琴扔到地上说："子敬，子敬，你现在人和琴都不在了！"说完就悲伤过度晕了过去，很久才醒过来，过了一个多月他也去世了。

【原典】

羊孚年三十一卒，桓玄与羊欣书曰[①]："贤从情所信寄[②]，暴疾而殒，祝予之叹[③]，如何可言！"

【注释】

①羊欣：字敬元，是羊孚同曾祖的堂弟，善隶书。②贤：令堂兄。信寄：信赖寄托。③祝予：断绝我。

【译文】

羊孚三十一岁时死了，桓玄给羊欣的信上说："贤堂兄是我所信赖的，友情所寄托的人，突然暴病而死，这是天将亡我之兆啊，内心的悲伤怎么能用言语来表达清楚呢！"

栖逸第十八

【原典】

阮步兵啸①，闻数百步。苏门山中②，忽有真人，樵伐者咸共传说。阮籍往观，见其人拥膝岩侧。籍登岭就之，箕踞相对③。籍商略终古，上陈黄、农玄寂之道，下考三代盛德之美，以问之，仡然不应。复叙有为之教④，栖神导气之术以观之，彼犹如前，凝瞩不转。籍因对之长啸。良久，乃笑曰："可更作。"籍复啸。意尽，退，还半岭许，闻上嘈然有声，如数部鼓吹，林谷传响。顾看，乃向人啸也。

【注释】

①阮步兵：阮籍，曾任步兵校尉，故称。②苏门山：山名，又名苏岭、北门山，在今河南辉县。③箕踞：一种傲慢放达的坐姿，两足伸开，状如簸箕。④有为之教：有作为的学说，指儒家学说。

【译文】

步兵校尉阮籍的口哨声能传至几百步之外。在苏门山中，忽然之间出现了一位得道的真人，砍柴人全都这样传说。阮籍去察看，看见那个人抱膝坐在山岩旁。阮籍登山去见他，两人伸开腿对坐着。阮籍评论古代历史事件，往上述说黄帝、神农时代玄妙虚无的主张，往下考究夏、商、周三代深厚的美德，拿这些来问他，那人昂着头，没有回答。阮籍又另外说到儒家的德教主张，道家凝神导气的方法，拿这些来考察他，他还是像原先那样，目不转睛地凝视着。阮籍便对着他长长地吹了一个口哨。过了好一会儿，他才笑着说："你可以再吹一次。"阮籍又吹了一次。待到意兴已尽之后，便退了下来，约摸回到半山腰处，听到山顶上口哨声悠然长远，好像几支乐队在演奏吹曲一样，乐声在树林山谷间传播回荡。阮籍回头一看，原来是刚才那个人在吹口哨。

【原典】

嵇康游于汲郡山中[①]，遇道士孙登，遂与之游。康临去，登曰："君才则高矣，保身之道不足。"

【注释】

①汲郡：郡名，治所在今河南汲县西南。

【译文】

嵇康到汲郡的山里游玩，遇见道士孙登，便与他一起游玩和学习。嵇康临走时，孙登说："您的才学尽管已经很高了，但是你保身的方法还欠缺些。"

【原典】

山公将去选曹[①]，欲举嵇康；康与书告绝。

【注释】

①山公：山涛。选曹：主管选拔官吏的官署。

【译文】

山涛将不再担任选曹这个官职，就想推荐嵇康来接替，但嵇康却写信宣告与他绝交。

【原典】

李廞是茂曾第五子[①]，清贞有远操[②]，而少羸病，不肯婚宦。居在临海，住兄侍中墓下。既有高名，王丞相欲招礼之，故辟为府掾[③]。廞得笺命[④]，笑曰："茂弘乃复以一爵假人[⑤]！"

【注释】

①李廞（xīn）：字宗子，江夏钟武（今河南信阳东南）人。②清贞：指心性清雅贞洁。远操：远大的志向。③府掾（yuàn）：丞相府的属官。④笺命：授官文书。⑤假人：借给人，这里指给予人。

【译文】

李廞是李茂曾的第五个儿子，为人清正，有高尚的品德，只是从小就体弱多病，所以不肯结婚做官。他家在临海郡时，就暂住在他哥哥李式的陵园里。他有了很大名声以后，丞相王导想聘请并礼待他，所以就想将他调来做相府的属官。李廞得到了王导的任命信，笑着说："王导竟然送一个官爵给我。"

【原典】

阮光禄在东山[①]，萧然无事，常内足于怀。有人以问王右军，右军曰："此君近不惊宠辱，虽古之沉冥[②]，何以过此？"

【注释】

①阮光禄：阮裕，曾任金紫光禄大夫，故称。东山：在今浙江上虞西南。②沉冥：深藏不露之人，指隐士。

【译文】

光禄大夫阮裕隐居在东山，日子虽然过得清静无为，但是内心一直都很自足。有人因此问右军将军王羲之，羲之说："这位先生近来宠辱不惊，就是古时候深藏不露的隐士，怎能超过这种境界？"

【原典】

南阳刘驎之[①]，高率，善史传[②]，隐于阳岐。于时苻坚临江，荆州刺史桓冲将尽讦谟之益[③]，征为长史，遣人船往迎，赠贶甚厚。驎之闻命，便升舟，悉不受所饷，缘道以乞穷乏，比至上明亦尽。一见冲，因陈无用，翛然而退。居阳岐积年，衣食有无常，与村人共。值己匮乏，村人亦如之。甚厚，为乡闾所安。

【注释】

①南阳：郡名，治所在今河南南阳。刘驎之：字子骥，好游山水，清心寡欲，有避世隐居之志。②高率：高尚真率。③讦谟（xū mó）：宏图大计，此处指桓冲准备举兵抵御苻坚。

【译文】

南阳人刘驎之，为人高尚直率，通晓古今史实，在阳岐村隐居。当时，苻坚率部南侵已经逼近长江，荆州刺史桓冲想尽力实现有利于国家的宏图大计，就聘刘驎之任长史，派人和船前去迎接他，赠送的礼物也很丰富。刘驎之只好从命，就上船出发，但桓冲所送的礼物他却一点儿也没有收受，而是沿途拿来送给贫困的人，等走到上明城，礼物也都送完了。他一见到桓冲，就陈述自己是无能之辈，然后就辞去职务很潇洒地告退出来。他在阳岐村住了多年，衣食向来和村里人互通有无。碰到自己短缺了，村里人也同样帮助他。他为人朴实厚道，村里的人也都很喜欢和他相处。

【原典】

南阳翟道渊与汝南周子南少相友[①]，共隐于寻阳[②]。庾太尉说周以当世之务，周遂仕，翟秉志弥固[③]。其后周诣翟，翟不与语。

【注释】

①翟道渊：翟汤，字道渊，南阳（今属河南）人。周子南：周邵，字子南，汝南人。②寻阳：郡名，治所在今江西九江西。③秉志：坚守自己的隐居不仕的志趣。

【译文】

南阳人翟汤和汝南人周邵两人从小就关系很友好，他们曾一道在寻阳县隐居。太尉庾亮曾劝说周邵要懂得关心当代国家大事，于是周邵便出来做官了，而翟汤却更加坚定了自己隐居的志向。后来周邵去看望翟汤，翟汤便不和他说话。

【原典】

孟万年及弟少孤[①]，居武昌阳新县。万年游宦[②]，有盛名当世。少孤未尝出，京邑人士思欲见之，乃遣信报少孤，云“兄病笃”。狼狈至都。时贤见之者，莫不嗟重，因相谓曰：“少孤如此，万年可死。”

【注释】

①孟万年：孟嘉，字万年。少孤：孟陋，字少孤，孟嘉之弟，博学多通，曾注《论语》行于世。②游宦：外出做官。

【译文】

孟嘉和他弟弟孟陋，住在武昌郡阳新县。孟嘉外出做官，在当时很有名望。孟陋没有离开家到外面做过官，当时京城里的名流想见他，就派人送信给孟陋说“你哥哥病重。”孟陋就急急忙忙地赶到京城。见到他的当代贤达，没有谁不赞叹、敬重他，于是他们评论说：“孟陋的才学品行如此，孟嘉可以死而无憾了。”

【原典】

戴安道既厉操东山[①]，而其兄欲建式遏之功。谢太傅曰[②]：“卿兄弟志业[③]，何其太殊？”戴曰：“下官‘不堪其忧’，家弟‘不改其乐’。”

【注释】

①戴安道：戴逵，字安道，善鼓琴书画，不仕而终。厉操：磨炼节操。②谢太傅：谢安。③志业：志趣事业。

【译文】

戴逵已经在东山隐居，他哥哥又想为国家建功立业。太傅谢安对他哥哥说：“你们兄弟俩的志向、事业，怎么差异这么大呢？”他哥哥回答说：“下官受不了那种忧愁，而我弟弟却改不了那种乐趣。”

【原典】

郗超每闻欲高尚隐退者，辄为办百万资，并为造立居宇。在剡，为戴公起宅[①]，甚精整。戴始往旧居，与所亲书曰：“近至剡，如官舍。”郗为傅约亦办百万资[②]，傅隐事差互[③]，故不果遗[④]。

【注释】

①剡（shàn）：县名，在今浙江嵊州。戴公：戴逵。②傅约：傅琼，小字约。③差互：指事情出差错或未办成。④果遗：指馈赠未能成为现实。

【译文】

郗超每次听到崇尚高远想隐居的人，就为他们筹措百万钱，并且给他们盖房子。在会稽郡剡县时，他就给戴逵盖了房子，非常精致完美。戴逵刚前去居住时，给亲友写信说："最近到了剡地，就好像住进官衙一样。"郗超也为傅约筹集了百万钱财，后来傅约隐居一事错过了机会，所以馈赠未能成为事实。

贤媛第十九

【原典】

陈婴者[1]，东阳人。少修德行，著称乡党[2]。秦末大乱，东阳人欲奉婴为主，母曰："不可！自我为汝家妇，少见贫贱，一旦富贵，不祥。不如以兵属人[3]：事成，少受其利；不成，祸有所归。"

【注释】

①陈婴：秦末东阳（今安徽天长）人，初为项羽干将，项羽死后归汉。②乡党：乡里，家乡。③属：归属，托付。

【译文】

陈婴是东阳县人，从小就很注意自己的道德品行，在家乡享有很高的名望。秦代末年，天下大乱，东阳人想拥护陈婴做首领，陈母对陈婴说："不行！自从我做了陈家的媳妇后，年轻时就见你家很贫贱，现在很容易一下子就取得了富贵，这是不吉祥的。不如把军队交给别人：事成了，可以稍为取得些好处；而如果失败了，灾祸也自有别人去承担。"

【原典】

汉元帝宫人既多[1]，乃令画工图之，欲有呼者，辄披图召之。其中常者，皆行货赂。王明君姿容甚丽[2]，志不苟求[3]，工遂毁为其状。后匈奴来和，求美女于汉帝，帝以明君充行。既召见而惜之。但名字已去，不欲中改，于是遂行。

【注释】

①汉元帝：刘奭（shì），汉宣帝之子，西汉第八位皇帝，在位十六

年，重视儒术，与匈奴和亲。②王明君：王昭君，晋人为避文帝司马昭之讳，改为王明君。王昭君为汉元帝时宫人，汉元帝对北方匈奴实行和亲政策，将昭君嫁给匈奴呼韩邪单于，为宁胡阏氏。③苟求：苟且求情。

【译文】

汉元帝时，后宫宫女很多，于是就让画工去画下她们的相貌，自己想要召见她们时，就翻看画像按图召见。宫女中相貌一般的人，都贿赂画工，使自己被画得好看些。王昭君容貌非常美丽，她立志不苟且求情，画工便在作画时将她画得很丑。后匈奴来要求和亲，向汉元帝求赐美女，元帝便拿昭君当做皇族女嫁去。等到召见昭君后，才发现她长得很美，心中非常舍不得，但是昭君的名字已经告诉了匈奴，又不想中途更改，于是王昭君就去了匈奴。

【原典】

汉成帝幸赵飞燕[①]，飞燕谗班婕妤祝诅[②]，于是考问。辞曰："妾闻死生有命，富贵在天。修善尚不蒙福，为邪欲以何望？若鬼神有知，不受邪佞之诉；若其无知，诉之何益？故不为也。"

【注释】

①汉成帝：刘骜（前51—前7），字太孙，元帝子。赵飞燕：原为长安宫女，善歌舞，号飞燕，后为成帝所宠幸，立为皇后。②班婕妤（jié yú）：汉成帝宠姬，因遭赵飞燕谗毁失宠。

【译文】

汉成帝很宠爱赵飞燕，飞燕诬陷班婕妤祈求鬼神加祸于后宫，于是成帝就拷问班婕妤。班的供词说："我听说人的死生由命运来决定，富贵随天意去安排。做好事都不一定能得福报，起邪念又想得到什么呢？如果鬼神有知觉，就不会接受那种邪恶谄佞的祷告；如果鬼神没有知觉，向它祷告又有什么用呢？所以我是不会做这种事的。"

【原典】

许允妇是阮卫尉女[①]，德如妹[②]，奇丑。交礼竟，允无复入理，家人深以为忧。会允有客至，妇令婢视之，还答曰："是桓郎。"桓郎者，桓范也[3]。妇云："无忧，桓必劝入。"桓果语许云："阮家既嫁丑女与卿，故当有意，卿宜察之。"许便回入内。既见妇，即欲出。妇料其此出，无复入理，便捉裾停之。"许因谓曰："妇有四德[4]，卿有其几？"妇曰："新妇所乏唯容尔。然士有百行[5]，君有几？"许云："皆备。"妇曰："夫百行以德为首，君好色不好德，何谓皆备？"允有惭色，遂相敬重。

【注释】

①阮卫尉：阮共，字伯彦，尉氏（今属河南）人，官至卫尉卿。②德如：阮侃，字德如，阮共之子。③桓范：字元则，魏沛郡（今安徽宿州）人，官大司农。④四德：古代指妇女应具备的四种德行：品德、言语、容仪、女功。⑤百行：指多方面的品行。

【译文】

许允的妻子是卫尉卿阮共的女儿，阮侃的妹妹，长相特别丑。新婚行完交拜礼，许允就不想再进新房去，家里人都为这事而感到十分担忧。一天，有位客人来看望许允，新娘便叫婢女去打听是谁来了，婢女回来后说："是桓郎。"桓郎就是桓范。新娘说："这下好了不用担心了，桓郎一定会劝他进来的。"桓范果然劝许允说："阮家既然嫁个丑女给你，想必是有一些想法的，你应该学会体察和明白。"许允便转身进入新房，见了新娘，马上就想退出。新娘料定他这一走再也不可能进来了，就拉住他的衣襟让他留下。许允便问她说；"妇女应该有四种美德，你有其中哪几种？"新娘说："新妇所缺少的只是容貌罢了。可是读书人应该有各种好品行，您有几种？"许允说："样样都有。"新娘说："各种好品行里头首要的是德，可是您爱色不爱德，怎么能说样样都有？"许允听了，面有愧色，于是从此夫妇俩互相敬重。

【原典】

许允为吏部郎[1]，多用其乡里，魏明帝遣虎贲收之[2]。其妇出诫允曰："明主可以理夺，难以情求。"既至，帝覈问之。允对曰："'举尔所知[3]。'臣之乡人，臣所知也。陛下检校为称职与不[4]，若不称职，臣受其罪。"既检校，皆官得其人，于是乃释。允衣服败坏，诏赐新衣。初，允被收，举家号哭。阮新妇自若云："勿忧，寻还。"作粟粥待，顷之允至。

【注释】

①吏部郎：官名，主管官吏选拔。②魏明帝：曹叡。虎贲（bēn）：官名，管宫门警卫之官。③举尔所知：举荐你所了解的人。④检校：检查，考察。

【译文】

许允担任吏部郎的时候，选拔和任用的人大多是他的同乡，魏明帝知道这件事后，就派虎贲去逮捕他。许允的妻子跟出来劝诫他说："对英明的君主只可以用道理去取胜，很难用感情去求告。"押到后，明帝审查追究他。许允回答说："孔子说'提拔你所了解的人'，臣的同乡，就是臣所了解的人。陛下可以审查、核实他们是称职还是不称职，如果不称职，臣愿受应得之罪。"查验以后，知道各个职位都用人得当，于是就释放了他。许允穿的衣服已经显得很破旧了，明帝就下令赏赐新衣给他。起初，许允被逮捕时，全家人都号哭不止，他的妻子阮氏却神态自若，说："不要担心，他不久就会回来。"并且煮好小米粥等着他，一会儿，许允就回来了。

【原典】

许允为晋景王所诛①，门生走入告其妇。妇正在机中，神色不变，曰："蚤知尔耳！"门人欲藏其儿，妇曰："无豫诸儿事。"后徙居墓所，景王遣钟会看之，若才流及父②，当收。儿以咨母，母曰："汝等虽佳，才具不多③，率胸怀与语④，便无所忧。不须极哀，会止便止⑤。又可少问朝事。"儿从之。会反以状对，卒免。

【注释】

①为晋景王所诛：指许允被司马师所杀。②才流：才智流品。③才具：才能。④率：顺着。⑤止：指停止哭泣。

【译文】

许允被晋景王杀害了，他的门人跑来告诉他妻子。她正在织机上织布，听到消息，神色不变，说："早就知道会有这样的结果！"门人想把许允的儿子藏起来，许允妻子说："不关孩子们的事。"后来全家迁到许允的墓地里住，司马师派钟会去看望他们，并吩咐说，如果儿子的才能品行比得上他父亲，就应该逮捕他们。许允的儿子知道这些情况后，便去和母亲商量，母亲说："你们虽然都不错，可是才能不大，可以怎么想就怎么和他谈，这样就没有什么可担心的。也不必哀伤过度，钟会不哭了，你们就不哭。又可以稍微问及朝廷的事。"她儿子照母亲的吩咐去做。钟会回去后，把情况报告给了司马师，许允的儿子终于免祸。

【原典】

贾充妻李氏作《女训》，行于世。李氏女①，齐献王妃②；郭氏女③，惠帝后。充卒，李、郭女各欲令其母合葬，经年不决。贾后废，李氏乃祔葬④，遂定。

【注释】

①李氏女：贾充与前妻李氏生二女：褒、裕。褒，名荃，裕，名浚。荃为齐王攸妃。②齐献王：即司马攸。③郭氏女：郭槐生一女，名南风，为晋惠帝之皇后，与贾谧等专朝政十余年，后被赵王伦所废。④祔（fù），合葬。

【译文】

贾充的妻子李氏写了《女训》一书，流传当代。李氏的女儿是齐献王王妃；郭氏的女儿是晋惠帝的皇后。贾充死后，李氏、郭氏的女儿各自都想让自己的母亲和贾充合葬，这件事过去了很多年都没有得到妥善解决。后来贾后被废，李氏才得以合葬，丧事终于确定了下来。

【原典】

王汝南少无婚①，自求郝普女②。司空以其痴，会无婚处，任其意，便许之。既婚，果有令姿淑德③。生东海④，遂为王氏母仪⑤。或问汝南何以知之？曰："尝见井上取水，举动容止不失常，未尝忤观⑥，以此知之。"

【注释】

①王汝南：王湛，曾任汝南内史，故称。②郝普：字道匡，太原襄城人，官洛阳太守。③令姿淑德：美好的姿容，善良的品德。④东海：指王承，他曾任东海郡太守，故称。⑤母仪：做母亲们的典范。⑥忤观：指碍眼、不雅观的景象。

【译文】

汝南内史王湛年轻时没人提亲，便自己向郝普的女儿求亲。他父亲王昶因为他痴呆，认为他一定会无处求婚，就随他的心意，答应了他。婚后，郝氏果真美貌贤淑。后来生了王承，终于成了王家母亲们的典范。有人问王湛当初是怎么了解她的？王湛说："我曾经看见她上水井边打水，举止仪容不失常态，也没有不顺眼的地方，就这样了解了她。"

【原典】

周浚作安东时①，行猎，值暴雨，过汝南李氏。李氏富足，而男子不在。有女名络秀②，闻外有贵人，与一婢于内宰猪羊，作数十人饮食，事事精办，不闻有人声。密觇之③，独见一女子，状貌非常，浚因求为妾。父兄不许。络秀曰："门户殄瘁④，何惜一女？若连姻贵族，将来或大益。"父兄从之。遂生伯仁兄弟⑤。络秀语伯仁等："我所以屈节为汝家作妾，门户计耳！汝若不与吾家作亲亲者，吾亦不惜余年。"伯仁等悉从命。由此李氏在世，得方幅齿遇⑥。

【注释】

①周浚：字开林，汝南安成（今河南汝南）人。②络秀：汝南李宗伯

之女，安东将军周浚之妻，生三子：名颉（yǐ）、嵩、谟。③觇（chān）：偷看。④殄瘁（tiǎn cuì）：败落。⑤伯仁：周颉字伯仁。⑥方幅：当时口语，指正当，正式。齿遇：受到礼遇。

【译文】

周浚任安东将军时，外出打猎，有一次不巧遭遇天降暴雨，于是就改道去探望汝南李氏。李氏家境富有，只是男人不在家。这家有个女儿，名叫络秀，听说外面来了贵人，就和一个婢女在后院杀猪宰羊，准备几十人的饮食，事事都做得很到位，却没怎么听见有人声。周浚感到很奇怪，就出去偷看一下，看见一个女子，相貌不同一般，过后，周浚就请求娶她为妾，女方的父亲、兄弟不答应。络秀说："我们家门第衰微，为什么还舍不得一个女儿呢？如果能和贵族联姻，将来也许好处会更大。"父兄就顺从了她。后来生了周颉兄弟。络秀对周颉兄弟说："我降低身份给你家做妾的原因，只是为我家门第作想罢了。你们如果不肯和我家做亲戚，我也不会爱惜晚年！"周颉兄弟全都听从母亲的吩咐，因此，李氏在生前，还是得到了很公正的礼遇。

【原典】

陶公少时[①]，作鱼梁吏[②]，尝以坩鲊饷母[③]。母封鲊付使，反书责侃[④]，曰："汝为吏，以官物见饷，非唯不益，乃增吾忧也。"

【注释】

①陶公：陶侃。②鱼梁吏：指管理堵水捕鱼的官吏。③坩（gān）：盛物的陶器。④反书：回信。

【译文】

陶侃年轻时做了监管鱼梁的小吏，曾托人送去一罐腌鱼给母亲。他母亲把腌鱼封好交给来人带回去，并且回信责备陶侃说："你做官吏，拿公家的东西送给我，这不只没有好处，反而增加了我对你的担忧啊。"

【原典】

桓宣武平蜀[①]，以李势妹为妾，甚有宠，常著斋后。主始不知，既闻，与数十婢拔白刃袭之。正值李梳头，发委藉地[2]，肤色玉曜[3]，不为动容。徐曰："国破家亡，无心至此。今日若能见杀，乃是本怀[4]。"主惭而退。

【注释】

①桓宣武：桓温。平蜀：指平定十六国之一的成汉政权。②委：下垂。③曜：明亮。④本怀：本愿、本意。

【译文】

桓温平定了蜀地，娶李势的妹妹做妾，很宠爱她，经常把她安置在书斋后面住。他的妻子南康公主起初不知道，后来听说了，就带着几十个婢女提着刀趁她不备去杀她。到了那里，正遇见李氏在梳头，头发垂下来铺到地上，肤色像白玉一样光彩照人，并没有因为公主到来而表情有变。她从容不迫地说道："我国破家亡，并不情愿到这里来。今天如果能被杀而死，这倒是我的心愿。"公主很惭愧，就退出去了。

【原典】

庾玉台[1]，希之弟也[2]。希诛，将戮玉台。玉台子妇，宣武弟桓豁女也。徒跣求进[3]，阍禁不内[4]。女厉声曰："是何小人？我伯父门，不听我前！"因突入，号泣请曰："庾玉台常因人脚短三寸，当复能作贼不？”宣武笑曰[⑤]：“婿故自急[⑥]。”遂原玉台一门。

【注释】

①庾玉台：庾友，小字玉台，庾冰第三子。②希：庾希，字始彦，庾冰长子。③徒跣（xiǎn）：光着脚，赤脚。④阍（hūn）：守门人。⑤宣武：桓温。⑥故自：确实，的确。

【译文】

庾友是庾希的弟弟，庾希被杀以后，桓温将要杀庾友。庾友的儿媳妇，是桓温弟弟桓豁的女儿，她心急得光着脚去求见桓温，掌门官挡着不让进去。她大声斥责说：“这是哪个奴才？我伯父的家，竟敢不让我进去！”说着便冲了进去，哭喊着请求说：“庾友的一只脚短了三寸，常常要扶着人才能够走路，这样的人难道还会谋反吗？”桓温笑着说：“侄女婿确实着急了。”终于赦免了庾友这一家。

【原典】

桓车骑不好著新衣[①]。浴后，妇故送新衣与。车骑大怒，催使持去。妇更持还，传语云：“衣不经新，何由而故？”桓公大笑，著之。

【注释】

①桓车骑：桓冲，桓温之弟。

【译文】

车骑将军桓冲平时不太喜欢穿新衣服。有一次洗完澡，他妻子故意叫仆人送去新衣服给他，桓冲大怒，命令仆人快点将衣服拿走。他妻子又叫人再拿回来，并且传话说：“衣服不经过新的，怎么能变成旧的呢？”桓冲听罢大笑，就穿上了新衣。

【原典】

王江州夫人语谢遏曰[①]：“汝何以都不复进？为是尘务经心[②]，天分有限？”

【注释】

①王江州夫人：谢道韫。②经心：烦扰于心。

【译文】

江州刺史王凝之夫人谢道韫问谢玄："你为什么一点也不见长进？是一心注意世俗杂务，还是本来就天赋有限？"

【原典】

郗嘉宾丧[1]，妇兄弟欲迎妹还，终不肯归。曰："生纵不得与郗郎同室，死宁不同穴？"

【注释】

①郗嘉宾：郗超。

【译文】

郗超死了，他妻子的兄弟就想把妹妹接回家去，她却始终不肯返回娘家。说："活着的时候我虽然不能和郗郎同居一室，难道死了以后不能和他同葬一穴吗？"

术解第二十

【原典】

荀勖善解音声①，时论谓之暗解②。遂调律吕，正雅乐③。每至正会，殿庭作乐，自调宫商④，无不谐韵。阮咸妙赏，时谓神解⑤。每公会作乐，而心谓之不调。既无一言直勖，意忌之，遂出阮为始平太守。后有一田父耕于野，得周时玉尺，便是天下正尺。荀试以校己所治钟鼓、金石、丝竹，皆觉短一黍，于是伏阮神识。

【注释】

①荀勖（xù）：晋时官中书监，加侍中，并掌管乐事，修律吕行于世。②暗（àn）解：精通。③雅乐：典雅纯正之乐，古代帝王用于祭祀、朝会的音乐。④宫商：古以宫、商、角、徵、羽代表五个不同的音阶，此泛指五音。⑤神解：悟性过人。

【译文】

荀勖善于辨别乐音正误，当时的舆论认为他是非常熟悉和精通音乐的。于是，他调整音律，校正雅乐。每到正月初一举行朝贺礼时，殿堂上演奏音乐，他亲自调整五音，没有不韵律和谐的。阮咸对音乐也有很高的欣赏能力，当时的舆论认为他悟性过人。每逢官府集会奏乐，他心里都认为不协调。他也不提一点意见来纠正荀勖，荀勖心里很忌恨他，就找个借口调他出京任始平太守。后来有一个农民在地里干活，得到周代一把玉尺，这就是国家的标准尺。荀勖试着用它来校对自己所调试的各种乐器的律管，都较标准尺短了一粒米的长度，佩服阮咸的高超见识。

【原典】

人有相羊祜父墓，后应出受命君①。祜恶其言，遂掘断墓后，以坏其势。相者立视之，曰："犹应出折臂三公②。"俄而祜坠马折臂，位果至公。

【注释】

①受命君：指接受天命的君主。②三公：太尉、司徒、司空为三公。

【译文】

有个会看风水的人看了羊祜父亲的坟墓之后，说其后代该出真命天子。羊祜很厌恶他说的话，就把坟的后部挖断，以便破坏坟山的气脉。看风水的人马上又去看，说道："还要出个断臂的三公。"不久羊祜就从马背上摔下折断了手臂，他的官位也升到了三公的位置。

【原典】

王武子善解马性①。尝乘一马，著连钱障泥②。前有水，终日不肯渡。王云："此必是惜障泥。"使人解去，便径渡。

【注释】

①王武子：王济。②连钱：钱纹相连的一种花饰。障泥：放在马鞍下垂在马腹两侧的垫子，用来阻挡泥水的马饰。

【译文】

王济很擅长了解马的脾性。他曾经骑马外出，马背上盖着连钱花纹的垫子，碰到前面有条河，马就是不肯渡水过河。王济说："这一定是马舍不得弄坏身上的垫子。"就叫人解下垫子，马就径直渡过河了。

【原典】

陈述为大将军掾①，甚见爱重。及亡，郭璞往哭之，甚哀，乃呼曰："嗣祖，焉知非福！"俄而大将军作乱，如其所言。

【注释】

①陈述：字嗣祖，颍川许昌（今属河南）人。掾（yuàn）：官署属员。

【译文】

陈述任大将军王敦的属官，很受王敦的赏识和重视。到他死后，郭璞去哭丧，哭得非常痛苦伤心，只听他这么哭喊着说：“嗣祖，怎么知道这不是你有福气！”不久王敦就作乱谋反，正像郭璞所说的那样。

【原典】

王丞相令郭璞试作一卦①，卦成，郭意色甚恶，云：“公有震厄②！”王问：“有可消伏理不？”郭曰：“命驾西出数里，得一柏树，截断如公长，置床上常寝处，灾可消矣。”王从其语。数日中，果震柏粉碎，子弟皆称庆。大将军云③：“君乃复委罪于树木④。”

【注释】

①王丞相：王导。②震厄：雷击的灾难。③大将军：王敦。④委罪：把罪过推给别人。

【译文】

丞相王导叫郭璞试着占一卦，等卦象出来后，郭璞的心情和脸色都不太好，说：“您有遭雷击的灾难。”王导问：“那有什么办法可化解呢？”郭璞说：“坐车往西走几里地，那里有一棵柏树，截下一段和您一样高的树干，放在床上经常睡的那个位置，灾难就可以自然地消除了。”王导照他说的去做。过了几天，雷电果然把柏木击得粉碎，王家子侄们都纷纷对王导表示庆贺。只有大将军王敦对郭璞说：“您竟然能把罪过推给树木去承担！”

【原典】

郗愔信道甚精勤①，常患腹内恶，诸医不可疗。闻于法开有名②，往迎之。既来便脉，云：“君侯所患③，正是精进太过所致耳。”合一剂汤与之。一服，即大下，去数段许纸，如拳大；剖看，乃先所服符也。

【注释】

①信道：信奉天师道。②于法开：和尚名，以文学著名，兼通医术。③君侯：对列侯和尊贵者的尊称。

【译文】

郗愔信奉道教，非常虔诚。他常常感觉肚子不舒服，很多医生都没有给他看好病。听说于法开有名气，就差人把他找来。于法开来了就把脉，把完脉说："君侯害的病，恰恰是过分虔诚所引起的呀。"接着就配了一剂汤药给郗愔。郗愔吃完药就开始拉肚子，泻下几堆像拳头那么大的纸团；剖开一看，原来是先前所吃下的符箓。

【原典】

殷中军妙解经脉[①]，中年都废。有常所给使[②]，忽叩头流血。浩问其故，云："有死事，终不可说。"诘问良久，乃云："小人母年垂百岁，抱疾来久，若蒙官一脉，便有活理。讫就屠戮无恨[③]。"浩感其至性[④]，遂令舁来[⑤]，为诊脉处方。始服一剂汤，便愈。于是悉焚经方[⑥]。

【注释】

①殷中军：殷浩。经脉：经络血脉，中医根据人体的气血运行的理论来诊治病情。②所给使：指供使唤的仆役。③讫：诊治完毕。④至性：指孝顺父母的至诚之性。⑤舁（yú）：抬。⑥经方：古代对医药方书的统称。

【译文】

殷浩很精通医术，到了中年以后几乎都不怎么研究了。一天，他手下有一个常使唤的仆人，忽然给他磕头，一直磕到头破血流。殷浩问他有什么事，他说："有件关系到人命的事，但不过终究还是不能说的。"追问了很久，这才说道："小人的母亲年纪快到一百岁了，从生病到现在已经很长时间了，如果能够得到大人诊一次脉，使她有办法活下去，那么母亲病好后，就算把我杀了也心甘情愿。"殷浩被他的孝心感动，就叫他把母亲抬来，给他母亲诊脉开药方。才服了一剂药，病就好了。从此殷浩把医书全都烧了。

巧艺第二十一

【原典】

弹棋始自魏宫内[①]，用妆奁戏。文帝于此戏特妙[②]，用手巾角拂之，无不中。有客自云能，帝使为之。客著葛巾角[③]，低头拂棋，妙踰于帝。

【注释】

①弹棋：魏晋时的一种博戏。②文帝：魏文帝曹丕。③葛巾：用葛布做的头巾。

【译文】

弹棋是从魏代的后宫里开始出现的，玩的人可用梳妆的金钗、玉梳等来游戏。魏文帝对这种游戏特别擅长，他能用手巾角弹起棋子，没有弹不中的。有位客人自称也能这样做，魏文帝就让他试一试。只见客人戴着葛巾，低着头用葛巾角去拨动棋子，比魏文帝做得还巧妙。

【原典】

钟会是荀济北从舅[①]，二人情好不协。荀有宝剑，可直百万[②]，常在母钟夫人许。会善书，学荀手迹，作书与母取剑，仍窃去不还。荀勖知是钟而无由得也，思所以报之。后钟兄弟以千万起一宅，始成，甚精丽，未得移住。荀极善画，乃潜往画钟门堂[③]，作太傅形象[④]，衣冠状貌如平生。二钟入门，便大感恸[⑤]，宅遂空废。

【注释】

①荀济北：荀勖，封济北郡公，故称。②直：值，价值。③门堂：指门侧堂屋。④太傅：钟繇，钟会和钟毓的父亲。⑤感恸：大受感动而悲痛。

【译文】

钟会是济北公荀勖的堂舅，两人感情不和。荀勖有一把宝剑，价值百万，经常放在他母亲钟夫人那里。钟会擅长书法，就模仿荀勖笔迹，写了一封信给他母亲要宝剑，于是骗走了宝剑不还。荀勖知道这事是钟会干的，可是也想不出办法将宝剑要回来，就决定报复他。后来钟家兄弟花了千万钱修建一所住宅，刚落成，非常精美，还没有搬进去住。荀勖很擅长绘画，就偷偷地到钟会的新居去，画上钟繇的像，衣服、帽子和相貌都和生前一模一样。钟毓和钟会兄弟进门看见，大为伤感悲痛，不能住进去，房子于是闲置不用。

【原典】

戴安道就范宣学①，视范所为。范读书亦读书，范钞书亦钞书。唯独好画，范以为无用，不宜劳思于此②。戴乃画《南都赋图》，范看毕咨嗟③，甚以为有益，始重画。

【注释】

①戴安道：戴逵。②劳思：花费心思。③咨嗟：赞叹。

【译文】

戴逵登门向范宣学习，处处模仿范宣的做法。范宣读书，他也读书，范宣抄书，他也抄书。只是他本人还特别热爱绘画，范宣认为绘画没有实际的用处，不应该在这方面费心劳神。戴逵于是画了《南都赋图》，范宣看后赞叹不已，这才感觉到绘画很有好处，也开始重视起绘画来。

【原典】

顾长康画裴叔则①，颊上益三毛。人问其故，顾曰："裴楷俊朗有识具②，正此是其识具。"看画者寻之，定觉益三毛如有神明③，殊胜未安时。

【注释】

①裴叔则：裴楷。②识具：见识和才能。③神明：指人的精神。

【译文】

顾恺之给裴叔则画像，在脸颊的部位多画了三根胡子。有人问他这么画是什么原因，顾恺之说：“裴楷俊逸爽朗，很有才识，这恰恰是最能表现他见识和才能的地方啊。”看画的人寻味起画像来，确实觉得增加了三根胡子让人显得更有神韵，远远胜过还没有添上的时候。

【原典】

顾长康好写起人形。欲图殷荆州[①]，殷曰：“我形恶[②]，不烦耳。”顾曰：“明府正为眼尔。但明点童子，飞白拂其上[③]，使如轻云之蔽日。”

【注释】

①殷荆州：殷仲堪。②形恶：形象丑陋。③飞白：中国画的一种笔法，线条枯笔露白。拂：画的一种笔法，轻轻拂拭。

【译文】

顾恺之喜欢人物写生。他想给荆州刺史殷仲堪画像，仲堪说：“我的相貌不好看，还是不麻烦你了。”顾恺之说：“您只是担心眼睛的缘故罢了。只要明显地点出眼珠，用飞白笔法轻轻掠过上面，这样眼部就能取得像轻云遮住明月那样的效果。”

【原典】

顾长康画谢幼舆在岩石里[①]。人问其所以[②]，顾曰：“谢云：‘一丘一壑，自谓过之。’此子宜置丘壑中。”

【注释】

①谢幼舆：谢鲲。②所以：原因。

【译文】

顾恺之画谢鲲的像，将他的肖像背景设置在山崖乱石当中。有人问他这样做是什么原因，顾恺之说："谢鲲说过：'在深山幽谷隐居方面，我自认为超过名士庾亮。'这位先生就该安置在深山幽谷里。"

【原典】

顾长康画人，或数年不点目精[①]。人问其故，顾曰："四体妍蚩[②]，本无关于妙处；传神写照[③]，正在阿堵中[④]。"

【注释】

①目精：眼珠。②四体：人的四肢。妍蚩：同"妍媸"，美丑。③传神：指生动地表现出人物的神情意态。④阿堵：这个，此处指眼珠。

【译文】

顾恺之画人像，有时几年都不点眼睛。有人问他这是什么原因，他说："人形体的美丑，本来和人的神情意态没有必然关系；画像能否传神吸引人，关键之处就在于能否画好眼睛。"

宠礼第二十二

【原典】

元帝正会①，引王丞相登御床②，王公固辞，中宗引之弥苦③。王公曰："使太阳与万物同晖，臣下何以瞻仰？"

【注释】

①元帝：晋元帝司马睿。正会：指正月初一朝会。②王丞相：王导。御床：皇帝的坐卧之榻。③弥苦：更加恳切。

【译文】

晋元帝在正月初一举行朝贺礼时，想要拉着丞相王导登上御座和自己坐在一起，王导坚决推辞，元帝更加诚恳地拉着他。王导说："如果太阳和万物一起发光，那臣下又该怎么瞻仰太阳呢？"

【原典】

王珣、郗超并有奇才，为大司马所眷拔①。珣为主簿，超为记室参军。超为人多须，珣状短小。于时荆州为之语曰："髯参军②，短主簿。能令公喜③，能令公怒。"

【注释】

①大司马：指桓温。②髯：面颊上的胡须。③公：指桓温。

【译文】

王珣和郗超都具有特殊的才能，两人都受到了大司马桓温的器重和提拔。王珣在桓温手下担任主簿，郗超担任记室参军。郗超这个人脸上胡子多，王珣则身材矮小。当时荆州有人专门编了几句歌谣说他们："大胡子的参军，矮个子的主簿。能叫桓公欢喜，也能叫桓公发愁。”

【原典】

许玄度停都一月①，刘尹无日不往②，乃叹曰：“卿复少时不去，我成轻薄京尹③！”

【注释】

①许玄度：许询。②刘尹：刘惔（tán），字真长。③京尹：京兆尹，京都地区的行政长官。

【译文】

许询在京城停留了一个月，丹阳尹刘惔没有一天不去看望他的，于是叹息道：“你如果过些天还不走，那我就成为不负责任的京尹了！”

【原典】

卞范之为丹阳尹，羊孚南州暂还①，往卞许②，云：“下官疾动，不堪坐③。”卞便开帐拂褥，羊径上大床，入被须枕。卞回坐倾睐④，移晨达莫。羊去，卞语曰：“我以第一理期卿⑤，卿莫负我！”

【注释】

①南州：指姑孰，故址在今安徽当涂。②许：处所。③疾动：毛病发作。④倾睐：注视，斜着眼睛看。⑤第一理：指第一等善谈义理的人。期：期望，期待。

【译文】

卞范之任丹阳尹的时候，羊孚从姑孰暂时回京，到卞范之家去看望他，说：“我的疾病发作了，坐不住。”卞范之就拉开帐子，把褥子掸干净，羊孚径直上了大床，盖上被子，靠着枕头。卞范之返回座位坐着，注视着他，两人就这样从早晨一直谈到了傍晚。羊孚要走了，卞范之对他说：“我期望你能成为第一等善谈义理的人，希望你不要辜负我！”

任诞第二十三

【原典】

陈留阮籍①，谯国嵇康②，河内山涛③，三人年皆相比，康年少亚之。预此契者：沛国刘伶④，陈留阮咸，河内向秀，琅邪王戎⑤。七人常集于竹林之下，肆意酣畅⑥，故世谓“竹林七贤”。

【注释】

①陈留：郡名，治所在陈留县（今河南开封东南）。②谯国：谯郡，治所在谯县（今安徽亳州）。③河内：郡名，治所在野王县（今河南沁阳）。④沛国：沛郡，治所在相县（今安徽濉溪）。⑤琅邪：郡名，治所在东武县（今山东诸城）。⑥酣畅：畅快地饮酒。

【译文】

陈留郡阮籍、谯国嵇康、河内郡山涛，这三个人年纪相仿，嵇康的年纪比他们稍微小些。参与他们聚会的人还有：沛国刘伶，陈留郡阮咸，河内郡向秀，琅邪郡王戎。这七个人经常在竹林下聚会清谈，并无所顾忌地开怀畅饮，当时的人称他们“竹林七贤”。

【原典】

阮籍遭母丧，在晋文王坐①，进酒肉。司隶何曾亦在坐②，曰：“明公方以孝治天下，而阮籍以重丧③，显于公坐饮酒食肉，宜流之海外，以正风教。”文王曰：“嗣宗毁顿如此④，君不能共忧之，何谓？且有疾而饮酒食肉，固丧礼也！”籍饮啖不辍⑤，神色自若。

【注释】

①晋文王：司马昭。②司隶：官名，司隶校尉。③重丧：重大的丧事，指父母之死。④嗣宗：阮籍。毁顿：因哀伤过度而导致身体毁损，精神困顿。⑤饮啖（dàn）：指喝酒吃肉。

【译文】

阮籍在为母亲服丧期间，在晋文王的宴席上喝酒吃肉。司隶校尉何曾也在座，对晋文王说："您正在用孝道治理天下，阮籍现在身处重丧，却公然在您的宴席上喝酒吃肉，真应该将他流放到荒漠之地，以端正社会风俗和教化。"文王说："阮籍哀伤痛苦到这个样子，您不能和我一起为他分忧，还说什么呢？再说因病而喝酒吃肉，这本来就合乎丧礼啊！"阮籍依然吃喝不停，神色自若。

【原典】

阮公邻家妇有美色[①]，当垆酤酒[②]。阮与王安丰常从妇饮酒[③]，阮醉，便眠其妇侧。夫始殊疑之，伺察，终无他意。

【注释】

①阮公：阮籍。②垆：酒店前安放酒瓮的土台子，指酒店。酤（gū）：卖。③王安丰：王戎。

【译文】

阮籍邻家的妇人，容貌很是漂亮，在酒垆旁卖酒。阮籍和安丰侯王戎经常到这家邻居那里买酒喝，阮籍喝醉了，就睡在那位妇人身旁。妇人的丈夫起初特别怀疑阮籍，观察一番他的行为，发现他自始至终也没有别的意图。

【原典】

阮仲容、步兵居道南[①]，诸阮居道北。北阮皆富，南阮贫。七月七日，北阮盛晒衣[②]，皆纱罗锦绮。仲容以竿挂大布犊鼻裈于中庭[③]。人或怪之，答曰："未能免俗，聊复尔耳！"

【注释】

①阮仲容：阮咸。步兵：阮籍。②晒衣：当时习俗，七月初七晒衣以

防虫蛀。③犊（dú）鼻裈：一种干杂活时穿的裤子，无裆，形如小牛鼻。

【译文】

阮咸、阮籍住在路南，其他阮姓住在路北。道北阮家都过得很富有，道南阮家却过得很清贫。七月七日那天，道北阮家大晒衣服，晒的都是华贵的绫罗绸缎；阮咸却用竹竿挂起一条粗布做的犊鼻形状的裤子晒在院子里。有人对他的做法感到不解，他回答说："我还不能免除世俗之情，姑且这样做做罢了！"

【原典】

阮仲容先幸姑家鲜卑婢[①]。及居母丧，姑当远移，初云当留婢，既发，定将去。仲容借客驴，著重服，自追之[②]，累骑而返。曰："人种不可失！"即遥集之母也。

【注释】

①阮仲容：阮咸。鲜卑：我国古代北方少数民族名。②重服：指因为父母丧而穿的孝服。

【译文】

阮咸早就宠爱着姑姑家那个鲜卑族的婢女。在给母亲守孝期间，他姑姑要举家搬到很远的地方去，起初说要留下这个婢女，起程以后，还是把她带走了。阮咸知道了，借了客人的驴，穿着孝服，亲自去追她，两人一起骑着驴回来。阮咸说："传宗接代的人不能丢掉。"这个婢女就是阮孚的母亲。

【原典】

刘道真少时[①]，常渔草泽，善歌啸，闻者莫不留连。有一老妪，识其非常人，甚乐其歌啸，乃杀豚进之。道真食豚尽，了不谢。妪见不饱，又进一豚，食半余半，乃还之。后为吏部郎，妪儿为小令史，道真超用之。不知所由，问母，母告之。于是赍牛酒诣道真[②]，道真曰："去！去！无可复用相报。"

【注释】

①刘道真：刘宝，西晋山阳郡高平人（今山东邹城西南）。②赍（jī）：携带。

【译文】

刘宝年轻时，常常到草泽去打鱼，他擅长用口哨吹小曲，听到的人没有不流连忘返的。有一个老妇人，知道他不是一个普通的人，而且很喜欢听他吹口哨，就杀了一只小猪送给他吃。刘宝吃完了小猪，一点也不道谢。老妇人见他还没有吃饱，又送上一只小猪。刘宝吃了一半，剩下一半，就退回给老妇人。后来他担任吏部郎，老妇人的儿子是个职位低下的令史，刘宝就越级任用了他。令史不知道是什么原因，就去问母亲，母亲告诉他事情经过。于是他带上牛肉酒食去拜见刘宝，刘宝说："走吧，走吧！我没有什么可以再用来回报你的了。"

【原典】

张季鹰纵任不拘[①]，时人号为"江东步兵[②]"。或谓之曰："卿乃可纵适一时，独不为身后名邪？"答曰："使我有身后名，不如即时一杯酒！"

【注释】

①张季鹰：张翰，西晋吴郡吴（今江苏苏州）人。

②江东步兵：步兵，指阮籍，张翰是江东人，所以称他为江东步兵，这里是说他嗜酒放荡，有如步兵校尉阮籍。

【译文】

张翰性格豪放不羁，当时的人都称他为“江东步兵”。有人对他说：“你虽然可以一时放纵，但是你不考虑身后的名声吗？”张翰回答说：“与其让我身后有名，还不如现在让我喝一杯酒！”

【原典】

祖车骑过江时①，公私俭薄，无好服玩。王、庾诸公共就祖②，忽见裘袍重叠，珍饰盈列，诸公怪问之。祖曰：“昨夜复南塘一出③。”祖于时恒自使健儿鼓行劫钞④，在事之人，亦容而不问。

【注释】

①祖车骑：祖逖。②王、庾诸公：指王导、庾亮等人。③南塘：地名，在东晋都城建康秦淮河南岸。一出：去一遭，到一趟。④鼓行：古代行军，击鼓则进，鸣金则退，因称行进为鼓行，这里指公开进行。

【译文】

车骑将军祖逖过江南下时，公库与私府都不宽裕，没有什么好的衣服和玩赏物品。有一次，王导、庾亮等人一起去看望祖逖，忽然看到他那里皮毛衣服层层堆积，珍贵饰物陈列满架，王导等人感到很奇怪，就问祖逖原因。祖逖回答说：“昨天夜里又到南塘走了一趟。”祖逖当时经常亲自派勇士公然去抢劫，地方的官员也能容忍而不追究他。

【原典】

温太真位未高时①，屡与扬州、淮中估客樗蒱②，与辄不竞。尝一过，大输物，戏屈，无因得反。与庾亮善，于舫中大唤亮曰：“卿可赎我！”庾即送直③，然后得还。经此数四。

【注释】

①温太真：温峤，字太真。②樗蒱（chū pú）：一种赌博游戏。③直：通“值”，即赎金。

【译文】

温峤官职还不高的时候，屡次和扬州、淮中的客商赌博，一赌起来，总是赌不过人家。有一次，他又去了，输了很大一笔钱，玩得钱都输光了，没有办法回去。他和庾亮关系很好，就在船上大声招呼庾亮说："你来赎我！"庾亮随即送赎金过去，他才能够回来。他多次做过这种事。

【原典】

周伯仁风德雅重[①]，深达危乱。过江积年，恒大饮酒。尝经三日不醒，时人谓之"三日仆射"。

【注释】

①周伯仁：周顗，字伯仁，官至尚书左仆射。

【译文】

周顗风格德行高尚庄重，深知国家的危乱。过江以后，连年经常豪饮，曾经一连三天喝醉不醒。当时的人把他叫作"三日仆射"。

【原典】

卫君长为温公长史[①]，温公甚善之。每率尔提酒脯就卫[②]，箕踞相对弥日[③]。卫往温许，亦尔。

【注释】

①卫君长：卫永，字君长，官至左军长史。温公：温峤。②率尔：随意，随便。脯（fǔ）：干肉。③弥日：整天。

【译文】

卫永担任温峤的长史时，温峤非常欣赏他。经常很随便地提着酒肉到卫永那里去，两人伸开腿面对面坐着，一喝就是一整天。卫永到温峤那里去，也是这样。

【原典】

苏峻乱，诸庾逃散。庾冰时为吴郡[①]，单身奔亡，民吏皆去。唯郡卒独以小船载冰出钱塘口，蘧篨覆之[②]。时峻赏募觅冰，属所在搜检甚急。

卒舍船市渚[③]，因饮酒醉还，舞棹向船曰："何处觅庾吴郡？此中便是。"冰大惶怖，然不敢动。监司见船小装狭[④]，谓卒狂醉，都不复疑。自送过浙江，寄山阴魏家，得免。后事平，冰欲报卒，适其所愿。卒曰："出自厮下[⑤]，不愿名器。少苦执鞭[⑥]，恒患不得快饮酒。使其酒足，余年毕矣，无所复须。"冰为起大舍，市奴婢，使门内有百斛酒，终其身。时谓此卒非唯有智，且亦达生。

【注释】

①为吴郡：做吴郡太守。②蘧篨（qú chú）：用芦苇或竹篾编的粗席。③市渚：到小洲上买东西。④监司：负责监察的官员。⑤厮下：指地位卑微、低贱的仆役。⑥执鞭：拿鞭子赶车，泛指为他人服役。

【译文】

苏峻发动叛乱时，姓庾一族的人都逃散了。庾冰当时是吴郡太守，一个人独自逃亡。百姓和手下官员都跑完了，只有郡衙里一个差役独自用小船载着他逃出钱塘江口，用席子遮掩着他。当时苏峻正悬赏搜捕庾冰，并要求属下四处搜查，催得非常紧急。那个差役离开小船，到江中小洲上去买东西，喝醉了酒回来，舞着船桨对着船说："还到哪里去找庾吴郡，这里面就是！"庾冰听了，非常恐惧，可是不敢动。搜捕的人看见船小舱窄，认为是差役烂醉后胡说，一点也不再怀疑。差役把庾冰送过钱塘江，寄居在山阴县魏家，庾冰才得以脱险。后来平定了叛乱，庾冰想要报答那个差役，满足他的要求。差役说："我是差役出身，不想当官。只是从小就苦于当奴仆，经常发愁不能痛快地喝酒；如果让我这后半辈子能有足够的酒喝，这就行了，不再需要什么了。"庾冰给他修建了一所大房子，买来奴婢，让他家里经常有上百斛的酒，就这样供养了他一辈子。当时的人认为这个差役不仅只有智谋，而且对人生的态度也很达观。

【原典】

袁彦道有二妹[①]：一适殷渊源，一适谢仁祖。语桓宣武云："恨不更有一人配卿。"

【注释】

①袁彦道：袁耽。

【译文】

袁耽有两个妹妹：一个嫁给了殷浩，另一个嫁给了谢尚。有一次他对桓温说："遗憾的是，没有第三个妹妹许配给你。"

【原典】

王子猷诣郗雍州[①]，雍州在内，见有㲮㲪，云："阿乞那得此物？"令左右送还家。郗出见之，王曰："向有大力者负之而趋。"郗无忤色[②]。

【注释】

①王子猷：王徽之。郗雍州：郗恢，小名阿乞，东晋时曾任雍州刺史。②忤色：生气的样子。

【译文】

王徽之去拜访雍州刺史郗恢，郗恢还在内室，王徽之看见客厅上有一条很不错的羊毛毯，说："阿乞怎么会有这样的好东西！"就叫下属送回自己家里。郗恢出来寻找毛毯，王徽之说："刚才有个大力士背着它跑了。"郗恢没有表现出一点生气的样子。

【原典】

谢安始出西戏，失车牛，便杖策步归。道逢刘尹[①]，语曰："安石将无伤？"谢乃同载而归。

【注释】

①刘尹：刘惔。

【译文】

谢安开始时到西边赌博，输掉了车子和驾车的牛，只好拄着拐棍走回家。半路上碰到了丹阳尹刘惔，刘惔说道："安石恐怕受伤了吧？"谢安于是就搭他的车回去了。

【原典】

襄阳罗友有大韵[①]，少时多谓之痴。尝伺人祠，欲乞食，往太蚤，门未开。主人迎神出见，问以非时，何得在此？答曰："闻卿祠，欲乞一顿食耳。"遂隐门侧。至晓，得食便退，了无怍容[②]。为人有记功[③]，从桓宣武平蜀，按行蜀城阙观宇，内外道陌广狭，植种果竹多少，皆默记之。后宣武漂洲与简文集[④]，友亦预焉。共道蜀中事，亦有所遗忘，友皆名列，曾无错漏。宣武验以蜀城阙簿，皆如其言。坐者叹服。谢公云："罗友讵减魏阳元[⑤]！"后为广州刺史，当之镇，刺史桓豁语令莫来宿[⑥]。答曰："民已有前期。主人贫，或有酒馔之费，见与甚有旧，请别日奉命。"征西密遣人察之。至日，乃往荆州门下书佐家[⑦]，处之怡然，不异胜达。在益州，语儿云："我有五百人食器。"家中大惊。其由来清，而忽有此物，定是二百五十沓乌樏[⑧]。

【注释】

①襄阳：郡名，治所在襄阳县（今湖北襄州区）。罗友：字宅仁，东晋襄阳（今湖北襄阳）人。②怍（zuò）容：羞愧的表情。③记功：记忆力。④漂洲：当作"溧洲"，长江中小洲名。⑤魏阳元：魏舒，字阳元，晋武帝时官至司徒。⑥桓豁：桓温弟。⑦书

佐：刺史的属官，主管起草文书等事。⑧乌樏（lěi）：黑漆食盒，多用于清贫之家，一沓可供两人用，所以二百五十沓就是五百人的食器。

【译文】

襄阳人罗友有特殊的风度，年轻时人们大多认为他痴呆。有一次他打听到有户人家要祭神，就想过去讨点吃喝，去得太早了，那家大门还没开。后来那家主人出来迎神，看见他，就问：还不到时候，怎么能在这里等着？他回答说："听说你祭神，想讨一顿酒饭罢了。"便闪到门边躲着，一直等到天亮，得了吃食便走了，一点也不感到羞愧。他的记忆力超强，曾跟随桓温平定蜀地，占领成都后，他巡视整个都城，宫殿楼阁的里里外外，道路的宽窄，所种植的果木、竹林的多少，都一一记在心里。后来桓温在溧洲和简文帝举行会议，罗友也参加了。会上一起谈及蜀地的情况，桓温也有所遗忘，这时罗友都能按名目一一列举出来，一点也没有弄错。桓温拿出蜀地记载都城情况的簿册来验证，都和他说的一模一样。在座的人都很惊讶佩服。谢安说："罗友哪里比魏舒差！"后来罗友出任广州刺史，当他要到镇守地赴任的时候，荆州刺史桓豁和他说，让他晚上过来住宿，他回答说："我已经和别人有约了，那家主人很清贫，但也许会破费钱财置办酒食，我们是老交情了，请允许我以后改日有空再去拜访您吧。"桓豁暗中派人观察他，到了晚上，他竟到荆州刺史的属官书佐家去了，在那里过得很愉快，和对待名流显贵没有什么两样。任益州刺史时，对他儿子说："我有五百人的食具。"家里人听说后大吃一惊，他为人向来清白，却突然拥有这些东西，想必是二百五十套黑色的食盒碟子。

【原典】

桓子野每闻清歌①，辄唤"奈何！"谢公闻之曰②："子野可谓一往有深情。"

【注释】

①桓子野：桓伊，字叔夏，小字子野，东晋时官至护军将军。清歌：挽歌。②谢公：谢安。

【译文】

桓伊每次听到别人唱挽歌，总是帮腔呼喊“奈何！”谢安听见了，说：“子野可以称得上是一往情深。”

【原典】

张湛好于斋前种松柏[①]。时袁山松出游，每好令左右作挽歌[②]。时人谓：“张屋下陈尸，袁道上行殡。”

【注释】

①张湛：字处度，东晋高平（今山西）人，官至中书郎。②挽歌：送葬时唱的哀悼死者的歌。

【译文】

张湛喜欢在房屋前种植松树和柏树。当时袁山松外出游赏，常常喜欢叫随从唱挽歌。当时的人都说：“张湛是在房屋前停放尸首，袁山松是在大路上出殡。”

【原典】

罗友作荆州从事，桓宣武为王车骑集别[①]。友进坐良久，辞出，宣武曰：“卿向欲咨事，何以便去？”答曰：“友闻白羊肉美，一生未曾得吃，故冒求前耳。无事可咨。今已饱，不复须驻。”了无惭色。

【注释】

①王车骑：王洽。集别：聚会送行。

【译文】

罗友任荆州刺史桓温的从事，桓温把大家召集在一起给车骑将军王洽送别，罗友来了以后坐了很久，才告辞退出。桓温问他：“你刚才像是要商量什么事，为什么就走呢？”罗友回答说：“我听说白羊肉味道特别鲜美，以前还从来没有机会吃到过，所以就冒昧地请求前来罢了。其实没有什么事要商量的。现在已经吃饱了，就没有必要再留下了。”说时，罗友的脸上竟没有一点羞愧。

【原典】

张骥酒后挽歌甚凄苦[①]，桓车骑曰："卿非田横门人[②]，何乃顿尔至致？"

【注释】

①张骥：张湛，小字骥。②田横：秦末人，在楚、汉之争中，曾自立为齐王，后来逃亡至海岛，汉高祖刘邦定天下，田横来投降，未至洛阳，羞惭自杀，随从人员唱挽歌表示哀悼。

【译文】

张湛在酒后唱起了挽歌，神情非常凄苦。车骑将军桓冲说："你不是田横的弟子，为什么突然就凄苦到了这种地步？"

【原典】

王子猷居山阴[①]。夜大雪，眠觉，开室，命酌酒。四望皎然，因起仿偟，咏左思《招隐诗》。忽忆戴安道，时戴在剡[②]，即便夜乘小船就之。经宿方至，造门不前而返。人问其故，王曰："吾本乘兴而行，兴尽而返，何必见戴？"

【注释】

①王子猷：王徽之。山阴：县名，在会稽以北，晋时属会稽郡。②剡（shàn）：县名。

【译文】

王徽之住在山阴县。一天夜里下大雪，他一觉醒来，打开房门，叫仆人拿酒来喝。眺望四方，一片洁白，于是起身徘徊，朗诵左思的《招隐诗》。忽然想起戴逵，当时戴逵住在剡县，他立即连夜坐小船到戴家去。船行了一夜才到，到了戴家门口，没有进去，就原路返回。有人问他原因，王徽之说："我本是趁着一时兴致去的，兴致没有了就回来，为什么一定要见到戴安道呢？"

【原典】

王卫军云[①]："酒正自引人著胜地。"

【注释】

①王卫军：王荟，字敬文，王导之子。

【译文】

卫将军王荟说："酒正好能把人引入一种美妙的境界。"

【原典】

王子猷出都[①]，尚在渚下。旧闻桓子野善吹笛，而不相识。遇桓于岸上过，王在船中，客有识之者云："是桓子野。"王便令人与相闻云[②]："闻君善吹笛，试为我一奏。"桓时已贵显，素闻王名，即便回下车[③]，踞胡床[④]，为作三调。弄毕，便上车去。客主不交一言。

【注释】

①出都：赴京都，到京都去。出，到、至。②相闻：通消息，传话。③回下车：转身下车。④踞：蹲，蹲坐。

【译文】

王徽之坐船进京，船停泊在小洲旁边。过去听说过桓伊擅长吹笛子，可是并不认识他。这时正碰上桓伊从岸上经过，王徽之在船中，听到有个认识桓伊的客人说："那是桓伊"。王徽之便派人替自己传个话给桓伊，说："听说您擅长吹笛子，能否为我奏一曲。"桓伊当时已经做了大官，一向久闻王徽之的名声，于是立刻掉头下车，上船坐在座椅上，为王徽之吹了三支曲子。吹奏完毕，就上车走了。宾主双方没有说过一句话。

【原典】

王孝伯问王大[①]："阮籍何如司马相如[②]？"王大曰："阮籍胸中垒块[③]，故须酒浇之。"

【注释】

①王孝伯：王恭。王大：王忱。②司马相如：字长卿，汉代著名辞赋家。③垒块：比喻胸中郁积的不平之气。

【译文】

王恭问王忱："阮籍和司马相如比你觉得怎样？"王忱说："阮籍心里

积压着不平之气，所以需要借酒浇愁。”

【原典】

王佛大叹言[①]：“三日不饮酒，觉形神不复相亲。”

【注释】

①王佛大：王忱，字佛大。

【译文】

王忱叹息说：“三天不喝酒，就觉得身体和精神不再依附和牵连了。”

简傲第二十四

【原典】

晋文王功德盛大①，坐席严敬②，拟于王者。唯阮籍在坐，箕踞啸歌，酣放自若。

【注释】

①晋文王：司马昭。②坐席：即座位，这里指满座的人。严敬：严肃庄重。

【译文】

晋文王功劳很大，恩德深厚，座上的客人在他面前没有不表现得严肃庄重，把他比拟为王的。只有阮籍在座上，伸开两腿坐着，啸咏歌唱，痛饮放纵。

【原典】

王平子出为荆州①，王太尉及时贤送者倾路②。时庭中有大树，上有鹊巢。平子脱衣巾，径上树取鹊子。凉衣拘阂树枝③，便复脱去。得鹊子还，下弄，神色自若，傍若无人。

【注释】

①王平子：王澄，王衍之弟。②倾路：指挤满路。③拘阂：挂碍，钩住。

【译文】

王澄要被调到外地任荆州刺史，太尉王衍和当代名流全都来送行。当时院子里有棵大树，树上有个喜鹊窝。王澄于是脱去上衣和头巾，爬上树去掏小喜鹊。汗衫挂住了树枝，就干脆再脱掉。掏到了小鹊，又下树来继续把玩，神态自若，旁若无人。

【原典】

高坐道人于丞相坐[①]，恒偃卧其侧[②]。见卞令[③]，肃然改容云：“彼是礼法人。”

【注释】

①高坐：西晋和尚。丞相：王导。②偃卧：仰卧。③卞令：卞壶，字望之，官尚书令。

【译文】

高坐和尚去丞相王导家做客，常常是仰卧在王导身旁。但是当他见到尚书令卞壶，就变得神态严肃起来，说：“他是讲究礼法的人。”

【原典】

谢万在兄前[①]，欲起索便器。于时阮思旷在坐曰[②]：“新出门户，笃而无礼[③]。”

【注释】

①谢万：字万石，谢安、谢奕之弟。②阮思旷：阮裕，字思旷。③笃：忠厚诚实。

【译文】

谢万在兄长面前，想起身找便壶。当时阮裕也在座，说：“作为一个新兴的大家族，里面的人忠厚诚实却不懂礼节。”

【原典】

谢中郎是王蓝田女婿[①]，尝著白纶巾[②]，肩舆径至扬州听事见王[③]，直言曰：“人言君侯痴，君侯信自痴。”蓝田曰：“非无此论，但晚令耳[④]。”

【注释】

①谢中郎：谢万，曾为从事中郎，故称。王蓝田：王述，袭父爵为蓝田侯，故称。②纶（guān）巾：古代配有青丝带的头巾。③听事：官署的大厅。④晚令：指成名较迟。令，指好名声。

【译文】

从事中郎谢万是蓝田侯王述的女婿，他曾经戴着白头巾，坐着轿子，直接来到扬州府的大厅上见王述，并直言不讳地说："人家都说大人傻，大人确实是傻。"王述回答道："不是没有这种议论，只是因为我成名比较迟罢了。"

【原典】

谢公尝与谢万共出西[①]，过吴郡[②]。阿万欲相与共萃王恬许[③]，太傅云[④]："恐伊不必酬汝，意不足尔。"万犹苦要，太傅坚不回，万乃独往。坐少时，王便入门内，谢殊有欣色，以为厚待已。良久，乃沐头散发而出，亦不坐，仍据胡床，在中庭晒头，神气傲迈，了无相酬对意。谢于是乃还，未至船，逆呼太傅。安曰："阿螭不作尔[⑤]！"

【注释】

①谢公：谢安。谢万：谢安弟。②吴郡：郡名，治所在今江苏苏州。③萃：聚集。④太傅：谢安。⑤阿螭（chī）：王恬的小名。

【译文】

谢安曾经和谢万一起坐船到西边的京都去，经过吴郡时，谢万想和谢安一起到王恬那里，太傅谢安说："恐怕他不一定会理你，我看不值得去拜访他。"谢万还是极力邀哥哥和自己一起去，但谢安态度坚决，谢万只好独自一个人去了。到王恬家坐了一会儿，王恬就进到屋去了，谢万心里很高兴，以为自己会受到热情款待。过了很久，王恬竟洗完头披着头发出来了，也不陪客人坐，而是就坐在马扎上，在院子里晒头发，神情傲慢而放纵，一点也没有应酬客人的意思。谢万于是只好回去，还没有回到船上，就开始大声喊他哥哥。谢安说："阿螭没有理睬你啊！"

【原典】

王子猷作桓车骑参军[①]。桓谓王曰："卿在府久，比当相料理[②]。"初不答，直高视，以手版拄颊云[③]："西山朝来，致有爽气。"

【注释】

①王子猷：王徽之，字子猷。②料理：安排。③手版：手板，古代官吏上朝或谒见上司时所拿的笏，以备记事之用。

【译文】

王徽之任车骑将军桓冲的参军。桓冲对他说："你到府中已经有很长一段时间了，近日内应该处理政务了。"王徽之并没有回答，只是看着远处，用手板支着腮帮子说："西山的早晨，空气真是新鲜呀。"

【原典】

谢万北征，常以啸咏自高①，未尝抚慰众士。谢公甚器爱万，而审其必败②，乃俱行。从容谓万曰："汝为元帅，宜数唤诸将宴会，以说众心。"万从之。因召集诸将，都无所说，直以如意指四坐云："诸君皆是劲卒③。"诸将甚忿恨之。谢公欲深著恩信④，自队主将帅以下，无不身造⑤，厚相逊谢。及万事败，军中因欲除之。复云："当为隐士⑥。"故幸而得免。

【注释】

①啸咏：长啸歌咏。自高：自命清高。②审：推究分析。③劲卒：精壮的士兵。④深著：深入显明。⑤身造：亲自访问。⑥隐士：谢安。

【译文】

谢万率兵北伐时，常常以长啸歌咏表示自己的清高，从来不曾安抚慰问过自己手下的将士。谢安很赏识和看重谢万，但心里很清楚他一定会失败，就和他一同出征。谢安从容不迫地对谢万说："你身为主帅，应该多抽些时间请将领们来宴饮、聚会，让大家心里高兴。"谢万答应了。于是就召集众将领来，什么话都没说，只是拿如意指着满座的人说："诸位都是精锐的兵。"全体将领听了都很怨恨他。谢安对众将领想多加恩惠，多讲信用，从队长将帅以下，无不亲自登门拜访，非常谦虚，诚恳谢罪。到谢万北伐失败后，军队内部想乘机除掉谢万。后来又说："应该为谢安着想一下。"所以谢万能侥幸免掉一死。

【原典】

王子敬兄弟见郗公①，蹑履问讯②，甚修外生礼。及嘉宾死③，皆著高屐，仪容轻慢。命坐，皆云“有事，不暇坐。”既去，郗公慨然曰：“使嘉宾不死，鼠辈敢尔！”

【注释】

①王子敬：即王献之。②蹑履：指穿着鞋，见客穿鞋在当时是有礼貌的表现。③嘉宾：郗超，字嘉宾，郗愔之子，是桓温亲信，曾权重一时。

【译文】

王献之兄弟去见郗愔，都要穿好鞋子去问候，很遵守做外甥的礼节。等到郗超去世以后，他们都穿着高底木板鞋，且态度明显很傲慢。郗愔叫他们坐，都说：“有事，没时间坐。”他们走后，郗愔感慨道：“如果郗超不死，这些鼠辈怎敢这样放肆！”

排调第二十五

【原典】

诸葛瑾为豫州[1]，遣别驾到台[2]，语云："小儿知谈，卿可与语。"连往诣恪[3]，恪不与相见。后于张辅吴坐中相遇[4]，别驾唤恪："咄咄郎君[5]。"恪因嘲之曰："豫州乱矣，何咄咄之有？"答曰："君明臣贤，未闻其乱。"恪曰："昔唐尧在上[6]，四凶在下[7]。"答曰："非唯四凶，亦有丹朱[8]。"于是一坐大笑。

【注释】

①诸葛瑾：字子瑜，诸葛亮之兄。为豫州：任豫州刺史。②别驾：官名，为州刺史的重要佐吏。③恪（kè）：诸葛恪，字元逊，诸葛瑾长子，少有才名，仕吴，官至太傅。④张辅吴：张昭，字子布，仕吴，为辅吴将军，故称。⑤郎君：属吏称长官之子。⑥唐尧：即陶唐氏，传说中的贤明君主。⑦四凶：传说中尧舜时的四个恶人：共工、驩兜、三苗、鲧，后被舜流放。⑧丹朱：相传为唐尧之子，由于不肖，唐尧传位给舜。

【译文】

诸葛瑾在担任豫州刺史的时候，派遣别驾入朝，并告诉他说："我的儿子很善言谈，你可以和他谈论谈论。"别驾多次去拜访诸葛恪，诸葛恪都不和他见面。后来两人在辅吴将军张昭家中作客时相遇，别驾招呼诸葛恪："哎呀呀，公子！"诸葛恪于是嘲笑他说："豫州出大乱了吗，有什么好惊叹的？"别驾回答说："君主圣明，臣子贤良，没有听说那里出了乱子。"诸葛恪说："古时上面虽有唐尧，下面仍有四凶。"别驾回答说："不仅有四凶，也有丹朱。"于是满座的人都哈哈大笑起来。

【原典】

钟毓为黄门郎[①]，有机警。在景王坐燕饮[②]。时陈群子玄伯、武周子元夏同在坐[③]，共嘲毓。景王曰："皋繇何如人？"对曰："古之懿士。"顾谓玄伯、元夏曰："君子周而不比，群而不党。"

【注释】

①钟毓：钟会的哥哥。②景王：司马师，司马懿之子，晋朝建立，追尊景帝。③陈群：陈泰之父。玄伯：即陈泰，字玄伯。

【译文】

钟毓任黄门侍郎，为人十分机灵敏锐。有一次陪侍景王宴饮。当时陈群的儿子陈泰、武周的儿子武陔一同在座，他们一起嘲笑钟毓。景王问："皋繇是怎样的一个人？"钟毓回答说："古代的一个有美德之士。"又回过头对陈泰、武陔说："君子诚信而不勾结，合群共处而不结党营私。"

【原典】

嵇、阮、山、刘在竹林酣饮，王戎后往。步兵曰："俗物已复来败人意[①]！"王笑曰："卿辈意，亦复可败邪？"

【注释】

①俗物：世俗之人，俗人。败人意：败坏人家的意兴。

【译文】

嵇康、阮籍、山涛、刘伶在竹林中畅饮，王戎后到，步兵校尉阮籍说："俗物又来败坏人的意兴！"王戎笑着说："你们这些人的意兴，难道是能够败坏的吗？"

【原典】

孙子荆年少时欲隐[①]，语王武子"当枕石漱流[②]"，误曰"漱石枕流"。王曰："流可枕，石可漱乎？"孙曰："所以枕流，欲洗其耳；所以漱石，欲砺其齿。"

【注释】

①孙子荆：孙楚，字子荆，晋太原人。②王武子：王济，字武子。枕

石漱流：用石块做枕头，用流水来漱口，指隐居山林。

【译文】

孙楚年轻时想要隐居，就告诉王济说自己打算“枕石漱流”，却口误说成了“漱石枕流”。王济说：“流水可以枕，石头可以漱口吗？”孙楚说：“枕流水是想要洗干净自己的耳朵，用石头漱口是想要磨炼自己的牙齿。”

【原典】

荀鸣鹤、陆士龙二人未相识①，俱会张茂先坐②。张令共语，以其并有大才，可勿作常语。陆举手曰：“云间陆士龙。”荀答曰：“日下荀鸣鹤。”陆曰：“既开青云睹白雉③，何不张尔弓，布尔矢④？”荀答曰：“本谓云龙骙骙⑤，定是山鹿野麋⑥。兽弱弩强，是以发迟。”张乃抚掌大笑。

【注释】

①荀鸣鹤：荀隐，字鸣鹤，晋颍川人。陆士龙：陆云，字士龙，吴郡吴县华亭（今上海松江）人。②张茂先：张华。③白雉：白色的野鸡。雉，野鸡。④布：搭放。⑤骙骙（kuí kuí）：强壮的样子。⑥麋（mí）：指麋鹿。

【译文】

荀隐、陆云两人原来并不相识，在张华家中作客时碰见了。张华让他们一起谈一谈，因为他们都有很高的学问和才干，就要求他们不要说平常的俗话。陆云拱手说：“我是云间陆士龙。”荀隐回答说：“我是日下荀鸣鹤。”陆云说：“既然青云已经散开，看见了白色的野鸡，为什么不张开你的弓，搭上你的箭？”荀隐回答说：“我本来以为云间之龙很强壮，原来却是山野间一只四不像的麋鹿。野兽虚弱而弓弩强大，因此迟迟不敢放箭。”张华于是拍手大笑。

【原典】

陆太尉诣王丞相①，王公食以酪②。陆还遂病。明日与王笺云③：“昨食酪小过，通夜委顿④。民虽吴人，几为伧鬼⑤。”

【注释】

①陆太尉：陆玩，字士瑶，吴郡吴人。王丞相：王导。②酪：用动物乳汁做的食品。③笺：下级给上级的书信。④委顿：委靡疲困。⑤伧：当时南人对北方人的蔑称。

【译文】

太尉陆玩去拜访丞相王导，王导拿奶酪来款待他。陆玩回家后就病倒了。第二天他给王导写信说："昨天吃奶酪稍微有点过量，整夜疲困不堪。小民虽然是吴人，却差一点成了北方的死鬼。"

【原典】

元帝皇子生[①]，普赐群臣。殷洪乔谢曰："皇子诞育，普天同庆。臣无勋焉，而猥颁厚赉[②]。"中宗笑曰[③]："此事岂可使卿有勋邪？"

【注释】

①元帝：司马睿。皇子：简文帝司马昱。②猥（wěi）：谦词，表示谦卑。厚赉（lài）：优厚的赏赐。③中宗：元帝司马睿的庙号。

【译文】

晋元帝皇子降生，遍赏群臣。殷羡谢赏时说："皇子诞生，普天下共同庆贺。臣下没有什么功劳，却承蒙皇上优厚的赏赐。"元帝笑着说："这事难道能让你有功劳吗？"

【原典】

诸葛令、王丞相共争姓族先后[①]，王曰："何不言葛、王，而云王、葛？"令曰："譬言驴马，不言马驴，驴宁胜马邪？"

【注释】

①诸葛令：诸葛恢，官至尚书令，故称。王丞相：王导。

【译文】

尚书令诸葛恢和丞相王导两人一起辩论姓氏的先后。王导说："为什么不说葛、王，而说王、葛呢？"诸葛恢说："譬如说驴马，不说马驴，驴难道就胜过马了吗？"

【原典】

王公与朝士共饮酒[①]，举琉璃碗谓伯仁曰：“此碗腹殊空，谓之宝器，何邪？”答曰：“此碗英英[②]，诚为清彻，所以为宝耳！”

【注释】

①朝士：指朝廷官员。②英英：透明的样子，指晶莹剔透。

【译文】

王导和朝廷的官员一起饮酒，他举起琉璃碗对周顗说：“这个碗腹内空空，人们却还称它为宝器，这是因为什么呢？”周顗回答说：“这个碗亮晶晶的，看上去晶莹剔透，这就是它能够成为宝器的原因啊！”

【原典】

明帝问周伯仁[①]：“真长何如人[②]？”答曰：“故是千斤犗特。”王公笑其言。伯仁曰：“不如卷角牸[③]，有盘辟之好[④]。”

【注释】

①明帝：司马绍。②真长：刘惔。③卷角牸（zì）：卷角的老母牛。④盘辟：盘旋。

【译文】

晋明帝问周顗：“刘惔是怎么样的人？”周顗回答说：“自然是个千斤重的阉牛。”王导嘲笑他说的活。周顗说：“当然比不上卷角的老母牛，能够好好地盘旋进退。”

【原典】

康僧渊目深而鼻高[①]，王丞相每调之。僧渊曰："鼻者面之山，目者面之渊。山不高则不灵，渊不深则不清。"

【注释】

①康僧渊：晋高僧，西域人，精通佛理。

【译文】

康僧渊眼睛深陷，鼻梁很高，丞相王导便经常嘲笑他。康僧渊说："鼻子是一个人脸上的山，眼睛是人脸上的深潭。山不高，就会显得没有灵气；潭不深，就不会清澈。"

【原典】

庾征西大举征胡[①]，既成行，止镇襄阳。殷豫章与书，送一折角如意以调之[②]。庾答书曰："得所致，虽是败物，犹欲理而用之。"

【注释】

①庾征西：庾翼，庾亮弟，官至征西将军，故称。②折角如意：断了一个角的如意。

【译文】

征西将军庾翼大举征伐胡人，军队出发以后，停留在襄阳防守。豫章太守殷羡写信给他，并送了一只缺角的如意来戏弄他。庾翼回信说："收到你送来的礼物，虽然是破损了的东西，但我还是想把它修好了来使用。"

【原典】

桓大司马乘雪欲猎[①]，先过王、刘诸人许[②]。真长见其装束单急[③]，问："老贼欲持此何作[④]？"桓曰："我若不为此，卿辈亦那得坐谈？"

【注释】

①桓大司马：桓温。②王、刘：王濛、刘惔。③单急：服装轻便紧身，指着戎装。④老贼：朋友间的戏称。

【译文】

大司马桓温趁着下雪想去打猎，先去王濛、刘惔的住处探望。刘惔看见他身着戎装，问道："老家伙穿着这身衣服要做什么？"桓温说："我如果不穿这种衣服，你们这班人又哪能闲坐清谈呢？"

【原典】

王、刘每不重蔡公。二人尝诣蔡，语良久，乃问蔡曰："公自言何如夷甫？"答曰："身不如夷甫[①]。"王、刘相目而笑曰[②]："公何处不如？"答曰："夷甫无君辈客。"

【注释】

①夷甫：王衍，字夷甫。②相目：互相对视。

【译文】

王濛、刘惔常常不尊重蔡谟。他们两人曾经去看望蔡谟，谈了很久，他们就问蔡谟说："您自己评价比王衍怎么样？"蔡谟回答说："我不如王衍。"王濛和刘惔相视一笑，又问："您什么地方不如？"蔡谟回答说："王衍没有像你们这样的客人。"

【原典】

张吴兴年八岁[①]，亏齿，先达知其不常，故戏之曰："君口中何为开狗窦？"张应声答曰："正使君辈从此中出入。"

【注释】

①张吴兴：张玄之，曾任吴兴太守，故称。

【译文】

吴兴太守张玄之八岁那年，掉了门牙，前辈贤达知道他不平凡，故意戏弄他说："您嘴里为什么现在开了一个狗洞？"张玄之应声回答说："正是让像你们这样的人从这里出入。"

【原典】

郝隆七月七日出日中仰卧[①]。人问其故，答曰："我晒书。"

【注释】

①郝隆：字佐治，汲郡（今河南汲县西南）人，官至征西将军。

【译文】

郝隆在七月七日那天在太阳下脸朝上躺着。有人问他这是干什么，他回答说："我在晒书。"

【原典】

范玄平在简文坐[①]，谈欲屈，引王长史曰："卿助我。"王曰："此非拔山力所能助。"

【注释】

①范玄平：范汪，字玄平，东晋颍阳（今河南许昌东南）人。简文：简文帝司马昱。

【译文】

范汪在简文帝家作客，清谈眼看要理亏了。就把左长史王濛拉过来说："请你帮帮我吧！"王濛说："这不是靠拔山的力量所能帮助的。"

【原典】

郝隆为桓公南蛮参军[①]，三月三日会[②]，作诗。不能者，罚酒三升。隆初以不能受罚，既饮，揽笔便作一句云："娵隅跃清池[③]。"桓问："娵隅是何物？"答曰："蛮名鱼为娵隅。"桓公曰："作诗何以作蛮语？"隆曰："千里投公，始得蛮府参军，那得不作蛮语也？"

【注释】

①郝隆：字佐治，曾为桓温属官。②三月三日会：原来为农历的上巳节，魏代以后定在三月三日，这一天人们到水边洗濯，祈福驱邪，也借此宴饮、郊游。③娵（jū）隅：古时南方的民族称鱼为娵隅。

【译文】

郝隆任桓温南蛮校尉府的参军。三月三日的聚会上，要求作诗，不能作诗的，要罚喝三升酒。郝隆刚开始因为作不出诗而被罚喝酒。喝完罚酒后，提笔写下一句诗："娵隅跃清池。"桓温问："娵隅是什么？"郝隆回答说："南蛮称鱼为娵隅。"桓温说："作诗为什么还要用蛮语呢？"郝隆说："我从千里之外来投奔您，才得到南蛮校尉府的参军一职，哪能不说南蛮语呢？"

【原典】

桓豹奴是王丹阳外生[①]，形似其舅，桓甚讳之。宣武云："不恒相似，时似耳！恒似是形，时似是神。"桓逾不说。

【注释】

①桓豹奴：桓嗣，字恭祖，小字豹奴，桓温的侄子，桓冲之子。王丹阳：王混，字奉正，王导之孙，王恬之子，官至丹阳尹。

【译文】

桓嗣是丹阳尹王混的外甥，容貌有点像他的舅父，桓嗣对这一点很忌讳。桓温说："你也不是总像他，只不过有时像他罢了！经常和他相像的是外貌，有时像他的是神态。"桓嗣听了更加不高兴。

【原典】

王子猷诣谢万[①]，林公先在坐，瞻瞩甚高[②]。王曰："若林公须发并全，神情当复胜此不？"谢曰："唇齿相须，不可以偏亡[③]。须发何关于神明？"林公意甚恶，曰："七尺之躯[④]，今日委君二贤。"

【注释】

①王子猷（yóu）：王徽之。②瞻瞩：指目光、神态。③偏亡：偏废，缺失。④七尺之躯：身高七尺，是成人的身长，这里指男子汉，大丈夫。

【译文】

王徽之到谢万家去，支道林和尚已经在座了，并表现出一副很高傲、瞧不起人的姿态。王徽之说："如果林公胡须头发都齐全，神态和风度能比现在更强吗？"谢万说："嘴唇和牙齿是互相依存的，是人体不可缺少的一部分。至于胡须头发和人的精神有什么关联呢？"支道林听了心里很不高兴，说："我这堂堂七尺之躯，今天就交给你们二位贤达评说了。"

【原典】

郗司空拜北府[1]，王黄门诣郗门拜[2]云："应变将略[3]，非其所长。"骤咏之不已。郗仓谓嘉宾曰[4]："公今日拜，子猷言语殊不逊，深不可容！"嘉宾曰："此是陈寿作诸葛评，人以汝家比武侯，复何所言！"

【注释】

①郗司空：郗愔。②王黄门：王徽之，他曾任黄门侍郎，故称。③将略：用兵的谋略。④郗仓：郗融，字景山，小字仓，郗愔次子。嘉宾：郗超，小字嘉宾，郗愔长子。

【译文】

司空郗愔就任北府长官，黄门侍郎王徽之登门祝贺，说："随机应变和用兵谋略两方面，并不是他的长处。"并不停地反复朗诵着这两句。郗融对郗超说："父亲今天受任，王徽之说话很不谦恭有礼，真不该这样纵容他！"郗超说："这是陈寿给诸葛亮作的评语，人家把你父亲比作诸葛亮，你还说什么呢！"

【原典】

王文度、范荣期俱为简文所要。范年大而位小，王年小而位大。将前，更相推在前。既移久，王遂在范后。王因谓曰："簸之扬之，糠秕在前[1]。"范曰："洮之汰之[2]，沙砾在后[3]。"

【注释】

①糠秕：糠皮。②洮：洗。③沙砾：沙子和小石块。

【译文】

王坦之和范启一起受到简文帝邀请。范启年纪大而职位低，王坦之年纪小而职位高。到了简文帝那里，将要进去的时候，两人几次来回推让，要让对方走在自己的前面。已经推让了很久，王坦之终于走在范启的后面。王坦之于是说："簸米扬米，秕子和糠在前面。"范启说："淘米洗米，沙子和石子在后面。"

【原典】

魏长齐雅有体量[①]，而才学非所经。初宦当出，虞存嘲之曰[②]："与卿约法三章：谈者死[③]，文笔者刑[④]，商略抵罪[⑤]。"魏怡然而笑，无忤于色。

【注释】

①魏长齐：魏颛，字长齐，会稽（今浙江绍兴）人，官至山阴令。②虞存：字道长，晋会稽山阴人，官至尚书吏部郎。③谈：指清谈。④文笔：指写文章。⑤商略：指评论，品评人物。

【译文】

魏颛为人处世很有度量，可是才学却不是他所擅长的。在刚做官要赴任时，虞存嘲弄他说："与你约法三章：高谈阔论的人要处死，舞文弄墨的人该判刑，品评人物的人得抵罪。"魏颛很开心地笑了，脸上没有一点抵触的情绪。

【原典】

郗嘉宾书与袁虎[①]，道戴安道、谢居士云[②]："恒任之风，当有所弘耳。"以袁无恒，故以此激之。

【注释】

①郗嘉宾：郗超。袁虎：袁宏，小字虎，晋陈郡人，官至东阳太守。②戴安道：戴逵。谢居士：谢敷。

【译文】

郗超写信给袁宏，评论戴逵、谢敷说："人做事得有恒心和负责任这种作风，这种作风应该得到发扬啊。"因为袁宏没有恒心，所以用这样的话来激励他。

【原典】

范启与郗嘉宾书曰[①]："子敬举体无饶纵[②]，掇皮无余润[③]。"郗答曰："举体无余润，何如举体非真者？"范性矜假多烦[④]，故嘲之。

【注释】

①郗嘉宾：郗超。②子敬：王献之。饶纵：指肌肤丰满肥胖。③掇

皮：剥皮。④矜假：矜持做作。

【译文】

范启给郗超的信写道："王献之全身干巴巴的，即使扒下全身的皮，也没有一点多余的肌肉。"郗超说："全身干巴巴的比起全身都是假的，哪样好？"范启生性矫揉造作，絮烦多事，所以郗超这样来嘲笑他。

【原典】

谢遏夏月尝仰卧①，谢公清晨卒来，不暇著衣，跣出屋外②，方蹑履问讯③。公曰："汝可谓'前倨而后恭'。"

【注释】

①谢遏：谢玄，小字遏，是谢安兄谢奕之子。②跣：赤脚。③蹑履：穿上鞋。

【译文】

谢玄在夏天时曾在床上仰面躺着，谢安在清晨突然过来了，谢玄来不及穿好衣服，光着脚跑出屋外，这才穿上鞋子向谢安问候。谢安说："你这样可以说是'前倨而后恭'。"

【原典】

符朗初过江①，王咨议大好事②，问中国人物及风土所生，终无极已③。朗大患之。次复问奴婢贵贱，朗云："谨厚有识中者，乃至十万；无意为奴婢问者，止数千耳。"

【注释】

①苻朗：字元达，前秦苻坚之侄，降晋后任员外散骑侍郎。②王咨议：王肃之，字幼恭，王羲之子。③终无极已：指问个不停，没完没了。

【译文】

苻朗刚过江到晋国，骠骑咨议王肃之非常爱管闲事，有空就向他咨询中原地区的人物、风土人情和物产等情况，问起来就没完没了。苻朗对他非常反感。有一天，王肃之又向他咨询奴婢价钱的高低，苻朗说："谨慎、忠厚、有见识的奴婢，能高达十万钱；而愚昧无知又要就奴婢的事问来问去的，只要几千钱而已。"

【原典】

顾长康啖甘蔗[①]，先食尾。问所以，云："渐至佳境[②]。"

【注释】

①顾长康：顾恺之。②佳境：美妙的境界。

【译文】

顾恺之吃甘蔗，总是先从蔗梢吃起。有人问他这样做的原因是什么，他说："这样吃才能逐渐进入美妙的境界。"

【原典】

孝武属王珣求女婿[①]，曰："王敦、桓温，磊砢之流[②]，既不可复得，且小如意，亦好豫人家事，酷非所须。正如真长、子敬比，最佳。"珣举谢混。后袁山松欲拟谢婚，王曰："卿莫近禁脔[③]。"

【注释】

①孝武：孝武帝司马曜。②磊砢（luǒ）：形容才能卓越。③禁脔（luán）：喻指不许别人染指的东西。

【译文】

晋孝武帝嘱托王珣选女婿，说："像王敦、桓温这些人，属于才能特别卓越的，这些人在当代很难再找到，而且这类人稍为得意了，就喜欢插手别人的家事，因此他们不是我需要的人。只是像刘惔、王献之这类人最好。”王珣提出谢混。后来袁山松打算把女儿嫁给谢混，王珣就对袁山松说：“你不要去染指别人的东西。”

【原典】

祖广行恒缩头[①]。诣桓南郡，始下车，桓曰：“天甚晴朗，祖参军如从屋漏中来[②]。”

【注释】

①祖广：字渊度，范阳（今河北涿州）人，任桓玄参军，官至护军长史。②屋漏：破屋漏雨之处。

【译文】

祖广走路时经常好缩着脑袋。有一天，他去拜访南郡公桓玄，刚一下车，桓玄就看着他说道：“天气很晴朗，怎么祖参军像是刚从漏雨的房子里出来似的。”

轻诋第二十六

【原典】

王太尉问眉子①："汝叔名士②，何以不相推重？"眉子曰："何有名士终日妄语？"

【注释】

①王太尉：王衍。②叔：指王澄，王衍之弟，字平子。

【译文】

太尉王衍问王玄说："你叔父是当代的名士，你为什么不推崇他？"王玄说："哪有名士整天胡言乱语的呢？"

【原典】

深公云①："人谓庾元规名士②，胸中柴棘三斗许。"

【注释】

①深公：竺道潜，字法深，晋高僧。②庾元规：庾亮，字元规。

【译文】

竺法深说："有人评价庾亮是名士，可是他心里面装着的小心计恐怕有三斗之多！"

【原典】

庾公权重①，足倾王公。庾在石头，王在冶城坐②。大风扬尘，王以扇拂尘曰："元规尘污人！"

【注释】

①庾公：庾亮。②冶城：古城名，在今南京西。坐：驻守。

【译文】

庾亮权势很大，足以盖过王导。庾亮在石头城，王导在冶城驻守。有一次，大风扬起了尘土，王导用扇子扇掉尘土说："庾亮的尘土弄脏人。"

【原典】

王丞相轻蔡公[①]，曰："我与安期、千里共游洛水边[②]，何处闻有蔡充儿？"

【注释】

①王丞相：王导。蔡公：蔡谟，字道明，蔡充子。②安期：王承。千里：阮瞻。

【译文】

丞相王导很轻视蔡谟，说："我和王承、阮瞻一块儿在洛水之滨游览时，哪里听说有蔡充的儿子这回事呢？"

【原典】

褚太傅初渡江[①]，尝入东，至金昌亭[②]。吴中豪右[③]，燕集亭中。褚公虽素有重名，于时造次不相识别。敕左右多与茗汁[④]，少著粽，汁尽辄益，使终不得食。褚公饮讫，徐举手共语云："褚季野！"于是四座惊散，无不狼狈。

【注释】

①褚太傅：褚裒，字季野，河南阳翟人，少负盛名，死后追赠太傅，故称。②金昌亭：驿亭名，在今江苏苏州阊门外。③吴中：指吴郡地区。豪右：豪门大族。④敕（chì）：古时自上告下之词。

【译文】

太傅褚裒刚到江南时，曾经到吴郡去，到了金昌亭，吴地的豪门大族，正在亭中聚会宴饮。褚裒虽然一向享有很高的名声，可是当时那些富豪在匆忙中，并不认识他，就另外吩咐手下人多给他茶水，少摆粽子，茶喝完了就添上，让他始终没有机会吃到东西。褚裒喝完茶，慢慢和大家作揖、谈话，说：“我是褚季野。”于是满座的人都惊慌走散，没有一个不是狼狈不堪。

【原典】

谢镇西书与殷扬州①，为真长求会稽。殷答曰：“真长标同伐异②，侠之大者。常谓使君降阶为甚③，乃复为之驱驰邪？”

【注释】

①谢镇西：谢尚，曾任镇西将军。殷扬州：殷浩，曾任扬州刺史。②标同伐异：称赞同道而攻击异己，等于党同伐异。③使君：对州郡长官的尊称。

【译文】

镇西将军谢尚写信给扬州刺史殷浩，推荐刘惔主持会稽郡的事务。殷浩回信说：“刘惔赞扬和自己同道的人，攻击异己，是心胸非常狭隘的人中最大的那个。我常常觉得你对他谦恭得有点过分了，现在你怎么竟然还为他奔走效力呢？”

【原典】

桓公入洛①，过淮、泗，践北境，与诸僚属登平乘楼②，眺瞩中原，慨然曰：“遂使神州陆沈③，百年丘墟，王夷甫诸人④，不得不任其责！”袁虎率而对曰⑤：“运自有废兴，岂必诸人之过？”桓公懔然作色⑥，顾谓四坐曰：“诸君颇闻刘景升不⑦？有大牛重千斤，啖刍豆十倍于常牛，负重致远，曾不若一羸牸。魏武入荆州，烹以飨士卒⑧，于时莫不称快。”意以况袁。四坐既骇，袁亦失色。

【注释】

①桓公：桓温。②平乘楼：大船的船楼。平乘，指大船。③神州：指中原地区。陆沈：比喻国土沦陷。④王夷甫：王衍，字夷甫，位至三公，喜好清谈。⑤袁虎：袁宏，字彦伯，小字虎。⑥懔（lǐn）然：令人敬畏的样子。⑦刘景升：刘表，字景升，东汉高平（今山东巨野南）人。⑧飨：用酒肉招待人。

【译文】

桓温进兵洛阳，经过淮水、泗水，踏上北方地区，和下属们登上船楼，遥望中原，感慨地说道："终于使国土沦陷，长时间成为废墟，王衍等人不能不承担这一罪责！"袁宏轻率地回答说："国家的命运本来有兴有衰，难道一定是他们这些人的过错吗？"桓温神色威严，面含怒色，环顾满座的人说："诸位听说过刘表吗？他有一头千斤重的大牛，吃的草料比普通牛多十倍，可是拉起货物走远路，简直连一头瘦弱的母牛都不如。魏武帝进入荆州后，把大牛宰了来犒劳士兵，当时没有人不称赞叫好。"桓温本意是用大牛来比喻袁宏。满座的人听罢都感到很震惊，袁宏本人也是大惊失色。

【原典】

袁虎、伏滔同在桓公府①。桓公每游燕，辄命袁、伏②。袁甚耻之，恒叹曰："公之厚意，未足以荣国士③。与伏滔比肩④，亦何辱如之？"

【注释】

①袁虎：袁宏。伏滔：字玄度，曾任桓温属下参军。②辄命袁、伏：总是叫袁宏、伏滔参加。③国士：一国所推崇的杰出人物。④比肩：并肩，比喻声望地位相等。

【译文】

袁宏和伏滔一同在桓温的大司马府中任职。桓温每逢游乐宴饮，都会叫上袁宏和伏滔来参加。袁宏对此感到非常羞愧，常常对桓温叹息说："您的深厚情意，不能够让杰出人士感到光荣。把我和伏滔同等看待，还有什么耻辱比得上这个呢？"

【原典】

刘尹、江虨、王叔虎、孙兴公同坐①，江、王有相轻色。虨以手歙叔虎云②："酷吏！"词色甚强。刘尹顾谓："此是瞋邪？非特是丑言声，拙视瞻。"

【注释】

①刘尹：刘惔。江虨（bīn）：字思玄，江统之子。王叔虎：王彪之。

孙兴公：孙绰。②歙（shè）：威胁之意。

【译文】

刘惔、江虨、王彪之、孙绰坐在一起，江虨和王彪之露出互相轻视的神色。江虨用手势威胁王彪之说："真是残暴的官吏！"说话的声音和脸色都很严厉。刘惔回头看着他说道："你这是在发怒吗？不仅说话难听，神色也很拙劣！"

【原典】

桓公欲迁都[①]，以张拓定之业。孙长乐上表，谏此议甚有理。桓见表心服，而忿其为异，令人致意孙云："君何不寻《遂初赋》[②]，而强知人家国事！"

【注释】

①桓公：桓温。②《遂初赋》：孙绰所作，意为辞去官职，实现隐退的初愿。

【译文】

桓温想迁都洛阳，来发展扩充疆土，安定国家的事业。长乐侯孙绰上奏章谏阻，他的主张很有见地。桓温看到奏章以后心里也是很钦佩，但他痛恨孙绰反对自己，就叫人向孙绰传话过去："您为什么不重温《遂初赋》，而硬要去过问别人的家国大事呢！"

【原典】

孙长乐兄弟就谢公宿[①]，言至款杂。刘夫人在壁后听之，具闻其语。谢公明日还，问："昨客何似？"刘对曰："亡兄门[②]，未有如此宾客！"谢深有愧色。

【注释】

①孙长乐兄弟：指孙绰和他的哥哥孙统。谢公：谢安。②亡兄：指已死的刘惔。

【译文】

长乐侯孙绰兄弟到谢安家住宿，言谈非常匮乏、杂乱。谢安妻子刘夫人在隔壁听，全都听到了他们的谈话。谢安第二天回到家里，问刘夫人对昨晚的客人感觉如何，刘夫人回答说："亡兄家里从来没有过这样的宾客。"谢安脸上流露出惭愧的神色。

【原典】

王中郎与林公绝不相得[①]。王谓林公诡辩，林公道王云："著腻颜帢，缔布单衣[②]，挟《左传》，逐郑康成车后，问是何物尘垢囊？"

【注释】

①王中郎：王坦之。林公：支道林。②绤布：粗葛布。

【译文】

王坦之和支道林合不来。王坦之认为支道林只会诡辩，支道林批评王坦之说："戴着油腻的过时的帽子，穿着粗葛布单衣，胳膊下夹着一部儒家经典《左传》，跟在郑康成的车子后面跑。请问这是什么装满臭垃圾的袋子？"

【原典】

孙长乐作王长史诔云[①]："余与夫子，交非势利，心犹澄水，同此玄味[②]。"王孝伯见曰[③]："才士不逊[④]，亡祖何至与此人周旋[⑤]！"

【注释】

①孙长乐：孙绰。王长史：王濛。②玄味：高远的旨趣。③王孝伯：王恭，字孝伯。④才士：有才气之士，指孙绰。⑤亡祖：指王濛，王濛是王恭的祖父。

【译文】

长乐侯孙绰给司徒左长史王濛写诔文，说："我与老夫子，相互交往不是为了势利，心里澄清得如同湖水，还一起欣赏玄妙的乐趣。"王恭看到后说："文人不谦虚，我先祖父何至于跟这种人交往！"

【原典】

殷觊、庾恒并是谢镇西外孙[①]。殷少而率悟，庾每不推。尝俱诣谢公，谢公熟视殷曰[②]："阿巢故似镇西。"于是庾下声语曰："定何似？"谢公续复云："巢颊似镇西。"庾复云："颊似，足作健不[③]？"

【注释】

①殷觊（yǐ）：字伯通，小字巢。庾恒：字敬则，庾龢之子，官至尚书仆射。谢镇西：谢尚。②熟视：仔细看。③作健：成为强者。

【译文】

殷觊、庾恒都是镇西将军谢尚的外孙。殷觊年少时就很直爽，有悟性，但庾恒却常常不推崇他。有一次他们都去拜访谢安，谢安仔细地看着殷觊说："阿巢的确长得像谢尚。"于是，庾恒低声问道："到底哪里像？"谢安接着又说："阿巢的脸颊长得像谢尚。"庾恒又问："脸蛋儿长得像，就能成为强者称雄吗？"

【原典】

苻宏叛来归国[①]。谢太傅每加接引[②]，宏自以有才，多好上人[③]，坐上无折之者[④]。适王子猷来[⑤]，太傅使共语。子猷直孰视良久，回语太傅云："亦复竟不异人！"宏大惭而退。

【注释】

①苻宏：前秦苻坚太子，苻坚被杀后投奔晋朝，为辅国将军。②谢太傅：谢安。接引：接待推荐。③上：凌驾，高出。④折：折服。⑤王子猷：王徽之。

【译文】

苻宏背叛前秦来归降晋朝，太傅谢安常常加以接待、推荐。苻宏认为自己很有才华，经常喜欢将自己凌驾于他人之上，座上宾客没有人能折服他。恰好王徽之来，谢安让他们一起交谈讨论。王徽之只是仔细打量了他好长时间，回头对谢安说："终究和别人没有什么不同。"苻宏见状深感惭愧，便起身告辞了。

假谲第二十七

【原典】

魏武少时[①]，尝与袁绍好为游侠[②]，观人新婚，因潜入主人园中，夜叫呼云："有偷儿贼！"青庐中人皆出观[③]，魏武乃入，抽刃劫新妇。与绍还出，失道，坠枳棘中，绍不能得动，复大叫云："偷儿在此！"绍遑迫自掷出，遂以俱免。

【注释】

①魏武：曹操。②游侠：指喜好交游，轻生重义，勇于救人急难等侠义行为的人。③青庐：当时婚俗，以青布搭屋迎娶新妇，举行婚礼。

【译文】

魏武帝曹操年轻时，和袁绍两人常常喜欢做游侠。有一次，他们去看人家结婚，乘机偷偷溜进主人的园子里，到了半夜大声喊道："有小偷！"青庐里面的人，都跑出来探个究竟，曹操便进去，拔出刀来抢劫新娘子，接着和袁绍迅速跑出来，半路上不小心迷了路，陷入了荆棘丛中，袁绍动不了。曹操又大喊："小偷在这里！"袁绍内心很害怕，就赶快自己跳了出来，两人这才得以逃脱。

【原典】

魏武行役，失汲道[①]，军皆渴，乃令曰："前有大梅林，饶子[②]，甘酸，可以解渴。"士卒闻之，口皆出水，乘此得及前源。

【注释】

①汲道：通向水源的道路。②饶子：指果实很多。

【译文】

曹操带领部队远行军，找不到取水的路，全军上下都很口渴，于是曹操便传令下去说："前面发现大片的梅树林子，里面梅子很多，味道甜酸，可以解渴。"士兵听了这番话，口水都流出来了，利用这个办法，部队才得以赶到前面的水源。

【原典】

魏武常言[①]："人欲危己，己辄心动。"因语所亲小人曰："汝怀刃密来我侧，我必说心动。执汝使行刑，汝但勿言其使，无他[②]，当厚相报。"执者信焉[③]，不以为惧，遂斩之。此人至死不知也。左右以为实，谋逆者挫气矣[④]。

【注释】

①魏武：曹操。常：曾经。②无他：没有别的，无害。③执者：指被逮捕的人。④挫气：挫伤了勇气，丧气。

【译文】

曹操曾经说过："如果有人要害我，我立刻就会心跳加快。"于是就对他身边一位贴身的侍从说："你怀揣着刀偷偷地来到我的身边，我一定会说心跳。我叫人逮捕你去执行刑罚，你只要不说出是我指使，就会没事，到时我一定会重金报答你。"被抓的侍从相信了他，一点也不觉得害怕，于是就被杀了。这个人到死也不知道到底是怎么回事。于是手下的人认为这是真的，那些图谋不轨的人都灰心丧气了。

【原典】

魏武常云："我眠中不可妄近，近便斫人[①]，亦不自觉，左右宜深慎此！"后阳眠[②]，所幸一人窃以被覆之[③]，因便斫杀。自尔每眠，左右莫敢近者。

【注释】

①斫：杀人。②阳：通"佯"，假装。③所幸：宠幸的人。

【译文】

魏武帝曹操曾经说过："我睡觉的时候千万不要随便靠近我，一靠近我，我就会杀人，连自己都不知道是怎么回事，我身边的人务必要小心这一点！”有一天，曹操假装睡熟了，有个亲信偷偷地拿条被子给他盖上，曹操就趁机把他杀死了。从此以后，每次睡觉的时候，身边的人没有谁敢靠近他。

【原典】

王大将军既为逆[①]，顿军姑孰。晋明帝以英武之才，犹相猜惮[②]，乃著戎服[③]，骑巴賨马[④]，赍一金马鞭，阴察军形势。未至十余里，有一客姥[⑤]，居店卖食。帝过愒之，谓姥曰：“王敦举兵图逆，猜害忠良，朝廷骇惧，社稷是忧。故劬劳晨夕[⑥]，用相觇察，恐形迹危露，或致狼狈。追迫之日，姥其匿之。”便与客姥马鞭而去。行敦营匝而出，军士觉，曰：“此非常人也！”敦卧心动，曰：“此必黄须鲜卑奴来[⑦]！”命骑追之，已觉多许里，追士因问向姥：“不见一黄须人骑马度此邪？”姥曰：“去已久矣，不可复及。”于是骑人息意而反。

【注释】

①王大将军：王敦。②猜惮：怀疑畏惧。③戎服：军服。④巴賨（cóng）马：巴地賨人所进贡的马。賨人为我国古代少数民族，居住今四川渠县一带。⑤客姥（mǔ）：客居的老妇人。⑥劬（qú）劳：劳苦。⑦鲜卑奴：对晋明帝的蔑称。晋明帝生母荀氏是北燕胡人，故其相貌与胡人相似。

【译文】

大将军王敦已经发动叛乱，把军队驻扎在姑孰。晋明帝虽然很有文才武略，但还是很怀疑畏惧他，于是就穿上军装，骑着巴賨马，拿着一条金马鞭，去暗中刺探王敦军队的情况。离王敦的军营还差十多里，有一外乡老妇在店里卖小吃，晋明帝路过那里停下休息，对她说：“王敦起兵图谋不轨，猜忌并且陷害朝廷忠臣良将，我担心国家的命运，所以早晚辛劳，来侦察王敦的动向，恐怕行动败露，可能陷于困境。我被追击的时候，希望老人家为我隐瞒行踪。”于是把马鞭送给这位外乡老妇后离开了。沿着王敦的营区走了一圈就出来了，王敦的士兵发现了，说：“这不是普通人啊！”王敦躺在床上，忽然心跳，说：“这一定是黄胡子的鲜卑奴来了！”下令骑兵去追赶他，可是已经相距很远了。追击的士兵就问刚才那位老妇："没有看见一个黄胡子的人骑马从这里经过吗？"老妇说："已经走了很久了，再也追不上了。"于是骑兵打消了继续追赶的念头，就回军营去了。

【原典】

王右军年减十岁时[①]，大将军甚爱之[②]，恒置帐中眠。大将军尝先出，右军犹未起。须臾，钱凤入[③]，屏人论事[④]，都忘右军在帐中，便言逆节之谋。右军觉，既闻所论，知无活理，乃剔吐污头面被褥，诈孰眠。敦论事造半[⑤]，方意右军未起，相与大惊曰："不得不除之！"及开帐，乃见吐唾从横，信其实孰眠，于是得全。于时称其有智。

【注释】

①王右军：王羲之。②大将军：王敦。③钱凤：字世仪，东晋人，为王敦铠曹参军，随王敦谋反，失败被杀。④屏：避开。⑤造半：到一半。

【译文】

右军将军王羲之不满十岁的时候，大将军王敦十分喜爱他，常常把他安排在自己的床帐中睡觉。有一次王敦先出帐，王羲之还没有起床。一会儿，钱凤进来，王敦避开手下的人，商议事情，一点也没想到王羲之还睡在床上，就说起叛乱的计划。王羲之醒来，已经听到了他们的谈论，就知道自己是没法活命了，于是抠出口水，把头脸和被褥都弄脏了，假装睡得很熟。王敦商量事情到中途，才想起王羲之还没有起床，彼此十分害怕，说："不得不把他杀了。"等到掀开帐子，才看见他吐得到处都是，就相信他真的睡得很熟，于是王羲之才保住了性命。当时人们都称赞他很有智慧和谋划。

【原典】

温公丧妇[①]，从姑刘氏，家值乱离散，唯有一女，甚有姿慧[②]，姑以属公觅婚。公密有自婚意，答云："佳婿难得，但如峤比云何？"姑云："丧败之余，乞粗存活，便足慰吾余年，何敢希汝比？"却后少日，公报姑云："已觅得婚处，门地粗可，婿身名宦，尽不减峤。"因下玉镜台一枚[③]。姑大喜。既婚，交礼，女以手披纱扇[④]，抚掌大笑曰："我固疑是老奴，果如所卜！"玉镜台，是公为刘越石长史[⑤]北征刘聪所得[⑥]。

【注释】

①温公：温峤。②有姿慧：漂亮、聪明。③玉镜台：玉制镜座，用以承托圆形的铜镜。④纱扇：新娘用来遮脸的用具，疑是盖头一类。⑤刘越石：刘琨。⑥刘聪：十六国时期前汉国国君。

【译文】

温峤死了妻子。他的堂姑刘氏，一家人碰上战乱，辗转离散，身边只有一个女儿，非常漂亮聪慧。堂姑托温峤给找个女婿。温峤私下里有意给自己定亲，就回答说："称心如意的女婿不容易找到，只是和我一样的行不行？"姑母说："经过战乱活下来的人，只求马马虎虎保住条命，就足以让我晚年感到安适了，哪里还敢希望能和你相比？"过后几天，温峤回复姑母说："已经找到一户人家，门第还算比较体面，女婿本人名声、官位全都不比我差。"于是送上一个玉镜台做聘礼。姑母非常高兴。等到结婚，行了交拜礼以后，新娘用手拨开面纱，拍手大笑说："我本来就怀疑是你这个老家伙，果然不出我的猜测。"玉镜台是温峤做刘琨的长史北伐刘聪时得到的。

【原典】

王文度弟阿智[①]，恶乃不翅[②]，当年长而无人与婚。孙兴公有一女，亦僻错[③]，又无嫁娶理。因诣文度，求见阿智。既见，便阳言："此定可，殊不如人所传，那得至今未有婚处？我有一女，乃不恶，但吾寒士，不宜与卿计，欲令阿智娶之。"文度欣然而启蓝田云："兴公向来，忽言欲与阿智婚。"蓝田惊喜。既成婚，女之顽嚚[④]，欲过阿智。方知兴公之诈。

【注释】

①王文度：王坦之。阿智：王处之，字文将，小名阿智，晋侍中王述之子。②不翅：不止，不仅。③僻错：怪僻，不近情理。④顽嚚（yín）：愚蠢而顽固。

【译文】

王坦之的弟弟王处之，不仅是愚蠢顽劣而已。当他成人时，年纪不小了却没有人和他结亲。孙绰有一个女儿，性格也很怪僻，不近情理，也没有办法嫁出去。孙绰便去拜访王坦之，要求见见阿智。见面后，就假装说："阿智这孩子一定是不错的，一点儿也不像人们所传的那样，哪能到现在还没有成亲呢？我有一个女儿，长得还可以不算很丑，只不过我是个贫寒之士，本不应和你商量婚事的，但我想让阿智娶她。"王坦之很高兴地将这件事告诉父亲蓝田侯王述，说："孙绰刚才来过，忽然说起要和阿智结亲。"王述又惊奇又高兴。结婚以后，女方的愚蠢、顽固，超过了阿智。王家这才知道孙绰的狡猾。

【原典】

范玄平为人好用智数[①]，而有时以多数失会。尝失官居东阳，桓大司马在南州[②]，故往投之。桓时方欲招起屈滞，以倾朝廷；且玄平在京，素亦有誉，桓谓远来投己，喜跃非常。比入至庭，倾身引望，语笑欢甚。顾谓袁虎曰："范公且可作太常卿。"范裁坐，桓便谢其远来意。范虽实投桓，而恐以趋时损名[③]，乃曰："虽怀朝宗，会有亡儿瘗在此，故来省视。"桓怅然失望，向之虚伫[④]，一时都尽。

【注释】

①范玄平：范汪，字玄平。智数：心计权术。②南州：姑孰，在今安徽当涂。③趋时：迎合时势。④虚伫：虚心等待。

【译文】

范汪为人处世爱用权术。可是有时他也因为多用权术而错失良机。他曾经失掉官职住在东阳郡，由于大司马桓温在姑孰，便想前去投奔他。桓温当时正打算招揽起用不得志的人才，以颠覆朝廷。再说范汪在京都，一向也很有声誉，桓温便认为他是远道而来投奔自己的，因此特别高兴。等到他进入院内，便侧身伸长脖子远望，说说笑笑，高兴得很。还回头对袁虎说："范公暂且可以任太常卿。"范汪刚刚坐下，桓温就感谢他远道而来的好意。范汪虽然确实是来投奔桓温，可是又怕人家说他趋炎附势，有损名声，便说："我虽然有心拜见长官，也正巧我有个儿子葬在这里，特意前来看望一下。"桓温听了，无精打采，大失所望，刚才那种虚心期待之情，顷刻之间全都没了。

黜免第二十八

【原典】

诸葛厷在西朝[①]，少有清誉，为王夷甫所重[②]，时论亦以拟王。后为继母族党所谗，诬之为狂逆。将远徙，友人王夷甫之徒，诣槛车与别[③]。厷问："朝廷何以徙我？"王曰："言卿狂逆[④]。"厷曰："逆则应杀，狂何所徙？"

【注释】

①诸葛厷（hóng）：字茂远，西晋琅琊（今山东临沂北）人。西朝：指西晋。②王夷甫：王衍。③槛车：囚车。④狂逆：狂放而且叛逆。

【译文】

诸葛厷在西晋时，年纪轻轻就享有很好的声誉，受到王衍的器重，当时的舆论也将他和王衍相比。后来被他继母的亲族造谣中伤，诬蔑他是狂放叛逆。将要把他流放到边远地区时，他的朋友王衍等人到囚车前与他告别，诸葛厷问："朝廷为什么要流放我？"王衍说："说你狂放、叛逆。"诸葛厷说："叛逆就该斩首，狂放有什么可流放的呢？"

【原典】

桓公入蜀[①]，至三峡中，部伍中有得猿子者。其母缘岸哀号，行百余里不去，遂跳上船，至便即绝。破视其腹中，肠皆寸寸断。公闻之怒，命黜其人。

【注释】

①桓公：桓温。入蜀：指桓温于晋穆帝永和二年（公元346年）出兵攻蜀。

【译文】

桓温进军蜀地，到达三峡时，部队里有个人逮到了一只小猿，母猿沿着江岸悲哀地号叫，一直追着船跑了一百多里路也不肯离开，最后终于跳上了船，一跳上就马上气绝。剖开母猿的肚子看，肠子都一寸一寸地断开了。桓温知道了这件事情后大怒，下令免去了那个人的职务。

【原典】

桓公坐有参军椅烝薤①，不时解，共食者又不助，而椅终不放，举坐皆笑。桓公曰："同盘尚不相助，况复危难乎？"敕令免官②。

【注释】

①桓公：桓温。烝薤（xiè）：一种蔬菜名。②敕令：命令。

【译文】

桓温的宴席上，有个参军用筷子夹烝薤吃时，筷子不小心被卡住了，一时夹不下来，同桌一起吃饭的人，又没人伸手帮他一把，而这位参军始终夹着不放手，满座的人都笑了起来。桓温说："同在一个盘子里吃饭，尚且不能互相帮助，更何况遇到危急患难呢？"便下令罢了他们的官。

【原典】

殷中军废后，恨简文曰①："上人著百尺楼上②，儋梯将去③。"

【注释】

①简文：晋简文帝司马昱。②上人：让人上去。③儋（dān）：二人用肩抗。

【译文】

中军将军殷浩被废为庶人以后，抱怨简文帝，说："让人登上百尺高楼后，然后将梯子拿掉了。"

【原典】

桓玄败后①，殷仲文还为大司马咨议②，意似二三，非复往日。大司马府听前有一老槐，甚扶疏。殷因月朔③，与众在听，视槐良久，叹曰："槐树婆娑，无复生意！"

【注释】

①败：指桓玄在晋安帝时执掌朝政，逼其禅位，建国号楚，后为刘裕声讨，兵败被杀。②殷仲文：桓玄的姐夫，助桓玄篡逆，官至侍中、尚书，后被刘裕所杀。③月朔：夏历每个月的初一。

【译文】

桓玄失败以后，殷仲文回到朝廷，担任大司马咨议，心情似乎反复不定，不再像以前那样了。大司马府厅堂前有一棵老槐树，枝叶非常松散、毫无生气。殷仲文按照初一的惯例，和众人聚集在厅堂上，他对着槐树看了很久，叹息说："老槐树枝叶散乱，不再有生机了！"

【原典】

殷仲文既素有名望，自谓必当阿衡朝政。忽作东阳太守，意甚不平。及之郡，至富阳，慨然叹曰："看此山川形势，当复出一孙伯符①！"

【注释】

①孙伯符：孙策，字伯符，孙坚之子，他占据江东，为吴国的建立奠定了基业。

【译文】

殷仲文一向很有名望，自认为一定能担当辅佐帝王、主持朝政的重任。如今忽然被调去做东阳太守，心里非常不平。等到了富阳时，他感慨地叹息说："看这里的山河地理形势，应该能再出一位像孙策那样的人！"

俭啬第二十九

【原典】

和峤性至俭，家有好李，王武子求之①，与不过数十。王武子因其上直②，率将少年能食之者③，持斧诣园，饱共啖毕，伐之，送一车枝与和公，问曰："何如君李？"和既得，唯笑而已。

【注释】

①王武子：王济，和峤的妻弟。②上直：指官员上朝值班。直，通"值"。③率将：带领。

【译文】

和峤生性极为吝啬，自己家有良种李树，王济求他给些李子，他只给了不过几十个。王济趁他上朝值班的空隙，带着一拨喜欢吃李子的小伙子，拿着斧子到果园里去，大家一起尽情地吃饱以后，把李树砍掉了，然后给和峤送去一车树枝，问道："比你家的李树好不好？"和峤收下了树枝，只是笑一笑罢了。

【原典】

王戎俭吝，其从子婚①，与一单衣，后更责之②。

【注释】

①从子：侄儿。②责：索取。

【译文】

王戎为人很吝啬，他的侄儿结婚，只送一件单衣，过后又被他给要回去了。

【原典】

司徒王戎[①]，既贵且富，区宅、僮牧[②]、膏田、水碓之属[③]，洛下无比。契疏鞅掌[④]，每与夫人烛下散筹算计。

【注释】

①司徒：官名，三公之一。②区宅：房屋、住宅。③水碓（duì）：利用水力旋动的舂米器具。④契疏：契约、账簿。鞅掌：烦劳，繁多。

【译文】

司徒王戎在朝廷当了很大的官，已经非常富有和显贵了，又有富足的财产，房屋住宅、奴婢仆夫、肥沃的良田、舂米的器具之类，整个洛阳城里没有人能和他相比的。他家里的契约账簿很多，常常和妻子在烛光下摆开筹码来计算。

【原典】

王戎女适裴頠，贷钱数万。女归，戎色不说。女遽还钱[①]，乃释然[②]。

【注释】

①遽：急忙。②释然：指不悦之色消除。

【译文】

王戎的女儿嫁给裴頠，曾向王戎借了几万钱。女儿回到娘家，王戎的脸色就变得很不高兴。于是女儿赶紧把钱还给他，王戎这才心平气和了。

【原典】

卫江州在寻阳[①]，有知旧人投之[②]，都不料理，唯饷"王不留行"一斤[③]。此人得饷，便命驾。李弘范闻之曰："家舅刻薄，乃复驱使草木。"

【注释】

①卫江州：卫展，字道舒，晋河东安邑（今山西运城）人。②知旧人：相知的老朋友。③王不留行：一种草药名。

【译文】

江州刺史卫展在寻阳时，有相知的老朋友来投奔他，他一概不作安排，只送给客人一斤"王不留行"草药。客人得到礼物后，就驾车走了。

他的外甥李弘度听说了这件事后，说："我舅父实在是太刻薄了，他竟然指使草木来为自己效劳。"

【原典】

苏峻之乱[①]，庾太尉南奔见陶公。陶公雅相赏重。陶性俭吝，及食，啖薤[②]，庾因留白。陶问："用此何为？"庾云："故可种。"于是大叹庾非唯风流，兼有治实。

【注释】

①苏峻之乱：指苏峻与祖约起兵讨庾亮，倾覆东晋朝廷之事，在晋成帝咸和二年（327）。②薤：多年生草本植物，鳞茎和嫩叶可以吃。

【译文】

苏峻叛乱时，太尉庾亮南逃去见陶侃，陶侃很赏识和看重他。陶侃为人很吝啬，到吃饭的时候，给他吃薤头，庾亮顺手留下薤白。陶侃问他："要这东西做什么？"庾亮说："仍然可以种。"于是陶侃非常赞叹庾亮不仅风度优雅，还具有治国的实际才能。

汰侈第三十

【原典】

石崇每要客燕集[1]，常令美人行酒。客饮酒不尽者，使黄门交斩美人[2]。王丞相与大将军尝共诣崇[3]。丞相素不能饮，辄自勉强，至于沉醉。每至大将军，固不饮，以观其变。已斩三人，颜色如故，尚不肯饮。丞相让之，大将军曰："自杀伊家人，何预卿事？"

【注释】

①石崇：字季伦。要：约请。②黄门：指宦者。③王丞相：王导。大将军：王敦。

【译文】

石崇每次宴请客人，常常让美人劝酒。如果哪位客人不将杯中酒喝尽，就叫家奴接连杀掉劝酒的美人。丞相王导和大将军王敦曾一起到石崇家赴宴，王导一向不擅长喝酒，总是勉强自己喝下去，直到大醉。每次轮到王敦喝酒时，他坚持不喝，以观察石崇究竟怎么样。已经连续杀了三个美人，王敦依然脸色不变，还是不肯喝酒。王导责备他，王敦说："他杀的是他自己家里的人，碍你什么事？"

【原典】

石崇厕常有十余婢侍列[1]，皆丽服藻饰[2]。置甲煎粉、沉香汁之属[3]，无不毕备。又与新衣著令出，客多羞不能如厕。王大将军往[4]，脱故衣，著新衣，神色傲然。群婢相谓曰："此客必能作贼。"

【注释】

①侍列：列队侍奉客人。②藻饰：修饰，打扮。③甲煎粉：唇膏类化妆品、香料。沉香汁：沉香木制成的香水。④王大将军：王敦。

【译文】

石崇家的厕所，经常有十多个婢女列队侍奉客人，她们都穿着华丽的衣服，打扮得很漂亮。厕所里有甲煎粉、沉香汁一类物品，各种各样的东西都准备得很齐全。上厕所的客人还必须换上新衣服才能出来，于是客人们大都因为害羞而不肯去上厕所。大将军王敦上厕所，就敢脱掉原来的衣服，穿上新衣服，并且还流露出傲慢的表情。婢女们私下互相评论说："这个客人一定会作乱！"

【原典】

武帝尝降王武子家[①]，武子供馔，并用琉璃器。婢子百余人，皆绫罗绔褶，以手擎饮食。烝㹠肥美，异于常味。帝怪而问之，答曰："以人乳饮㹠。"帝甚不平，食未毕，便去。王、石所未知作[②]。

【注释】

①武帝：晋武帝司马炎。王武子：王济。②王、石：王恺、石崇。

【译文】

晋武帝曾经到王济家里去，王济就设宴好好侍奉，盛食物用的全都是琉璃器皿。家中婢女有一百多人，都穿着用绫罗绸缎缝制的衣服，用手托举着食物。蒸好的小猪肥嫩鲜美，和一般的味道有点不一样。武帝感到奇怪，问王济这是怎么烹调的，王济回答说："是用人乳喂的小猪。"武帝听了心中觉得很不舒服，还没有吃完，就走了。这是连王恺、石崇都不懂得的制作方法。

【原典】

王君夫以粭糒澳釜[①]，石季伦用蜡烛作炊[②]。君夫作紫丝布步障碧绫里四十里，石崇作锦步障五十里以敌之。石以椒为泥，王以赤石脂泥壁[③]。

【注释】

①王君夫：王恺，字君夫。②石季伦：石崇，字季伦。③赤石脂：一种风化石，色红，纹理细腻，可涂饰墙壁。

【译文】

王恺用麦芽糖来擦洗锅子，石崇就用蜡烛当柴火来做饭。王恺用紫丝布做步障，衬上绿缕里子，长达四十里，石崇就用锦缎做成长达五十里的步障来和他抗衡。石崇用花椒种子和泥涂墙，王恺就用赤石脂来涂饰墙壁。

【原典】

石崇与王恺争豪①，并穷绮丽，以饰舆服②。武帝，恺之甥也，每助恺。尝以一珊瑚树，高二尺许赐恺，枝柯扶疏，世罕其比。恺以示崇。崇视讫，以铁如意击之③，应手而碎。恺既惋惜，又以为疾己之宝，声色甚厉。崇曰："不足恨，今还卿。"乃命左右悉取珊瑚树，有三尺、四尺，条干绝世，光彩溢目者六七枚，如恺许比甚众。恺惘然自失。

【注释】

①豪：豪华，阔绰。②舆服：指车马冠服与各种仪仗。③如意：一种表示祥瑞之玩物，可以用金、玉、铜、铁、竹、木等材质制成。

【译文】

石崇和王恺争比阔绰，两人都用最鲜艳华丽的东西来装饰自家的车马及冠服。晋武帝是王恺的外甥，常常资助王恺。他曾经把一棵二尺来高的珊瑚树送给王恺，这棵珊瑚树枝条繁茂，世上很少有和它相当的。王恺拿来给石崇看，石崇拿铁如意去敲它，随手就将其打碎了。王恺觉得非常可惜，又认为石崇是在妒忌自己的宝物，所以便一时声色俱厉。石崇说："不值得遗憾，现在我就赔给你。"于是就命侍从将家里的珊瑚树全都拿出来，有高达三尺、四尺的，枝条美丽世上少有，光彩夺目的有六七棵，像王恺那样的就更多了。王恺看了，惘然若失。

【原典】

王武子被责①，移第北邙下②。于时人多地贵，济好马射，买地作埒③，编钱币地竟埒。时人号曰“金沟”。

【注释】

①王武子：王济。被责：被责罚免官。②北邙（máng）：即邙山，在今河南洛阳东北。③埒（liè）：矮墙。

【译文】

王济被处分，移居到北邙山下。当时人多地贵，王济很喜欢跑马射箭，就买了地筑起矮墙当做跑马场，他用铜钱串连起来当作矮墙，于是环绕着整个马场的矮墙都是用钱编起来的。当时的人把这里叫作“金沟”。

【原典】

彭城王有快牛[①]，至爱惜之。王太尉与射[②]，赌得之。彭城王曰：“君欲自乘则不论；若欲啖者，当以二十肥者代之。既不废啖，又存所爱。”王遂杀啖。

【注释】

①彭城王：司马权，字子舆，晋武帝堂叔，封彭城王。②王太尉：王衍。

【译文】

彭城王有一头跑得很快的牛，他非常喜欢、珍爱这头牛。太尉王衍和他赌射箭，把牛赢了。彭城王说：“如果您想用它来驾车，我就不说什么了；如果想杀来吃，我就要用二十头肥牛来换下它。这既不耽误您的口福，又能够保全我所喜爱的牛。”结果王衍还是把这头牛给杀掉吃了。

忿狷第三十一

【原典】

魏武有一妓[①]，声最清高，而情性酷恶。欲杀则爱才，欲置则不堪[②]。于是选百人，一时俱教。少时，还有一人声及之，便杀恶性者。

【注释】

①魏武：曹操。②置：指不予追究。不堪：不能忍受。

【译文】

魏武帝曹操有一名歌女，她的歌声特别清脆高亢，但是脾气不好，性格顽劣。曹操想杀了她，却又爱惜她的才能；想对她不予追究，却又实在难以忍受她的坏脾气。于是就挑选了一百名歌女同时培养。不久，果然有一名歌女的歌喉赶上了她，曹操便把那个性情恶劣的歌女杀了。

【原典】

王司州尝乘雪往王螭许[①]。司州言气少有牾逆于螭[②]，便作色不夷[③]。司州觉恶，便舆床就之[④]，持其臂曰："汝讵复足与老兄计？"螭拨其手曰："冷如鬼手馨，强来捉人臂！"

【注释】

①王司州：王胡之，他曾做司州刺史，故称。王螭（chī）：王恬，小字螭虎，王导之子，王胡之的堂弟。②牾（wǔ）逆：抵触、冒犯。③不夷：不平和，不愉快。④舆（yú）床：搬动坐榻。

【译文】

司州刺史王胡之有一次趁着大雪天到王恬那里去。王胡之说话的语气和态度稍微有点冒犯了王恬，王恬就变了脸色，一副很不高兴的样子。王胡之觉得冒犯了他，就赶紧把坐榻挪近王恬身边，拉着他的手臂说："你值得和老兄我计较这些吗？"王恬拉开他的手说："冷得像鬼手一样，还硬要来拉人家的胳膊！"

【原典】

桓宣武与袁彦道樗蒱[①]，袁彦道齿不合，遂厉色掷去五木。温太真云："见袁生迁怒，知颜子为贵[②]。"

【注释】

①袁彦道：袁耽，字彦道，陈郡阳夏（今属河南）人。樗蒱（chū pú）：当时流行的一种赌博游戏。②颜子：颜回，孔子的学生。

【译文】

桓温和袁耽赌博，袁耽掷出的骰子不合自己的心意，竟然愤怒地将五枚色子扔了出去。温峤说："看见袁耽把怒气发泄到骰子上，才知道了颜回的宝贵。"

【原典】

谢无奕性粗强[①]。以事不相得[②]，自往数王蓝田[③]，肆言极骂。王正色面壁不敢动，半日，谢去良久，转头问左右小吏曰："去未？"答云："已去。"然后复坐。时人叹其性急而能有所容。

【注释】

①谢无奕：谢奕，字无奕，谢安之兄。②相得：彼此情意相投。③王蓝田：王述。

【译文】

谢奕的脾气很不好，非常粗暴固执，曾因为一件事情和王述意见不统一，就亲自前去数落蓝田侯王述，并由着自己的心情肆意攻击谩骂对方。王述表情严肃，对着墙一动不动地坐着。过了半天，谢奕已经走了很久，他才回过头问身旁的小官吏说："谢奕走了没有？"小官吏回答说："已经走了。"然后王述才转过身又坐回原处。当时的人们都称赞他虽然性情急躁，可是能宽容别人。

【原典】

王令诣谢公[①]，值习凿齿已在坐[②]，当与并榻。王徙倚不坐[③]，公引之与对榻。去后，语胡儿曰[④]："子敬实自清立，但人为尔多矜咳[⑤]，殊足损其自然。"

【注释】

①王令：王献之，官至中书令，故称。②习凿齿：出身寒门，有史才，官至荥阳太守。③徙倚：徘徊。④胡儿：谢朗，小字胡儿，谢安的侄子。⑤矜咳：矜持拘执。

【译文】

中书令王献之去拜访谢安，正遇上习凿齿已经在座，按照当时的礼节应和习凿齿并排坐。但王献之来回走动着，不肯入座，于是谢安就拉着他坐到了习凿齿对面的榻上。客人走后，谢安对谢朗说："献之确实是清高不随俗，不过人为地保持傲慢、固执，会损害他的自然天性。"

【原典】

桓南郡小儿时[①]，与诸从兄弟各养鹅共斗[②]。南郡鹅每不如，甚以为忿。乃夜往鹅栏间，取诸兄弟鹅悉杀之。既晓，家人咸以惊骇，云是变怪[③]，以白车骑[④]。车骑曰："无所致怪，当是南郡戏耳！"问，果如之。

【注释】

①桓南郡：桓玄，桓温之子，爵封南郡公。②从兄弟：堂兄弟。③变怪：鬼怪变异。④车骑：桓冲，桓玄之叔，曾任车骑将军。

【译文】

南郡公桓玄在自己还是小孩子时，和堂兄弟们各自养鹅来斗。桓玄因为自己的鹅常常斗输，就非常怨恨他们的鹅。于是就在夜里跑到鹅栏里，将堂兄弟们的鹅全抓出来杀掉。天亮以后，全家人都被这件事吓坏了，说这是妖物在作怪，于是就将这事告诉车骑将军桓冲。桓冲说："不可能是妖物在作怪，这肯定是桓玄在和大家开玩笑罢了！"追问起来，果然如此。

谗险第三十二

【原典】

王平子形甚散朗[①]，内实劲侠[②]。

【注释】

①王平子：王澄，太尉王衍之弟。散朗：洒脱开朗。②劲侠：刚劲狭隘。

【译文】

王澄外表看起来非常潇洒、爽朗，内心却非常刚烈、狭隘。

【原典】

袁悦有口才[①]，能短长说[②]，亦有精理。始作谢玄参军，颇被礼遇。后丁艰[③]，服除还都，唯赍《战国策》而已。语人曰："少年时读《论语》《老子》，又看《庄》《易》，此皆是病痛事[④]，当何所益邪？天下要物，正有《战国策》。"既下，说司马孝文王，大见亲待，几乱机轴[⑤]。俄而见诛。

【注释】

①袁悦：字元礼，东晋陈郡阳夏（今河南太康）人。②短长说：原指战国时纵横家纵横游说之术，《战国策》也名《短长书》，这里指游说。③丁艰：遭遇父母的丧事。④病痛：一般指小病，比喻小事。⑤机轴：喻指朝廷的秩序。

【译文】

袁悦有口才，擅长游说，他说的话都很精辟有道理。他起初担任谢玄的参军，很受礼遇优待。后来，遇到父母的丧事，在家守孝，除丧服后回到京城，只带了《战国策》罢了。他对别人说："我年轻时读了《论语》

《老子》，后来又看《庄子》《周易》，发现这些书讲的都是小事，对人有什么益处呢？天下重要的书籍，只有《战国策》。”到了京城以后，他去游说会稽王司马道子，受到了特别的亲近厚待，几乎影响了朝廷的正常秩序。不久他就被杀了。

【原典】

孝武甚亲敬王国宝、王雅①。雅荐王珣于帝②，帝欲见之。尝夜与国宝、雅相对，帝微有酒色，令唤珣。垂至，已闻卒传声，国宝自知才出珣下，恐倾夺要宠，因曰：“王珣当今名流，陛下不宜有酒色见之，自可别诏也。”帝然其言，心以为忠，遂不见珣。

【注释】

①孝武：晋孝武帝司马曜，简文帝之子，在位二十四年。王国宝：王坦之之子，东晋时历任中书令、尚书左仆射。王雅：字茂建，东晋时官侍中、太子少傅、左仆射。②王珣：王导之孙。

【译文】

晋孝武帝很亲近并且尊重王国宝和王雅。王雅向孝武帝推荐王珣，孝武帝便想要召见他。有一天晚上，孝武帝和王国宝、王雅对坐着喝酒，孝武帝脸上略带酒意，便下令召见王珣。王珣将到，已经听到了吏卒传话的声音，王国宝知道自己的才能在王珣之下，害怕王珣会和自己争宠，就对孝武帝说：“王珣是当今的名流人士，陛下不宜带着酒意去召见他，本来可以选择其他时间召见的。”孝武帝认为他说得对，心里便认为他是忠心的，于是没有召见王珣。

【原典】

王绪数谗殷荆州于王国宝①，殷甚患之，求术于王东亭②。曰：“卿但数诣王绪，往辄屏人，因论它事，如此，则二王之好离矣。”殷从之。国宝见王绪，问曰：“比与仲堪屏人何所道？”绪云：“故是常往来，无它所论。”国宝谓绪于己有隐，果情好日疏，谗言以息。

【注释】

①王绪：字仲业，太原（今属山西）人。殷荆州：殷仲堪。②术：方法。王东亭：王珣，封东亭侯。

【译文】

王绪曾多次在王国宝面前说荆州刺史殷仲堪的坏话，殷仲堪对这事感到很担忧，向东亭侯王珣讨教对付他的办法。王珣说："你只要一次又一次地去拜访王绪，一去就叫手下的人退出去，接着谈别的事情，这样，二王的交情就疏远了。"殷仲堪就按他说的去做。后来王国宝见到王绪，问道："你近来和殷仲堪在一起，经常赶走手下人，都说些什么呢？"王绪回答说："都是一般的普通往来，没有谈论别的什么事情。"王国宝认为王绪对自己有隐瞒，两人的感情果然渐渐疏远了，谗言这才平息下来。

尤悔第三十三

【原典】

魏文帝忌弟任城王骁壮①。因在卞太后阁共围棋②，并啖枣，文帝以毒置诸枣蒂中。自选可食者而进，王弗悟，遂杂进之。既中毒，太后索水救之。帝预敕左右毁瓶罐，太后徒跣趋井，无以汲。须臾，遂卒。复欲害东阿③，太后曰："汝已杀我任城，不得复杀我东阿！"

【注释】

①魏文帝：曹丕，字子桓，曹操次子。任城王：曹彰，字子文，曹操与卞太后所生之第二子，好勇性刚，深得曹操喜爱。骁（xiāo）壮：勇猛健壮。②卞太后：魏文帝曹丕的母亲，曹丕登位时尊为太后。③东阿：指曹植，字子建，曹操第三子，封东阿王，故称。

【译文】

魏文帝曹丕妒忌他的弟弟任城王曹彰勇猛刚强。于是就借在卞太后的内阁里一起下围棋并吃枣的机会，文帝先把毒药放在枣蒂里，自己挑那些没放毒的吃；任城王曹彰没有察觉，就把有毒、没毒的混着吃了。中毒以后，卞太后要找水来救他。可是文帝事先命令手下的人把装水的瓶瓶罐罐都打碎了，卞太后匆忙间光着脚赶到井边，却没有东西打水，不久任城王曹彰就死了。魏文帝又要害死东阿王曹植，卞太后说："你已经害死了我的任城儿，不能再害我的东阿儿了！"

【原典】

陆平原河桥败①，为卢志所谗，被诛。临刑叹曰："欲闻华亭鹤唳②，可复得乎？"

【注释】

①陆平原：陆机，字平原，吴郡吴人。②华亭鹤唳：华亭，今上海市松辽县西平原村，有华亭谷、华亭水，是陆机故居。其地出鹤，当地人谓之鹤窠。后来用“华亭鹤唳”表示怀念故土而感慨生平悔入仕途。唳，鸣叫。

【译文】

平原内史陆机在河桥兵败后，受到卢志的诬陷，终于被杀。他在临刑前感慨道：“还想听一听故乡华亭的鹤鸣，但还能听得到吗？”

【原典】

刘琨善能招延①，而拙于抚御。一日虽有数千人归投，其逃散而去，亦复如此，所以卒无所建。

【注释】

①刘琨：字越石，中山魏昌（今河北无极县）人，西晋政治家、文学家、音乐家和军事家。

【译文】

刘琨擅长招揽人才，可是他却并不善于安抚和驾驭人才。一天之内可能会有几千人前来投奔他，可是逃跑离开的人也有这么多，所以他最终没有取得很大的成就。

【原典】

王大将军起事①，丞相兄弟诣阙谢②。周侯深忧诸王，始入，甚有忧色。丞相呼周侯曰：“百口委卿③！”周直过不应。既入，苦相存救④。既释，周大说，饮酒。及出，诸王故在门。周曰：“今年杀诸贼奴⑤，当取金印如斗大系肘后。”大将军至石头，问丞相曰：“周侯可为三公不？”丞相不答。又问：“可为尚书令不？”又不应。因云：“如此，唯当杀之耳！”复默然。逮周侯被害，丞相后知周侯救己，叹曰：“我不杀周侯，周侯由我而死。幽冥中负此人！”

【注释】

①王大将军：王敦。②丞相：指王导。③百口：指全家人的性命。④存救：保全，援救。⑤贼奴：指王敦等叛逆之臣。

【译文】

大将军王敦起兵反，丞相王导和家族众兄弟到朝廷请罪。武城侯周顗特别担心王氏一家的命运，刚进宫时，表情显得很忧虑。王导招呼周顗说："我一家百口人的性命就全拜托你了！"周顗照直走过去，没有回答。进宫后，极力援救王导。事情解决以后，周顗十分高兴，喝起酒来。等到出宫，王氏一家仍然在门口。周顗说："今年把乱臣贼子都消灭了，定会拿到像斗大的金印挂在胳膊肘上。"王敦攻陷石头城后，问王导说："周顗可以做三公吗？"王导不回答。又问："可以做尚书令吗？"王导又不回答。王敦就说："既然这样，那就杀掉他算了！"王导再次选择默不作声。等到周顗被害后，王导才知道周顗原来是救过自己的，他叹息说："我不杀周顗，周顗却是因为我而死，到阴曹地府中，我对不起这个人！"

【原典】

庾公欲起周子南[①]，子南执辞愈固。庾每诣周，庾从南门入，周从后门出。庾尝一往奄至，周不及去，相对终日。庾从周索食，周出蔬食[②]，庾亦强饭，极欢；并语世故，约相推引，同佐世之任[③]。既仕，至将军二千石[④]，而不称意。中宵慨然曰："大丈夫乃为庾元规所卖！"一叹，遂发背而卒。

【注释】

①庾公：庾亮。周子南：周邵，字子南，与南阳翟汤隐于寻阳庐山，东晋时官至西阳太守。②蔬食：指粗食。③佐世：辅佐朝廷治理天下。④将军二千石：周邵官至镇蛮将军、西阳太守，俸禄二千石。

【译文】

庾亮很想让周邵出来做官，周邵执意推辞，而且态度越来越坚决。庾亮每次去拜访周邵，庾亮从南门进来，周邵就从后门出去。有一次庾亮突然拜访，周邵来不及避开，就和庾亮面对面坐了一整天。庾亮向周邵讨要饭吃，周邵就拿出粗茶淡饭，庾亮也勉强吃下去，还显得很高兴。两人一起谈论世事，庾亮向周邵约定，要引荐他，两人共同担负起辅助国家的重任。周邵出来做官后，官做到了将军、郡守，但他并不称心如意。在半夜里感慨地说："大丈夫竟然被庾亮给出卖了！"一声长叹，终于背疮发作而死。

【原典】

阮思旷奉大法[①]，敬信甚至。大儿年未弱冠，忽被笃疾。儿既是偏所爱重，为之祈请三宝[②]，昼夜不懈。谓至诚有感者，必当蒙祐。而儿遂不济。于是结恨释氏，宿命都除[③]。

【注释】

①阮思旷：阮裕，字思旷，阮籍族弟。大法：指大乘佛教深妙之法。②三宝：佛教称佛、法、僧为三宝。佛，指创教者释迦牟尼；法，指佛教的一切教法；僧，指继承和宣扬佛法的僧徒。③宿命：佛教用语，指前世善恶决定今世命运。

【译文】

阮裕信奉佛教，态度很虔诚，信奉的程度几乎到了顶点。大儿子尚未成年，忽然患了重病。这个儿子既是他特别喜爱也是他非常看重的，于是就为大儿子祈请三宝，昼夜坚持不懈。自认为信仰最虔诚，肯定能有所感应，必定可以让儿子得到眷顾。可是这个儿子到底还是没救过来。于是就怀恨佛教，把命定论全都抛弃了。

【原典】

桓公卧语曰[①]："作此寂寂，将为文、景所笑[②]！"既而屈起坐曰[③]："既不能流芳后世，亦不足复遗臭万载邪？"

【注释】

①桓公：桓温。②文、景：指晋文帝司马昭和晋景帝司马师。③屈起：突然。屈，通"崛"。

【译文】

桓温躺在床上说道："现在像我这样无所事事，将会被文帝、景帝所耻笑。"接着他一下坐起来说："既然不能流芳百世，难道遗臭万年也不可以吗！"

【原典】

简文见田稻[1]，不识，问是何草，左右答是稻。简文还，三日不出，云："宁有赖其末[2]，而不识其本[3]？"

【注释】

①简文：晋简文帝司马昱。②末：末端，指稻谷。③本：根本，指稻禾。

【译文】

简文帝看见田里的稻子，不认识，就问那是什么草，近侍回答是稻子。简文帝回到宫里，三天没有出门，说："哪里有依靠它的末梢活命，而不识其根本的呢？"

【原典】

桓车骑在上明畋猎[1]。东信至[2]，传淮上大捷[3]。语左右云："群谢年少，大破贼。"因发病薨。谈者以为此死，贤于让扬之荆[4]。

【注释】

①桓车骑：桓冲，大司马桓温之弟，官至车骑将军。②东信：东边的信使。③淮上大捷：晋孝武帝太元八年（383年），谢玄等人于淝水打败前秦苻坚。④贤：胜过。

【译文】

车骑将军桓冲在上明打猎。这时东边的信使到了，送来淮上大捷的消息。桓冲对随从说："谢家年轻人大败贼寇！"于是就发病死了。当时的舆论都认为他这样死去，比当年让出扬州刺史职位到荆州去任职更贤明。

纰漏第三十四

【原典】

王敦初尚主①，如厕，见漆箱盛干枣，本以塞鼻，王谓厕上亦下果，食遂至尽。既还，婢擎金澡盘盛水，琉璃碗盛澡豆②，因倒著水中而饮之，谓是干饭。群婢莫不掩口而笑之。

【注释】

①尚主：指娶公主为妻。②澡豆：洗手、洗面用的物品。

【译文】

王敦刚和公主结婚时，上厕所，看见漆箱里装着干枣，这原本是用来堵鼻子的，王敦以为厕所里也要摆设果品，便拿着吃起来，结果干枣都被他给吃光了。出来时，看侍女端着装水的金澡盘和装澡豆的琉璃碗，王敦便把澡豆倒入水里喝了，以为是干粮。侍女们都捂着嘴笑话他。

【原典】

元皇初见贺司空①，言及吴时事，问："孙皓烧锯截一贺头②，是谁？"司空未得言，元皇自忆曰："是贺劭。"司空流涕曰："臣父遭遇无道，创巨痛深③，无以仰答明诏。"元皇愧惭，三日不出。

【注释】

①贺司空：贺循，死后追赠司空。②孙皓：三国时吴国的最后一个君主。③创：创伤，伤口。

【译文】

晋元帝第一次召见司空贺循，谈到吴国的事情，问道："孙皓烧红一把锯，锯下一个姓贺的头颅，这个人是谁？”贺循还没说，元帝自己想起来，说：“是贺劭。”贺循流着泪说：“臣的父亲碰上无道昏君，臣心理痛苦至极，无法回答陛下英明的问话。”元帝感到很羞愧，三天都没有出门。

【原典】

谢虎子尝上屋熏鼠①。胡儿既无由知父为此事②，闻人道痴人有作此者，戏笑之，时道此非复一过。太傅既了己之不知，因其言次，语胡儿曰：“世人以此谤中郎③，亦言我共作此。”胡儿懊热④，一月日闭斋不出。太傅虚托引己之过⑤，以相开悟，可谓德教⑥。

【注释】

①谢虎子：谢据，小字虎子。②胡儿：谢朗，小字胡儿，谢据之子。③中郎：指谢据，他在兄弟中排名第二，故称。④懊热：烦闷，烦躁。⑤虚托：假托。⑥德教：以道德的教育来感化人，使人觉悟。

【译文】

谢据曾经爬上房顶熏老鼠。谢朗从来都不知道父亲做过这件事，所以听人说有个像傻子一样的人做了这样的事，就跟人一起嘲笑这种人，还不止一次地提起这件事。太傅谢安明白谢朗并不知道他的父亲做过这种事，就趁着他说起这件事的机会，对谢朗说：“一般人拿这件事情来毁谤你的父亲，还说我与他共同做了这件事。”谢朗听了，悔恨烦躁，将自己关在书房里一个月不出来。谢安用假托这件事是自己的过错，以此来开导谢朗，使他醒悟过来，这真可以说是德教。

【原典】

殷仲堪父病虚悸①，闻床下蚁动，谓是牛斗。孝武不知是殷公②，问仲堪：“有一殷，病如此不？”仲堪流涕而起曰：“臣进退唯谷③。”

【注释】

①殷仲堪父：殷师，字师子，陈郡（今属河南）人。虚悸：中医病名，因气血亏虚造成心跳发慌等症状。②孝武：晋孝武帝司马曜。殷公：指殷仲堪之父。③进退唯谷：进退两难，这里指不知所对。

【译文】

殷仲堪的父亲生病得了虚悸症，听到床下有蚂蚁的响动，以为是牛在斗架。晋孝武帝不知道生病的人就是殷仲堪的父亲，便问殷仲堪道："有一个姓殷的人，生的病就是这样的吗？"殷仲堪流着泪站起来回答说："臣子进退两难，不知该如何回答。"

【原典】

虞啸父为孝武侍中①，帝从容问曰："卿在门下②，初不闻有所献替。"虞家富春③，近海，谓帝望其意气，对曰："天时尚暖，鮆鱼虾鲊未可致，寻当有所上献。"帝抚掌大笑。

【注释】

①虞啸父：东晋会稽余姚（今浙江余姚）人。②门下：官署名，即门下省，是皇帝的顾问机关。③富春：县名，在今浙江富阳。

【译文】

虞啸父担任晋孝武帝侍中时，孝武帝很含蓄地问他："你在门下省任职时，怎么从来没有听到你进献过什么可行的高见。"虞啸父的家在富春，靠近海边，虞啸父误以为这是孝武帝希望他能进贡一些物品，就回答说："现在，天气还暖和，鱼类制品现在还捕不到，不久应当会有所进献。"孝武帝听了拍手大笑。

惑溺第三十五

【原典】

魏甄后惠而有色[①]，先为袁熙妻[②]，甚获宠。曹公之屠邺也[③]，令疾召甄，左右白："五官中郎已将去[④]。"公曰："今年破贼，正为奴。"

【注释】

①魏甄后：三国时魏文帝曹丕的皇后甄氏。②袁熙：字显奕，袁绍次子。③曹公：曹操。邺：县名，为冀州治所，故址在今河北临漳西南。④五官中郎：指曹丕，曾任五官中郎，故称。

【译文】

魏文帝曹丕的皇后甄氏既聪慧又漂亮，原先是袁熙的妻子，很受宠爱。曹操攻陷邺城，大肆杀害城里的百姓时，下令迅速召见甄氏，侍从禀告说："五官中郎已经把她带走了。"曹操说："今年打败袁贼，正是为了她。"

【原典】

贾公闾后妻郭氏酷妒[①]，有男儿名黎民，生载周[②]，充自外还，乳母抱儿在中庭，儿见充喜踊，充就乳母手中呜之[③]。郭遥望见，谓充爱乳母，即杀之。儿悲思啼泣，不饮它乳，遂死。郭后终无子。

【注释】

①贾公闾：贾充。郭氏：郭配之女，名槐，晋惠帝贾后之母。②载周：指满周岁。③呜：亲吻。

【译文】

贾充的后妻郭氏生性忌妒心很重，她有一个儿子名叫黎民，出生刚满一周岁时，有一天贾充从外面回来，乳母正抱着小孩在院子里玩，小孩看见贾充，高兴得活蹦乱跳，贾充在奶妈的手中亲吻了儿子一下。郭氏远远望见了，认为贾充爱上了乳母，于是立即就把乳母给杀了。小孩想念乳母，不停地啼哭，也不吃别人的奶，终于饿死了。郭氏后来一直没有再生儿子。

【原典】

孙秀降晋[①]，晋武帝厚存宠之，妻以姨妹蒯氏，室家甚笃[②]。妻尝妒，乃骂秀为“貉子”[③]。秀大不平，遂不复入。蒯氏大自悔责，请救于帝。时大赦，群臣咸见。既出，帝独留秀，从容谓曰：“天下旷荡[④]，蒯夫人可得从其例不？”秀免冠而谢[⑤]，遂为夫妇如初。

【注释】

①孙秀：字彦才，吴郡吴（今江苏苏州）人。②室家：指夫妇。③貉子：野兽名，类似狐狸，此为骂人之语，因当时中原士族轻视江东吴人，故称他们为“貉子”。④旷荡：宽宏大量。⑤免冠：脱下帽子，古人免冠是表示谢罪的意思。

【译文】

孙秀投降了晋国，晋武帝深加安抚并宠信他，把小姨子蒯氏嫁给他，夫妻间感情很深厚。蒯氏曾经因为忌妒，竟骂孙秀是“貉子”。孙秀非常生气，于是就不再进蒯氏的内室了。蒯氏深为悔恨自责，请求武帝帮助。当时正巧逢大赦天下，群臣都受到召见。召见完毕，群臣已经离开，武帝单独把孙秀留下，语气和蔼地对他说：“现在国家都以宽大为怀，实行大赦天下，蒯夫人是否可以按例得到宽恕呢？”孙秀脱帽谢罪，于是夫妇和好如初。

【原典】

王安丰妇[①]常卿安丰[②]。安丰曰：“妇人卿婿，于礼为不敬，后勿复尔。”妇曰：“亲卿爱卿，是以卿卿；我不卿卿，谁当卿卿！”遂恒听之。

【注释】

①王安丰：王戎。②卿：第二人称“你”或“您”的代词。用于夫称妻，夫妻对称，君称臣，上称下，长称幼，或同辈间互称，有表示尊重、客气、亲昵等的意思。

【译文】

安丰侯王戎的妻子常常称王戎为卿。王戎说：“妻子称丈夫为卿，在礼节上算不敬重，以后不要再这样称呼了。”妻子说：“亲卿爱卿，因此称卿为卿；我不称卿为卿，谁该称卿为卿！”于是王戎索性任凭她这样称呼。

【原典】

王丞相有幸妾姓雷[①]，颇预政事，纳货。蔡公谓之“雷尚书[②]”。

【注释】

①幸妾：受宠爱的妾。②蔡公：蔡谟。尚书：官名，掌管文书奏章，协助皇帝处理政务。

【译文】

丞相王导有个爱妾姓雷，非常喜欢干预政事，并私下收受贿赂。于是蔡谟就称她为“雷尚书”。

仇隙第三十六

【原典】

孙秀既恨石崇不与绿珠①，又憾潘岳昔遇之不以礼②。后秀为中书令，岳省内见之，因唤曰："孙令，忆畴昔周旋不？"秀曰："中心藏之，何日忘之？"岳于是始知必不免。后收石崇、欧阳坚石③，同日收岳。石先送市，亦不相知。潘后至，石谓潘曰："安仁，卿亦复尔邪？"潘曰："可谓'白首同所归'。"潘《金谷集诗》云："投分寄石友，白首同所归。"乃成其谶④。

【注释】

①孙秀：字俊忠，西晋琅琊（今山东临沂）人，赵王司马伦用为侍郎，后为中书令，专擅朝政，司马伦败后被杀。绿珠：石崇的爱妾，善吹笛，很漂亮。②潘岳：字安仁，曾任给事黄门侍郎。孙秀诬陷他和石崇追随淮南王等作乱，夷三族。③石崇：字季伦，小名齐奴，渤海南皮（今河北南皮东北）人。欧阳坚石：欧阳建，字坚石，是石崇的外甥。④谶（chèn）：预兆；预言。

【译文】

孙秀既怨恨石崇不肯让出绿珠给自己，又不满潘岳从前对自己的无礼羞辱。后来孙秀担任中书令，潘岳在中书省的官府里见到他，就和他打招呼道："孙令，你还记得我们过去的交往吗？"孙秀说："一直都藏在心里，哪有一天能够忘记的呢？"潘岳这才知道自己免不了祸难。后来孙秀逮捕了石崇、欧阳坚石，在同一天之内也逮捕了潘岳。石崇首先被押赴刑场，并不了解潘岳的情况。潘岳后来也被押到了刑场，于是石崇对他说："安仁，你也这样吗？”潘岳说：“可以说是‘白首同所归’。”潘岳在《金谷集诗》序中写道：“投分寄石友，白首同所归。”这两句诗，竟成了他们遇害的预言。

【原典】

刘玙兄弟少时为王恺所憎[①]，尝召二人宿，欲默除之。令作阬[②]，阬毕，垂加害矣。石崇素与玙、琨善，闻就恺宿，知当有变，便夜往诣恺，问二刘所在。恺卒迫不得讳[③]，答云：“在后斋中眠[④]。”石便径入，自牵出，同车而去。语曰：“少年，何以轻就人宿？”

【注释】

①刘玙兄弟：刘玙与刘琨。②阬：同“坑”，土坑。③卒迫：同“猝迫”，仓猝，突然。④后斋：后房。

【译文】

刘玙与刘琨两兄弟年轻时是王恺所憎恨的人，王恺曾经邀请他们兄弟两人到家里过夜，想悄悄地杀死他们。就叫人挖坑，等坑挖好了，就杀害他们兄弟二人。石崇向来与刘玙、刘琨很要好，听说两人到王恺家过夜，知道可能会有意外发生，就连夜去拜访王恺，问刘玙、刘琨兄弟在什么地方。王恺匆忙间没法隐瞒，只得回答说：“在后面房间里睡觉。”石崇就直接进去，亲自将他们兄弟俩拉出来，一同坐车走了，并且对他们说：“年轻人怎么能这么轻率地到别人家过夜呢？”

【原典】

王右军素轻蓝田[①]，蓝田晚节论誉转重，右军尤不平。蓝田于会稽丁艰[②]，停山阴治丧。右军代为郡，屡言出吊，连日不果。后诣门自通[③]，主人既哭，不前而去，以陵辱之。于是彼此嫌隙大构。后蓝田临扬州[④]，右军尚在郡，初得消息，遣一参军诣朝廷，求分会稽为越州[⑤]，使人受意失旨，大为时贤所笑。蓝田密令从事数其郡诸不法，以先有隙，令自为其宜。右军遂称疾去郡，以愤慨致终。

【注释】

①王右军：王羲之，官至右军将军，故称。②丁艰：指王蓝田死了母亲。③自通：自己通报。④临：监临，治理。⑤求分会稽为越州：会稽郡属扬州，王羲之不愿在王述管辖之下，所以请求把会稽从扬州分出来，另外设置越州。

【译文】

右军将军王羲之一向看不起蓝田侯王述，王述晚年获得的评价和声誉更高更大，这一点让王羲之尤其感到不满。王述在任会稽内史时，不幸遇母丧，于是留在山阴县办理丧事。王羲之接替他出任会稽内史，他屡次说要前去吊唁，可是一连多天都没动静。后来他亲自登门通知前来吊唁，等到主人哭起来后，他却不上灵堂哭吊就走了，以此来羞辱王述。于是，双方就这样结下了深仇大恨。后来王述出任扬州刺史，王羲之仍然掌管会稽郡，刚得到王述出任扬州刺史的消息，王羲之就派一名参军到朝廷去，请求把会稽郡从扬州的管辖范围内划出来，成立越州。使者接受任务时领会错了意图，结果深为当时的名流所讥笑。王述也暗中派下属去列举会稽郡各种不法行为，因为两人先前就有了积怨，王述就叫王羲之自己找个合适的办法来解决。王羲之于是告病离任，因愤激感慨而送了命。

【原典】

王孝伯死①，县其首于大桁②。司马太傅命驾出，至标所③，孰视首，曰："卿何故趣④，欲杀我邪？"

【注释】

①王孝伯：王恭。②县（xuán）：同"悬"，悬挂。大桁（háng）：大浮桥，即朱雀桥，横跨于秦淮河上。③司马太傅：会稽王司马道子。标所：立柱子悬首示众的地方。④趣（cù）：通"促"，急促。

【译文】

王恭被处死后，他的头被挂在朱雀桥上示众。太傅司马道子坐车到示众的地方，仔细地看着王恭的头，说道："你为什么要那么着急杀我呢？"

参考文献

[1] 刘义庆 . 世说新语—中华经典指掌文库 [M]. 长沙：岳麓书社，2015.
[2] 文心工作室 . 最美国学：世说新语 [M]. 北京：中央编译出版社，2014.
[3] 刘义庆 . 世说新语—国学典藏 [M]. 上海：上海古籍出版社，2013.
[4] 刘义庆 . 世说新语—中华国学经典读本 [M]. 哈尔滨：北方文艺出版社，2013.
[5] 刘义庆 . 世说新语 [M]. 北京：企业管理出版社，2013.
[6] 刘义庆 . 世说新语笺疏（精）—中华国学文库 [M]. 北京：中华书局，2011.
[7] 刘义庆 . 世说新语—中国古典名著百部藏书 [M]. 昆明：云南人民出版社，2011.
[8] 刘义庆 . 世说新语—历代名著精选集 [M]. 南京：江苏凤凰出版社，2010.